草伏风林

高国强 著

北方文艺出版社
·哈尔滨·

图书在版编目（ＣＩＰ）数据

伏草林风 / 高国强著 . —— 哈尔滨：北方文艺出版社，2024.1

ISBN 978-7-5317-6060-3

Ⅰ.①伏… Ⅱ.①高… Ⅲ.①随笔 – 作品集 – 中国 – 当代 Ⅳ.① I267.1

中国国家版本馆 CIP 数据核字 (2023) 第 191448 号

伏 草 林 风
FUCAOLINFENG

作　　者 / 高国强
责任编辑 / 富翔强　滕蕾　　　　　　装帧设计 / 树上微出版

出版发行 / 北方文艺出版社　　　　　邮　　编 / 150008
发行电话 / (0451) 86825533　　　　经　　销 / 新华书店
地　　址 / 哈尔滨市南岗区宣庆小区 1 号楼　　网　　址 / www.bfwy.com

印　　刷 / 湖北金港彩印有限公司　　开　　本 / 710×1000　1/16
字　　数 / 200 千　　　　　　　　　印　　张 / 18.5
版　　次 / 2024 年 1 月第 1 版　　　　印　　次 / 2024 年 1 月第 1 次印刷

书　　号 / ISBN 978-7-5317-6060-3　　定　　价 / 98.00 元

1993年作者在路易斯安那州新奥尔良市

1996年作者在美国亚拉巴马州莫比尔市著名白沙滩

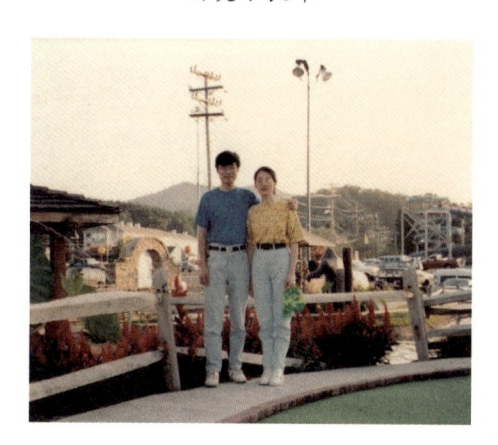

1995年作者与太太邓毅在美国田纳西州大雾山国家公园

1997年作者获博士学位

江苏宜兴丁蜀镇汤渡画溪桥，清代时"画溪花浪"是宜兴十景之一

自 序

狂风吹过郊外，挺拔、高大的树被连根拔起，而伏在一旁的小草却安然无恙，存活了下来。

这让我想起鲁冰花，其实它只是路边的野花。花儿凋谢后，随手扔到路边——路边花涅槃重生。

有一种草，叫佩服草。它倔强地长在石头缝里和水泥路的缝隙里。"佩服草"是我儿子 Eric 小时候起的名字。

Eric 六七岁时，我们一家住在南加州橙县森林湖。每次回家时，都要从高速路下来，在路口等绿灯，然后左拐上森林湖大道。

那个路口的红绿灯和我有过节似的，总是红。因此常要停车等。

左边是高速路，地面的混凝土在阳光充足、干燥的加州，显得格外酷热，地面蒸腾的热气，让人想起内华达和亚利桑那的大沙漠，荒无人烟，毫无生机。

但就在几米外，有一株小小的绿色生命，倔强地从水泥缝隙里冒出来。那是一株不知名的小草，半尺来高，叶片似车前草，仔细看却又不像，车前草是团在地面的；更像蒲公英，因为有枝干。它从地面顽强地伸展上去，随风摇摆。

它从哪里来的？为何偏偏寄居在此恶劣、寸草不生的艰苦环境下？它又是怎样吸取水和养分，发芽、生根、成长的？

我禁不住暗暗赞叹，扭头让 Eric 看，说，这株小草确实很让人佩服，它不畏艰难，绝处生存；人也应像它一样内心坚强，面临困境，不退缩，勇敢、顽强。

Eric 大概是听了进去,或似懂非懂,至少,记住了"佩服草"三个字。

以后每经过那个路口,Eric 都很关心那株草,总是早早地指着让我们看:"看,佩服草!佩服草!"

那株了不起的小草,在水泥缝中,经受日晒,依旧顽强地生长着,坚挺着。

从此世界上多了一株草,叫佩服草。

我们每个人生命中都曾经或正在面对着各种艰难困苦,也许我们会进退两难,但是我们一定要像佩服草那样,吸取养分,依靠自己的坚强,挺过去,走出低谷。

有些人生在蜜罐里,有些人却被遗弃在荒漠。当你被摧残得体无完肤时,只有用不屈的精神,创造另一个更强大的自己。

哪怕一株草,一株在夹缝里求生的草,也可以活出一种精神,活成一株佩服草。

伏草惟存。

很久以前,我家住在宜兴丁蜀镇的老屋里,院子在一条蜿蜒曲折的弄堂里。一个夏日傍晚,一群邻居在院子里吃晚饭,乘凉。只见巷子口走来一个陌生人,他东张西望,也许是迷路了。他停下来,问大家:"这里能走到蠡墅吗?"

邻居"蛇大",一个大大咧咧,平时喜欢开玩笑的小伙子,大声回答:"怎么不能,这里连北京都能走到呢!"一院子的人听见后都笑了。尽管那人受到了讥笑,但是增强了信心,继续信步前行。

条条大道通罗马,但大道也可能通向的不是出路和希望。人生的道路固然漫长,但关键时刻,只有几步。人生路上我们常常面临各种选择,就如美国西海岸某处那个著名的路牌,箭头指向无数目的地,让人无从选择,因此,关键时刻选对方向尤为重要。

我想起稻盛和夫先生那句充满哲理的话:"内心不渴望的东西,不可能靠近你；人走不出去，家就是你的世界，走出去了，世界就是你的家。"

数年前，我从美国辞职，独自回中国创办公司。刚回到宜兴家里，一株从不开花的绿植上竟然长出了一朵紫色小花，紫花是我钟爱的颜色。接着，一盆双色海棠花也开了。有人说这是好兆头。我虽不信这些，但有花的祝福多好啊！

第一年冬天时，下了一场大雪。我驾着刚买的白色本田汽车从南京回到宜兴。我称它为"白姐"。那时白姐青春靓丽，车型、颜色都让人特别喜爱。

当时我家里的黑狗"虎豹"本来是伏在门口的，见白姐回来，跳起来，盯着白姐不放，虎视眈眈，有些神气活现。刚开始虎豹还对白姐叫了几声，后来不再叫，看来是接受了家中的新成员。

玄武湖烟笼十里的景象，自我离开南京出国后，已十多年没见了。第二年春天，当南京玄武湖杂花生树，杨柳依依，草长莺飞时，驾着白姐去玄武湖边，给她拍了张照，名曰"林下风致"。

白姐的风韵，有林下风。

光阴流转，眨眼间白姐已陪伴我许多年。虽又购了一辆新车，但自公司创办以来，白姐一直跟随我走南闯北，不离不弃，任劳任怨，劳苦功高，因此，没打算将它出售。目前白姐的"待遇"很好，被清洗得干干净净，处于闲置状态，主要在车库里"颐养天年"。

写白姐，是为记录流逝的时间，流转的光阴。

目录

惜君如常

闲情偶寄	3
旧时光	7
母爱的力量	8
陕北民歌与爱情	10
只见蝴蝶美而忽略豆娘是一宗罪	11
惜君如常	13
桃花得气美人中	17
好　了	18
桃子报恩	20
雨夜天真	22
幽　兰	24
忽地笑	27
静　谧	29
从前慢	31
喝的是茶，品的是光阴	33
栾树忆	34
情人节闲谈	36
上海碎忆	37

一地鸡毛	40
严老师医院历险记	42
鸭油鞋垫	44
浅谈蠡西文化	46
比萨柑橘启示录	48
神气辣椒梨	50
徐州站往事	52
曲阜三孔行	54
忘忧花	56
访东林书院	58

林泉高致

萱草花开	61
《叛逆者》剧评	64
等到满山红叶时	66
儿子毕业工作感想	68
谈袭人	70
秋园杂佩	72

老巷偶拾

苏大的两株老枫树	81
阶梯教室往事	84

老巷偶拾	87
半塘彩云	89
大学逸事	92
枫桥记忆	94
萼柎韡韡	97
明月前身	101
苏州四中实习忆	103
解元牌坊	105

青灯有味

外婆家门前的太阳花	109
摇到外婆桥	112
落落与君好	115
最远的远方	119
那些花儿真的远了	124
红高粱我来了	127
绿叶姑娘	129
叠断桥	131
过去未来	135
猪油飘香	137
朝为田舍郎，暮登天子堂	139
青春往事	141
忆舅舅史可风和阿甲	144
画溪逸事	146

爆米不成蚀把米	148
周亚琴	151
小　手	153
兔子思思	155

柳花如梦

《红楼梦》探真（一）：林黛玉原型是柳如是和董小宛	163
《红楼梦》探真（二）：林黛玉原型是柳如是和董小宛	186
柳如是尺牍（三十一篇）	198
寻访董小宛半塘遗址，兼论林黛玉之原型	205
风雅练川：柳如是嘉定游	209
《别赋》详读：柳如是和卧子的宝黛恋	216
柳如是和薛宝钗《咏风筝》诗对比	221
和谁在一起真的很重要	224
柳如是《梦江南·怀人》二十阕	227
《金明池·咏寒柳》论析	230
柳如是望海楼楹联	234
柳如是《西湖八绝句》《寒食雨夜十绝句》等赏析	237
昔昔盐	243
《湖上草·西泠十首》欣赏	247
《满庭芳·留别》赏析	249
柳河东君《别赋》论析	250
《春日我闻室呈牧翁》赏析	255

池畔蛙鸣

人如电脑	259
庄生梦蝶	262
金龟子随想	264
见花烂漫	265
性善性恶?	267
在人类所有美德中,勇敢是最稀缺的	269
人生只是一个八十多圈的螺旋	270
细节决定成败	271
王谢堂前燕	272
冯唐易老	274
郭巨埋儿	276
《归风送远》和留仙裙	277
臭与香的相对论和二分法	279
油条记	280

惜君如常

XI JUN RU CHANG

闲情偶寄

我一直认为，古人比当代人活得更加随性、飘逸、风流。

如果用一句话来形容，就是"汪洋恣肆"。

大学时，某天我走在操场上，听到高音喇叭里传来《山鹰之歌》的歌声："一个男人被束缚在大地上，向世界发出最悲怆的声音"，心里感到一阵莫名悲凉。现代人大多一辈子被束缚在某个地方，无论是某栋房子，还是一座大楼，周而复始的转圈。

那样的人生我不敢想象。

有位当代作家说过，传统不是羁绊，不是束缚、压力、焦虑、逼迫、局限、负担，传统是无限的自由。

从古代造字的方式可看出祖先的思想是多么自由、率真、奔放，如果喜爱，绝不矫揉造作，遮遮掩掩。"好、妙、妩、妍、媚"，这些带女字旁的字代表着一切美好。女子为好，少女为妙，表达出对女性的喜爱之情，真可谓性情中人。这说明我们祖先从不避讳公开谈论和欣赏美人。

一个国家和民族的文化遗产和精神财富，包括文物、古建筑、古迹、艺术品、山水、美景、美食、美器、才子等，也包括历史上的佳人。著名美人如沉鱼落雁、闭月羞花的四大美人，一代妖姬苏妲己、命运凄惨的赵飞燕、千金一笑的褒姒，都有一个共同的特性：美。

中外概莫能外。希腊绝世美女海伦，号称人间里最漂亮的女人。她和特洛伊王子帕里斯私奔，引发了长达十年的特洛伊战争。

海伦是神话传说里的人物，也可以说是希腊国宝级的文化遗产。

但无论如何，真正的传统，应是无限的自由。

余怀的《板桥杂记》是一篇颇具晚明精神和当时时代特色的小品文，以其潇洒的情趣和真挚的情感为后人赞赏。《板桥杂记》描述了明朝末年南京十里秦淮南岸的长板桥一带诸名妓的情况及作者所见所闻，展现了一幅浓墨重彩的金陵风情画。评述者称之"哀感顽艳，秦淮花月为之增色"。

文章中"丽品"介绍了众多美丽、聪慧、有才学、有识见的名妓，如李湘真、李宛君、葛嫩、董小婉、顾媚、寇湄、马娇、沙才、李香等。她们中有一些人熟知民族大义，爱憎分明，有崇高的气节与献身精神，是那些拜倒在统治者脚下、剃发换装、叩首称臣、满嘴仁义道德的男性所比不上的。至于那些出卖灵魂、为虎作伥、残杀同胞的功名利禄者，在这些不幸沦落教坊、身份低贱，却可敬可佩的女子面前，则连粪土都不如。

《板桥杂记》不是小说，而是作者的亲历亲闻的实录。在文章中，作者毫不隐藏他的亡国之痛，表达了对故国文化的无限怀念和思念之情。对秦淮旧院在亡国前后的巨大变化、昔日繁华的毁灭、民族文化习俗遭到的暴力摧残，痛切陈词："盛衰感慨，岂复有过此者乎！"他明确指出："此即一代之兴衰，千秋之感慨所系。"

这也是余怀写《板桥杂记》的根本原因，而绝不是"狭邪之是述，艳冶之是传。"之类的意图。

不知什么原因，余怀在文章中没有提及当时名气最大的陈圆圆和柳如是。或许是有隐衷或刻意回避。柳如是的丈夫钱谦益是当时文坛巨擘，名震江南，所以对于柳如是的讳称还能理解。

根据当时与教坊女子有所交往的人士的说法，明末艺妓无论姿容体态，还是才艺性情，色艺冠群的当数陈圆圆。

江苏如皋冒辟疆在《影梅庵忆语》中回忆他初见陈圆圆的印象："其人淡而韵，盈盈冉冉，衣椒茧，时背顾，湘裙，真如孤鸾之在烟雾。"

我想象不出怎样的娴雅姿容，才能用"盈盈冉冉，孤鸾之在烟雾"来形容。

"林下风致"，或许也能形容陈圆圆出场时仪态万方的轻柔身影。

陈圆圆的歌艺也是举世无双。冒辟疆描述，是日演戈腔《红梅》，以燕俗之剧，咿呀啁哳之调，乃出自陈姬之口，如云出岫，如珠在盘，令人欲仙欲死。

陈圆圆被誉为倾国倾城之美。冒辟疆公子游苏州山塘街首次见到圆圆时，便称赞不已："此真美人也，娇艳脱俗，其美处不知从何说起。"在冒辟疆的眼中，她宛若"芳兰之在幽谷也"。

有关陈圆圆的记载，从清初到现在都有不少记录。钮玉树的《觚剩》，李介的《天香阁随笔》，陈其年的《妇人集》，陆次云的《湖壖杂记》等都有关于陈圆圆的家世和初嫁的记载，其中以江阴人李介的《天香阁随笔》最为详细：陈圆圆，名沅，武进奔牛镇人。父姓邢，母陈氏，幼从母姓。她父亲略有家产，是个戏曲爱好者，自己也会唱歌拍曲。但不久之后，父死母亡，陈圆圆顿失怙恃，被族人卖到苏州金阊烟柳之家，成为妓女。由于她色美艺绝，名声在吴地大噪。

明朝周同谷在《霜猿集》中写了一首赞美陈圆圆的诗，说她"曾随灵鸟上三台"，并有注云："圆圆姿态非凡，名倾吴下，曾侍宴宜兴，故有三台之句。"宜兴指宜兴人周延儒，他在崇祯年间两度为当朝首辅，曾权倾一时。

卓文君是另一个可用"林下风致"来形容其风雅气韵的好。

《史记·司马相如列传》中讲述了《琴挑文君》的故事："是时卓王孙有女文君新寡，好音，故相如缪与令相重，而以琴心挑之。"

西汉大才子司马相如才华横溢，仪表堂堂。但他家境贫寒。有一次，他回到家乡四川临邛，大富豪卓王孙请他去宴饮。他听说卓王孙的女儿卓文君风姿绰约，擅长音律，便欣然赴宴。司马相如看到躲在屏风后面的卓文君，便以琴心相挑，弹了一曲《凤求凰》，表达自己对文君的爱慕之情。卓文君一直仰慕司马相如的文采，听出了司马相如的心意，两人一见钟情，倾心相恋，当晚就携手私奔。后来，因生活所迫，二人回到临邛开了一家小酒店，留下"当垆卖酒"的佳话。

"琴挑"挑的人要才华横溢，被挑的人要心有灵犀。否则对牛弹琴，琴弦断了十根都不会有共鸣。历史上的卓文君风姿绰约，精通音律，自然一点就通，一拍即合。

我更欣赏当时"被挑"的卓文君。她听着司马相如的琴声，顿觉高山流水遇知音，于是不管不顾地冲到司马相如面前。当时的情景，那风韵真是"林下风致"！

"琴挑"的"挑"，语义当然是挑逗、挑引。现代词叫"吸引"或"勾引"，相当于如今北方人"泡妞"的"泡"，北京人"拍婆子"的"拍"，和东北女人"撩汉"的"撩"。

但古人比我们牛，他们用才华去挑，用技艺去挑，用文化去挑。当代人呢？和古人比，陋了何止十条街。

在《三笑》中唐寅一位是堂堂解元公，功名、富贵都不要，独步三吴，成天一个人在吴县、吴江、吴中闲逛。他在苏州虎丘云岩寺中，偶遇自己喜欢的相府丫鬟秋香，便一路跟踪，从苏州追到无锡东亭，不惜假装卖身为奴，潜入相府，只为追求心爱的人。那是何等的潇洒、自在和风流倜傥。用"雍容娴雅，冲淡飘逸"八个字方可以很好地形容。

但我认为浪漫、风流是需要资本的。这种资本既要丰富，也要单纯。

这资本就是文化，而不是钱财。

钱财，能给你一定的安稳，但一点也不浪漫，一点也不风流。

旧时光

随着年龄的增长，人们会怀念过去。过去不仅仅是一段时光，更是那些能让人想起童年的记忆，一条街、一家店、一座桥，甚至一棵树；还有记忆深处的老味道。那不是简单的记忆，而是真实的历史。

生活在巨变的时代是幸福，也是不幸的。幸福的是生活质量有了较大的提高。不幸的是，和过去联系在一起的山山水水、点点滴滴都已失去旧时面貌，回不到过去了。

我在国外读博时，大学校园附近有个中学，已经有200多年的历史了。创校时的老建筑都在，有一幢楼毁于南北战争，但地基原封不动地保留着。学生的父辈、祖父辈、曾祖父辈年轻时都也曾在同样的校园和建筑中学习。当他们长大，变老之后，在返校节返校时，坐在那些老教室、老礼堂里，和过去紧紧相连，他们仿佛又回到美好的旧日时光里。

时间是一个抽象的概念，它是运动变化快慢给人的印象。快速变化的环境，使人们的生命也加速老去。

在优哉游哉、慢节奏的旧时光里，周围的一切似乎没有什么变化，人的生命也缓慢而平静地流淌着。"山中一日，人间百年。"讲的就是这个意境。

流动的光阴，流动的光影，流动的记忆。怀念旧时光，是因为旧时光里总能咂摸出点好滋味吗？

我忆起过去，童年走过的街道，街两边一排排店铺，熙熙攘攘的人流，香喷喷的各种吃食，还有矗立在两边的梧桐树，都历历在目，那人间烟火、活色生香的场景，满满的流淌过我的记忆……

最早的记忆可追溯到四五岁，留在我的脑海里，一闭眼就会浮现出来。我看见街道远处的地平线非常高，两边的树和房子也很高，那些人的腿都很长，街道明亮，太阳很辣，我却不觉得烫。

那一天，我还很小，是仰着头看世界。

母爱的力量

> 没有无缘无故的情绪，每一种情绪都值得聆听，而不是被消灭
>
> ——邱晨

《你好，李焕英》昨日票房达 52 亿元，登顶中国影史票房第二名。该片将延长放映至四月十一日。不知这一个月里是否会发生奇迹，荣登票房榜第一。

某些名人说，票房高不能说明电影水平就一定高。诚然如是。

试想大导演张艺谋、冯小刚等，半辈子导演的电影累计票房都还不一定超过 50 亿，而初出茅庐的贾玲第一部片子就过了 50 亿，他们会做何感想？如果感到憋屈，我真的挺理解，甚至感同身受，虽然我没导演过一部片子。

《你好，李焕英》的成功，得益于贾玲的真情，张小斐的出色，沈腾的用心，以及春节期黄金放映档的天时、地利、人和。

这部用贾玲母亲名字命名的影片，贾玲怀念母亲真挚之情，没有任何造作和夸张。电影中贾玲每一滴眼泪，每一声对母亲的呼唤，看不到一点表演色彩。

母爱的要义是宽厚、包容和博大。电影中贾玲捏造大学通知书，装盲人买电视机，考试成绩不佳等犯错的情节，李焕英都对女儿十分宽容，不仅没有责骂，而且鼓励她："你将来会有出息的。"

现实生活中，很多母亲把母爱理解成逼迫孩子成功，扮演旧时代父亲对孩子冷酷有加，理解不够的角色。你以为"是为孩子好"的母爱，其实是"养子防老、孝顺孝敬、望子成龙、望女成凤、光宗耀祖、传宗接代"式的自私、情感绑架和胁迫。有本事你自己成龙成凤好了。正如刘瑜说的，如果中文成语中有"望父成龙""望母成凤"，你不觉得挺冒犯吗！

如果说这部电影给我们带来一点人生思考，就是从贾玲和李焕英母女关

系上，领悟母爱的真谛，感受"子欲养而亲不待"的痛彻心扉。

人生短暂，如白驹过隙，亲子关系中应撤除那么多强加的互相指望、苛求、情感绑架；相互关爱，相互尊重，相互包容，有一个幸福、快乐、健康的人生才是真爱，才是真义。

影片也揭示，亲朋好友间互相炫耀财富和成就，是一剂毒害人心的猛药！在庆祝贾玲上大学的餐会上，王琴一句"我女儿在UCLA学导演，年薪八万"（注：UCLA为加州大学洛杉矶分校，美国顶级名校之一），是要把贾玲饰演的角色踩到脚底下她才心满意足。

我认为类似的事情，可能在李焕英和贾玲生活中真实发生过，给了她们巨大的压力和刺激，成为她们心头的一痛。贾玲在影片中穿越到当年时，几次三番对李焕英说，她也能每个月挣八万，就是想要安抚母亲当年被王琴的那次打击。片尾，贾玲想象中开着豪华跑车，载着母亲在老家路上奔驰的镜头，也是贾玲当年想象中"有出息"后要做的事，给母亲长了一次脸，但却不能了！如母亲盼望的，贾玲最终确实"有出息了"。

想过你的一次炫耀，给别人带来的压力和伤害，有多大吗？

正常和健康的社会，人应该有博爱之心，应该设身处地为别人想，不要为了自己的虚荣心和一时快乐，伤害到别人。尤其是，不能哪壶不开提哪壶。诚如《红楼梦》里所言，当着矮人，别说短话。

人际交往的原则和尺度，我认为应该是：别让别人难堪，也别让自己难堪。

陕北民歌与爱情

> 哪儿有贫穷,哪儿就有爱情。
>
> ——马尔克斯《百年孤独》

读得懂陕北的文化,才能听得懂陕北民歌。

陕北民歌苍凉厚重,凝聚了强烈、深沉的感情,充满了多少无奈、辛酸和悲凉。歌中爱情荡气回肠,撕心裂肺,情感真挚,甚至要死要活。

这和陕北地广人稀,土地贫瘠有关。那里许多人可以说一无所有,所有生命的绽放和灿烂的期盼,唯剩男欢女爱、激情相爱了。因此,他们把爱情看得比生命还重,爱情成为生命的全部。

陕北民歌诠释了马尔克斯的名言:哪儿有贫穷,哪儿就有爱情。

爱情是一种深情,没经历过陕北民歌里那种肝肠寸断、刻骨铭心、痛哭流涕的人,不配谈爱情。

婚姻和爱情的区别,有一个经济学教授说得明明白白。

有个教经济学的老教授曾给他的学生讲过婚姻的经济学:

"姑娘,某一天一个百万富翁向你求婚,他愿意给你一切,这本来是一件非常美好的事情。算一下,你以为自己赚了一百万。

"但同时又有一个千万富翁看上你了,那么你与百万富翁结婚的机会成本就是一千万。也就是说,如果你嫁给了百万富翁,那么你会损失九百万。

"这是经济学。

"但我非常庆幸,我的太太年轻时经济学没有学好,那时候她非常漂亮,我却没有钱,但她还是嫁给我了。

"这是爱情。"

只见蝴蝶美而忽略豆娘是一宗罪

纱羽青裳俏豆娘，流连缱绻绿荷塘。

问，什么哥不是人？容易，芝加哥，圣地亚哥，墨西哥，摩洛哥，多哥！什么娘不是女人？这个，容我想想。

苏州一带"娘"多。苏州作家车前子说，吴文化的一半是由吴地女性创造、发明和传承的，而另一半是不是就能够归功于吴地男性，还难说得很呢！

吴地女性的确聪慧，灵秀又韵味十足，你听听这些称呼，就知道她们的贡献了，绣娘、船娘，还有驾娘，《红楼梦》第四十回："那姑苏选来的几个驾娘早把两只棠木舫撑来，众人扶了贾母、王夫人、薛姨妈、刘姥姥、鸳鸯、玉钏儿上了这一只……"车前子说苏州还有砚娘 —— 专诸巷里的砚娘，用脚踢踢石头，就分辨得出能不能做出好砚台；黄鹂坊桥的墨娘，制造的墨能随四季而变换香气，春天是兰香，夏天是莲香，秋天是桂香，冬天是初雪之清纯，如果再来一段花香，就俗了，你们想想磨出墨是黑的，气息却是初雪清纯之气息，自然让你有洁白的联想，冰清玉洁，怎么了得！还有梅娘，梅酱娘的简称，她做的梅酱，十年不坏；还有狗娘，她训的狗，能预知兵乱，据说她是东晋人，住在皋桥附近。

苏州人总结了"姑苏十二娘"，浓缩了两千五百年姑苏吴文化精湛深厚的历史，由船娘、绣娘、织娘、茶娘、扇娘、灯娘、琴娘、蚕娘、花娘、歌娘、画娘、蚌娘组成。姑苏十二娘刻画了一位位美丽勤劳、心灵手巧的吴娘。

什么，"豆娘"也算一个？等等，豆娘是谁？种豆的苏州姑娘？容我搜索一下。豆娘，原来是昆虫，一种非常美丽且可爱的昆虫。据说有些昆虫爱好者对豆娘的爱好，远超过蝴蝶。

豆娘身体细长，体形娇小，两只大大的眼睛，是一种颜色鲜艳的昆虫，类似小型的蜻蜓，但不是蜻蜓。豆娘与蜻蜓不同点在于豆娘歇息时翅膀伸长叠在一起，且豆娘的四个翅膀几乎一样大小，而蜻蜓的两个后翅膀稍长并且比两个前翅膀宽。豆娘体型大多数比蜻蜓要小，最小的豆娘体长只有1.5厘米。由于豆娘的体态优美，颜色鲜艳，其翅膀颜色多变，故被国内外很多爱好者所喜爱。

纱羽青裳俏豆娘，流连缱绻绿荷塘。娇小玲珑，清雅脱俗，豆娘堪比温润清丽的吴地女子。难怪纳博科夫晚年说："我只理解蝴蝶的美而忽略豆娘，这是不可饶恕的一宗罪。"

好严重！算起来我们的确忽视了豆娘。以后谈姑苏吴娘时，别忘了也带上豆娘。

惜君如常

最近忽然对"岚"字感兴趣。

"岚"是很有特色的一个字。一是有形,上面是山,下面是风,让人想到夏日炎炎时爬到山顶树荫下,汗流满面,清凉的山风呼啸而来,别提多爽;二是有音色,有声韵,发音好听,如兰,山谷里的一抹幽兰。我闻到兰花的幽香徐絮飘来,要沉醉了。

都是字,有无魅力,魅力大小,可见是不一样的。

风景大体如字。单纯的风景似普通的字,有意义,却无甚魅力,因此对我似乎没太大引力。景观,要加厚重的人文历史,成了"岚",才魅力无穷。

比喻得形象一点,如果风景是一杯薄酒的话,有人文历史的景观则是一百年的陈酿,是路易十八,愈久弥香,喝一口就微醺,回味无穷。

苏州有许多好的去处,比较有看头的地方,光福亦是一处。

光福的邓尉山、玄墓山、蟠螭山、香雪海、圣恩寺、石嵝庵、石壁寺等,让人流连忘返。我曾单人匹骑,到邓尉山、玄墓山、香雪海,漫无目的游荡了一天。

究竟有何种魅力呢?是花的香气?美人的香气?香雪海这个地方,花气袭人,春风十里,不知是花染香了美人呢,还是美人的香气染了花?明末秦淮八艳之首的柳如是,就有这样的自信和傲娇:桃花是得了她的香气。柳如是有绝句曰:

垂杨小院绣帘东,莺阁残枝未思逢。
大抵西泠寒食路,桃花得气美人中。

前句婉转柔媚,缠绵冷寂,多情女儿伤春之态。然未能料及的是末句"桃花得气美人中"陡然翻起,一时力挽狂澜,忽如千树万树桃花开,由不得使人神醉。柳如是辟此蹊径，以神来之笔信手挥洒，以人喻花，以花托人，桃花得了她美人之气的浸润，才光艳绝伦，灿若云霞。

柳如是睥睨群芳的傲气，一时无两。江南常熟大才子钱谦益，对柳如是"桃花得气美人中"这句尤其欣赏，收录到他的多部文集中，非常高看、敬重柳如是。

柳如是不仅是艺伎，还是诗人，留世的诗稿有《湖上草》《戊寅草》《柳如是尺牍》。

柳如是本名杨爱，后改姓为柳，先后用过朝云、云娟等名，不久又改名"如是"。"如是"来自辛稼轩"我见青山多妩媚，料青山见我应如是"之语。柳如是以风尘女子之姿竟取此为字，无疑是气性高傲，自命不凡之人，大凡俗庸之辈绝无此胆量与气魄。

柳如是和陈圆圆都是在苏州山塘成名的。柳如是和陈圆圆都到过光福香雪海。到香雪海看梅花，是当时文人名士、歌妓名媛的雅事。

明末清初的冒襄（字：辟疆）后来娶了董小宛，但他原来热恋和追求的是陈圆圆。冒襄在《影梅庵忆语》中深情地回忆他和陈圆圆的一段际遇。

按照当时圈内人的说法，晚明的艺妓，无论姿容体态，还是性情才艺，陈圆圆当数第一。冒辟疆回忆他乘着船初见陈圆圆时的印象："其人淡而韵，盈盈冉冉，衣椒茧，时背顾，湘裙，真如孤鸾之在烟雾。"

陈圆圆的歌艺同样人间少有。冒辟疆回忆："是日演戈腔《红梅》，以燕俗之剧，咿呀啁哳之调，乃出自陈姬之口，如云出岫，如珠在盘，令人欲仙欲死。"

在看完陈圆圆歌舞后，冒公子显然已被她倾倒，想约陈圆圆再见。冒辟疆写道，漏下四鼓，风雨忽作，必欲驾小舟去，余牵衣订再晤，答云："光福梅花如冷云万顷，子越旦偕我游否？"

这段文字翻译过来就是："到四鼓天时，忽然天上风雨大作，陈圆圆要驾小舟而去，我拉着她的衣服不放，要约再见，陈圆圆答道：光福的梅花盛开，如万顷冷云，公子明天能带我去游玩否？"

可见，陈圆圆喜爱香雪海的梅花，让她一见倾心的冒公子带她去游玩。

陈圆圆后与冒襄私订终身，她对冒公子说："可托终身者，无出君右。"可惜，本来一段美好良缘，却不幸因陈圆圆被强人掠去而消逝，空余佳人公子千载哀怨。

惜君如常

香雪海的边上，就是玄墓山。《红楼梦》中妙玉去金陵贾府大观园的栊翠庵前，在玄墓山蟠香寺里修行。邢岫烟也是苏州人，家里寒素，租赁了蟠香寺的房子，岫烟才得以和在此处带发修行的妙玉做了十年一墙之隔的邻居。她经常到蟠香寺里向妙玉学写诗词，所认的字都是妙玉所教。

香雪海是不是香气扑鼻的地方？

现在红学界有一种说法，《红楼梦》的真正作者就是大才子冒襄。这个题目太大了，我不好说什么。不过，冒公子年轻时如此风流倜傥，接触的都是陈圆圆、董小宛、柳如是等一些色艺绝佳的美好女子，所以能写出金陵十二钗，也不是不可能。

柳如是、董小宛、陈圆圆这些奇女子，还很重义气。柳如是为了促成董小宛和冒襄的婚事，她和钱谦益出了一大笔银子，帮董小宛从"乐籍"中赎身出来，董小宛才去江苏如皋找寻冒襄，结成良缘。

一般认为妙玉带发修行的蟠香寺就是指圣恩寺，那里有很多梅花。

光福圣恩寺历史可追溯至唐朝。唐玄宗天宝年间（742—756）在此建天寿寺，南宋宝祐年间（1253—1258）建圣恩寺，两寺并存辟为上下道场。元天顺元年（1328），朝廷赐额为"圣恩禅寺"。明正统八年（1443），御赐额为"天寿圣恩寺"，又称"圣恩寺"。清康熙二十八年（1689），康熙两次南巡到苏，前往玄墓山圣恩寺，夜宿四宜堂中。此后，乾隆皇帝六次到过圣恩寺。所以玄墓山圣恩寺的名头非同小可。

为什么《红楼梦》作者要写妙玉在玄墓山圣恩寺（书中为蟠香寺）内出家修炼？蟠香寺的"蟠"字有何玄妙？红楼梦中还有个人物名"蟠"，那就是薛宝钗之兄薛蟠。住在蟠香寺隔壁的邢岫烟最终嫁给了薛蟠的堂弟薛蝌，邢岫烟与妙玉有半师之分，岫烟和宝玉同一天生日，这其中一定隐藏着某种奥妙。

在玄墓山南面是光福蟠螭山，蟠螭山有苏州古摩崖石刻，称"憨山台"。憨山台在光福蟠螭山西部，距石壁寺约百米。相传，明嘉靖年间，憨山大师修炼打坐、结茅之地。憨山和尚法号德清，为明末四大高僧之一。

姓名或地名叫"蟠"的少之又少，《红楼梦》里却出现"蟠香寺""薛蟠"等名字。我认为和光福蟠螭山有极大的关联。

蟠螭山的来历，和离"憨山台"不过百米的石壁永慧禅寺有关。永慧禅寺，又名石壁寺，因寺庙背靠一块百仞石壁而得名。这块寺后的石壁多摩崖石刻，著名的有李根源、李根源的老师孙光庭、晚清封疆大吏陈夔龙、海派大画家吴湖帆等人的题诗，皆言志、纪游、怀古之作。最奇的是石壁上生长着一棵罕见的奇树 —— 石楠，树龄三百余年，它的根屈曲盘旋，宛若螭龙一般，吸附在石壁之上，人称"睡龙"，其实不妨称"蟠螭"——盘曲的螭龙，才与蟠螭山名副其实。

《红楼梦》中有许多真真假假、扑朔迷离、若隐若现的东西，激发人们去解读其中的奥秘。蟠，蟠螭山，盘曲的螭龙，蟠香寺，薛蟠，妙玉（音同庙宇）、岫烟（岫：山穴、山洞、山峰），石嵝庵（嵝：山顶）、石壁寺、石头，到底隐喻、暗示、关联什么？许多问题有待深入探讨和研究。

桃花得气美人中

今儿吃了今年第一茬阳山水蜜桃。香气四溢，能撕皮，甜度高，汁水多，是正宗阳山水蜜桃。

多次去过无锡阳山，不是去吃蜜桃，却是看桃花。阳山桃花源千亩桃花盛开时，能让人醉倒。那种红里带粉，粉里带白的颜色，加上樱花一般的花瓣，美艳无两。所以，形容国色天香的美女，还得桃花出马。柳如是有诗云，"桃花得气美人中"，乃自比桃花，比桃花还美，花儿还得借她三分美人气韵，都是风物！

五月下旬还是去了一趟阳山。千亩桃树依旧，桃花却没了，粉红没了，变成绿野仙踪，桃树上挂满鸽子蛋大小的桃子。桃花没看到，却看到了果实。那是花儿们的化身，抑或美的结晶？

在桃园中漫步时，见有园丁架矮梯在桃树下劳作。仔细一瞅，原来是摘除一些小桃子，控制每棵桃树上的挂果数量。

滚满一地的小桃。本是同根生，留在树上的和遭遗弃的，命运怎就如此不一样呢？！它们都是最美的桃花结的果实呀！

我掐指一算，大概再过一个月，也就是六月中下旬，这些桃该成熟上市了。这样想着，一缕水蜜桃的特殊香甜气味飘过鼻子和唇齿间。

扪心自问，人，到底更爱桃花美呢，还是留恋桃子香？就我而言，如果桃花可以不谢，宁愿永远没有蜜桃。

好　了

严歌苓说，作家要善于深入细致地观察生活，你要是仔细观察的话，不仅人，鸡其实也挺有个性的。

那个桃花季，我和太太一起去无锡阳山观桃花。只见千亩桃花灿烂，人头攒动，都是来观赏桃花的。

观赏着桃花仙境，耳边不禁响起唐伯虎的《桃花庵歌》：

桃花坞里桃花庵，桃花庵里桃花仙。桃花仙人种桃树，又摘桃花换酒钱。
酒醒只在花前坐，酒醉还来花下眠。半醒半醉日复日，花落花开年复年。
别人笑我太疯癫，我笑他人看不穿。不见五陵豪杰墓，无花无酒锄作田。

走着看着，不觉到了一处相对僻静之地。这里是一片几十亩的桃花林，被铁丝网围着，千株桃花正盛开，地里还有一群走地鸡，在田里三五成群，咯咯咯地欢叫着，悠闲自在地走着，一会儿低头用鸡爪刨，吃虫子，一会儿仰头和同伴用我听不懂的鸡语交流交流。

桃花田边开了一处农家乐。看了一下，土鸡汤是招牌特色。

我想起严歌苓的话，便在田边坐下来，既是休息，也好仔仔细细地观察观察这些鸡，看看它们有啥个性。

这群鸡，大约三十只，芦花鸡，鸡龄一年左右，多数为母鸡，公鸡有三四只。

鸡是群居动物，分成五六个鸡群，五六只一群，多是母鸡。

童年时我家里养过鸡，以芦花鸡为主。印象里，母鸡长到四五个月成熟时，正好是春天，小母鸡满身披着黄灿灿的羽毛，鸡冠红彤彤，站在春风里，被风一吹，金黄色的羽毛随风飘舞，看起来真的很美，且母鸡性格温顺，在一起从不打架。我那时就认为，母鸡是美丽而温柔的动物，假如我是只公鸡，肯定也会爱上一只小母鸡哩。

可人类只把它们当食物，对它们真的太不公平。

桃花田里这些母鸡文文雅雅，平平和和地在一起啄食，一起玩耍，一派太平景象。

公鸡，则像统领者和管理者。与其说它们在寻食，不如说是在管理它们的母鸡。

一只公鸡一会儿在母鸡群里陪着母鸡们啄食，一会儿跑过去把某只离鸡群有点儿远的母鸡喊回来，一会儿冲过去驱赶靠近它的母鸡群的另一只公鸡，跑前跑后，忙得不亦乐乎。

正看得入迷，忽见这只公鸡，嘴里大声"喔喔"地叫着，用百米冲刺的速度，冲向靠山坡那边的田地，中间还绕铁丝网转了个弯，路程足足有四五十米。我赶紧站起来，跟过去，看发生了什么事？原来，有一只属于它的母鸡，不知怎么走得远了，那只走远的母鸡，正和另一只公鸡亲亲热热地在一起。这只公鸡眼神真好，虽然隔那么远，这场景还是被它一抬头全看在眼里了。朋友妻不可戏，是只公鸡都不能忍受，气得它来了个百米冲刺，冲过去先对着那只公鸡发威，摆出要斗鸡的架势，把那只公鸡吓得退避三舍；然后对着母鸡一阵乱叫。我听不懂鸡语，但却明白，它是在教训母鸡不该水性杨花，跑去跟别的公鸡调情。只见这只公鸡围着那只母鸡左冲右突，一会儿就把母鸡赶回了原来的鸡群。过程精彩，看得我津津有味，真不输一幕大戏。

原来鸡还真挺有个性的。严歌苓不愧是个好作家，一定早就把鸡看得透透的。

观察完鸡，我们离开桃花田，回到边上农家乐前的停车场，又看到门口那张惹眼的张贴：招牌土鸡汤。心里想想，不禁为那群鸡哀伤。那公鸡，刚刚还沉浸在妻妾成群的幸福里，公鸡为妻妾们操碎了心，母鸡却情窦初开、心乱神迷，说不定，今晚它们，就成了一盆盆香喷喷、热腾腾土鸡汤的主角了……

鸡，最终没受太多折磨和痛苦，爽爽快快挨一刀，煮成汤被吃得精光，"鸡生"也算好了。

人类，又何曾比鸡高明得多少！生命就那么几年，多少人活着时只为钱财，转眼一切成空，万物乌有，化作尘土，和桃花地里的鸡一样。

人问："何为好了？"

答："好便是了，了便是好，不好便不了，不了便不好。"

桃子报恩

我到无锡也有好几年了，从心底由衷赞叹水蜜桃的美好，还就是今年。

以往蜜桃上市，总是赶着去尝。目标"阳山水蜜桃"，但是否是真正的"阳山水蜜桃"，那就只有卖桃子的人，和上帝知道。

吃了若干年的水蜜桃，不能说不好，但也没有好到被惊艳。有时候有一些不错，许多时候一般般。我也不认真计较，不就是慕个名、尝个鲜嘛。水蜜桃，并没有给我留下极致的味觉感受。

今年写了好几篇赞美桃花的文章，其中有"桃花得气美人中""形容国色天香的美女，还得桃花出马"等句，把桃花好一顿拼命地夸！

许是桃花被赞美得感动了，今年差桃子来报答我。

说真的，我从来没有像今年这般吃了如此多的水蜜桃，也从来没有越吃越感受到桃子的好。那味觉美妙的体验，让我边吃边夸，真正领略了阳山水蜜桃的奇特韵味，甜度很高的水蜜桃的那种甜，和西瓜、荔枝、葡萄的甜都不一样，甜里带微微的酸、鲜、香，微妙独特。经常是上次购的尚未吃完，又购进新的。不断地吃，吃了这许多桃子，品质却是一样优异！

这让我不禁生出遐想：莫非真是桃花听见了我的不吝溢美之词，差遣桃子前来报恩？！

除此以外的原因，今年气候干燥，是否适合桃子生长？因此桃子都特别香甜？

但更可能的是，我最开始从某家超市购了一箱桃，吃了感觉品质特好，又香又甜。然后就不断从同一家购买，他家的品质一直上乘。我问过店员，他们总是从某家桃农进货。这让我相信，这和谁种的桃密切相关，主要是供货那家桃园的桃子质量好，今年被我撞上了。

中间园区送来两箱阳山水蜜桃，桃子大小、外形、外观都跟我自己买的差不多，可味道却一般。

因此我下结论：今年恰巧遇上一家好桃农的桃子了。

当然，我宁愿相信，是桃花派桃子前来报答我。

伏草林风

雨夜天真

许多人喜欢在雨夜，独自打着伞，在淅淅沥沥的雨中漫步。蝉在风雨交加中惨淡地凄鸣，泛黄的梧桐叶子随雨飘落，有淡淡的情愁。

雨夜容易让人触景生情，一些意味深长的事在雨中酝酿、缭绕而生。

爱情也会在氤氲的雨夜开出荼蘼之花。

在南京高校工作时，基础部有个青年女教师，罗琴，毕业于南京大学中文系。她的男友毕业于东南大学，一个看上去帅气、俊朗的小伙，常到我校青年教师宿舍楼来。

一来二去，都熟悉了。然后知道了他俩相识的故事，雨中一见钟情的浪漫。

20世纪90年代初的南京，一个疾风骤雨的夜晚，一个女孩打着伞，独行在街头。梧桐树上的雨滴纷纷而下，掉落在伞上，叮咚作响，和着雨声，交响乐一般。

一个男孩刚好也在雨中，走在同一条路上。他在女孩的后面。

女孩打着伞，一个人在雨中行走。朦朦胧胧的身影，款款的身姿，打湿的发梢，既闲情逸致，又神情寂寞。这引起了他的好奇。

人就怕好奇，一旦好奇就会发生故事。

男孩追上女孩，和她搭讪。也不顾疾风骤雨，有一搭没一搭地闲聊。最后两个人都变成落汤鸡。但他的恒心和耐心获得回报，他终于讨到女孩的地址。

后来，他变成我校青年教师宿舍的座上客。

罗琴和她男朋友的故事，雨中相识，紫色的浪漫，如烟花耀眼。但细想也觉可笑。靠街头巷尾搭讪女孩的缘分，那是小概率事件。说明他俩有一样的情调，一样的基因。

汤显祖在《牡丹亭》第一折第一句话是：情不知所起，一往情深。觉得到像是说他俩。

1991年，同事兼好友老李，先我赴美国留学。他太太，也是本校教师，独自带着三岁的女儿暂时留守南京。她遇到困难时，我理所当然帮助。

李太太住在学校给已婚青年教工的七号宿舍楼。她老家贵州来了个小保姆，18岁左右的姑娘，据说是她的一个远亲，帮她带小孩。

有一次小孩子得了肺炎，住进了南京传染病医院。李太太在医院陪孩子，小保姆则要送饭到医院。遇刮风下雨天，乘公交车不方便，她又不会骑自行车，便由我用自行车载她到医院。

一个雨夜，下着细雨，我骑着自行车载着小姑娘去医院送鱼汤。

我穿着雨披骑车，她坐在后面的书包架上，钻进我的雨披，一手提着东西，为了坐稳，另一手环绕住我的腰。一件雨披为两个人遮风挡雨。

小姑娘离家千里，独自来南京给李太太当保姆，给人感觉有几分孤寂。李太太研究生毕业，读书研究型的人，缺少寻常女性的温存，更使她增加了一丝凄惶感。

雨不息，天又黑，路灯一晃一晃的。自行车穿行在芦席营往黑龙江路去的那条小巷里。雨夜里仿佛只有我们一对孤独的骑车人。

如丝般缠绵的细雨里，烟花会谢，笙歌会停，只有孤单的气氛应运而生。

小姑娘本来搂着我的腰，这会儿搂得更紧了。然后，她的脸也贴到了我的背上。

我的感觉是对的，她很孤独。在一个大哥哥的背上靠一靠，孤寂的心会得到安慰。

我使劲地蹬车，全神贯注地盯着昏暗的路和前方。

她被我的雨披罩着，雨披里面应该比外面更黑。她什么也看不见，不知正朝哪个方向走，不知到了哪里，更不知我在黑暗的道路上如果稍有差池，就会人倒车翻。但她不管这些，她知道只要搂紧我、贴紧我，就是安全的。她的贴紧既是安慰，也是信任。

因此，我丝毫不介意，任由她紧贴着我。自行车飞快，在夜雨中狂奔。

在艰难和孤寂的雨夜中骑行，不正暗喻了我们的人生之旅吗。孤寂是人生的常态。每个人都是孤单地来到世界，也终究会孤单地离去。人生就是一列单程火车，有去无回，谁也不会一直陪伴我们，从起点到终点。

在人生旅途上，我们都是深一脚、浅一脚往前走的人，那些波澜壮阔与疼痛都同时属于我们。我们需要的是多一点善意，多一点同情，多一点依靠。

幽　兰

> 如果光阴把一切席卷而去，最后剩下的，一定是一抹幽兰
>
> ——雪小禅

离开大学多年后，我曾一个人回到过苏州大学校园，在熟悉的地方徜徉。想起许多人，许多事，如昨天一般。却都只是记忆，物是人非了。

走过小河边，那是当年校医务室的旧址，不禁想起陆医生。

彼时陆医生，和河边桃花一样艳丽盛开。而我和陆医生的交集，是一张她给我开的中药方。

一九八二年寒假，回宜兴老家过春节。中间受了风寒，咳嗽不停，没当回事。节后返校，还是咳。直到春天，校园小河边一排排桃花都盛开了，我咳嗽也没全好，且转成了支气管炎。因此，时不时去学校医务室看医生，开些止咳药。

那个春天，学校医务室迎来一个年轻女医生，苏州医学院毕业的，姓陆。小陆医生年轻貌美，眉清目秀，肤色雪白，身材高挑，典型的苏州姑娘俊俏模样，再穿上洁白的白大褂，别提多好看了。

陆医生是否倾城，由不得我说。但"倾校"，是一定的。因为有阵子去医务室看陆医生成了男生们的热门话题。

大学里的男生，十七至二十岁之间，情窦初开的年纪，成熟到知道了喜欢陆医生这样有模有样的女子。于是，有些男生有病没病都往医务室跑，看病是假，看陆医生是真。某个晚上熄灯睡觉前，室友某某眉飞色舞地说，今日去医务室看到了陆医生，大美人一个。

谁能指责这些男生呢！那几乎是人的天性，爱美的天性。

我去医务室瞧医生配药时，见过陆医生。医务室门诊部有四张桌子，四个医生，去看病的学生坐旁边凳子上排队，轮到哪个医生就是哪个。

惜君如常

我虽没轮上由陆医生给我瞧病,但却近距离看到了她:确实是让人看一眼就留下深刻印象的那种女孩。

总觉得陆医生有一点点面熟,但想不起在哪里见过。

某日,在学校大食堂吃过午餐后,我沿着食堂后面的小河往宿舍走。这里是苏州大学校园的东侧,有一条小河,当作校园和社会的分界线。小河的东侧就是开阔的苏州古城的环城河,地处葑门和相门之间。校医务室就在小河北面尽头的一栋小洋楼里。这里比较偏僻,边上有一大片树林,又新种了许多桃花。

大学二年级那个春天,是我人生中寂寞、孤单的时期。我生着病,每天咳嗽不止,影响了我的情绪,经常如天马行空,独来独往。

雪小婵说,如果一个人理解你的孤独,那是银碗里盛雪,是清水里盛开荷花。可哪里有这样的人呢?

那时候,毕业还早,读书是学生生活的主旋律,每天过着教室、图书馆、食堂、宿舍四点一线的生活。没想过要在大学里谈一场轰轰烈烈的恋爱,一个从小镇上来的小男生,没什么吸引女孩子的资本。走路都经常拿一本外语单词书,念念有词,梦想着毕业后读研究生。

20世纪80年代初,大学录取率只有百分之四,研究生录取率大概是本科毕业生的百分之五,两者合起来研究生录取率只有百分之零点二。对于我而言,读研究生真是个梦想。

那天,我不喜不欢,不悲不忧,极平常稀松,沿着河边石块铺就的小道,手里拎着两个用于吃饭的搪瓷家伙,慢吞吞地走着。忽觉眼前一亮,见陆医生,该是午休时从医务室出来溜达,一个人在河边的桃花林里流连,徜徉于年轻的桃花林中,畅享桃花盛开的美景。见她一会儿近距离端详桃花,一会儿用手执住一枝,凑过脸去嗅着花香,满脸惬意的样子。

桃花坞里有个桃花般的女子,那是一幅多么美的画面!我不经意间放慢了脚步,或者说停滞不前了,欣赏起这桃花和比桃花还美的风景。

陆医生本执着一枝桃花,凑近忘情地嗅着,听见脚步声,一回头,见一个男生走近,略显不好意思,自嘲般地朝我浅笑,转身,款款回医务室去了。

那天我心情都变好了。晚上去观前街醋坊桥临顿路边的一个汤团店,吃了几个爱吃的肉汤团。

隔了数日，又该去医务室瞧病配药。或许是之前路上遇着陆医生的缘故，总之，这次轮到陆医生给我瞧病。

我有点忐忑不安地坐在陆医生对面，有些小紧张，眼神飘忽，不敢直视她。陆医生对小男生挺和气，在仔细看了我的病历，又详细地问了病情后，说："我开一帖中药，你先吃吃看。"于是，她拿过一张药单，提笔，认认真真地写了起来。她写好方子，递给了我。我瞄了一下方子，字很清秀，不像许多老医生的字像天书那样读不懂。方子上有七八味药，记得有陈皮、半夏、桔梗什么的，其他不记得了。

她关照我，拿方子到校门口某某药店，药店第二天会把煮好的中药汤放在保温杯里送到医务室，让我先吃一周试试。

我遵陆医生的话，以后每天喝一大杯中药。吃了一周后，感觉咳嗽好多了，又去医务室找陆医生。她又开了同样的方子，让我继续喝一周。

没等第二贴中药全喝完，我的支气管炎，奇迹般地康复了，不再咳嗽。

我内心挺感谢和佩服陆医生。没想到她一个花样女孩，还能妙手回春，两下就药到病除了。

谁再说漂亮的女孩是花瓶，我不依。

尽管感谢又佩服，但也仅此而已。后悔没将陆医生的方子记下来。一九八二年的时候，还没见过复印机，更没有手机，不然将方子拍照留存是多么简便的事情。

我如愿以偿，考上了研究生。毕业离开苏大，去了上海。大学校园、老师、同学、陆医生、食堂胖师傅，终究只是人生的一站，一个过往。

多年后我重返校园，又想起了陆医生。记忆中的她还停留在花季，貌美如花。美好的东西总是匆匆流逝，徒留一缕忧伤……

有人说，女人的一生就是花的一生，历经含苞欲放，娇艳怒放，花谢花落……

我们穷尽一生，不过是留下几个美好的片段，不过是走向内心的幽兰。走到了，推门进去，看到自己内心，那浩瀚的、温柔的故乡。

如果光阴把一切席卷而去，最后剩下的，一定是一抹幽兰。

忽地笑

忽地笑是黄花石蒜的别名。今天见到黄花石蒜，忆起一段往事，我忽地笑了。

黄花石蒜，别名忽地笑、铁色箭、金爪花，黄色蟑螂花。多年生草本植物原产中国，主要分布在长江流域各省，生于阴湿山坡和溪沟边。

忽地笑金色灿烂的花朵，给人以愉悦和惊喜，故名，其寓意是幸福，花语是快乐、喜悦、高兴，可以代指任何美好欢乐的心情。

赞美完，悄悄说句不大中听的：忽地笑容易让不谙植物的人误作黄花菜，摘回家炒菜，然后吃不了兜着走。那还不是因为忽地笑和黄花菜长得像，叫金爪花嘛。

我曾误食过忽地笑。那是三十多年前了，想起来就尴尬、好笑。

20世纪80年代末，我尚在上海读研。暑期携女友回宜兴老家。家里安排了一次郊游，父母、妹妹、我们俩，共五人出发了，目的地是宜兴玉女山庄。

我在一篇文章中讲过，玉女山庄跟舅家有瓜葛。外公在20世纪40年代用十根金条买下玉女山庄一大片地，栽种许多杉树和板栗树。打算杉树成材后在汤渡老屋后盖一排楼房。母亲小时候跟着外公去过玉女山庄自家那片地，外公指着杉树和板栗树林，不无自豪地对母亲说："凤仙，再过几年就可以吃板栗啦。"

因此那次到玉女山庄，也就有重返故地看看的意味。

三十多年前，玉女山庄没多少人工雕琢痕迹。入口处建了个牌楼式的山门，一条四五米宽的主道通往坡顶，两旁植物以毛竹、松树为主。当年外公种的杉树和板栗已了无踪迹。大道尽头是个山潭，约一亩地大，潭水很清，迎山一边是裸露的石壁，下坡面是台阶。我们正好下去撩拨清凉的潭水，以解夏日炎炎酷热。

小路通往竹林，中间夹杂些太湖石、草地和野花。野花中自然少不了野菊的身影，盛开的花，花丝是白色的，花蕊是亮黄色的，长得生机勃勃，一大片白白绿绿中夹杂着朵朵花蕾，随风摇摇摆摆，煞是好看。我们在路边一棵大树下围坐，分享带去的煎饺、牛肉、水果。

继续往前走，出现一簇簇与野菊不一样的黄花，正开得兴致勃勃。其花茎如蒜薹一样碧绿，直直朝空中伸展，花朵一团团，花瓣细而卷，花蕊细长，花朵呈球形，如大菊花般大小，那黄澄澄、金灿灿的花瓣从中间向外反卷招展，有点喜气，又有点妖娆。

这是什么花呢？外形很像以前见过的彼岸花，但又不是，因为彼岸花是鲜艳火红的。就在大家都摇头不知时，父亲给我们解了惑，说这是野生的黄花菜。一语点醒梦中人，我们顿时都觉得找到了答案。回忆当初草率下此结论，是因为黄花容易让人与食物挂钩。一般结瓜、结籽的花都是黄色，如南瓜、冬瓜、丝瓜等都开黄花。娇艳的红花通常都不结果实，如玫瑰、牡丹、蔷薇等。

常吃的黄花菜是干菜，需用水浸泡，泡发后才能食用。见新鲜的黄花菜还是第一遭，稀罕。人最怕起了好奇心，好奇心一起，就想要摘些回去尝鲜。郊游采摘些野货回去，仿佛是天经地义的事，不然似乎缺失了一点，不完美。于是我们纷纷动手，很快就摘了三四两的黄花。

回家后大家等着吃胜利果实。很快，一盘黄花菜炒豆腐端上了桌。盘子里的"黄花菜"虽然受了高温烹炒，依然泛着鲜黄色，配着豆腐，蒸腾着袅袅香雾，锅气十足，诱人食欲。

我夹起一筷子"黄花菜"，送入口中，嚼了几下，一股浓重的苦味迅速传遍每个味蕾，那尴尬呀，唯有唐老鸭的叫声才得形容：啊！

忽地笑全株有毒，毒性最大的部分是茎，可提取石蒜碱，甚至可作农药。忽地笑的花虽然毒性不是很大，但不能食用，吃了照样中毒。

忽地笑既美丽，又良善，她是用花的苦来提醒人们，不能吃啊！

这和毒蘑菇就大相径庭。有"蘑菇毒王"之称的鹅膏菌，别名白毒伞、白帽菌、白罗伞，一个就可以致一个成人死亡，死亡率95%。

白毒伞味道鲜美，和普通食用菌看起来、吃起来几乎没有区别。

由此想来，我更感念起忽地笑的心地善良了。如果称忽地笑为美丽的天使，那么白毒伞就是伪善的魔鬼。

静　谧

　　人人都喜过年，但我更喜欢年前的那段时间 —— 那份静谧和安宁。

　　快过年了，全都慢了下来，停了下来。城里许多人返乡，街道上空了，路上不闹了。很享受此种时光，这是静谧之美，这静谧里带着一种慵懒。

　　曾登临泰山之巅，悄无声息，感受的是雄伟。曾涉足森林溪涧，潺潺流水，树叶沙沙，感受的，却是静谧。有声胜无声，是静谧的真谛。

　　童年时盼过年，因有新衣、新鞋和许多平时吃不着或不常吃的食物。还有，假期不用上学。

　　不用上学，于是滋生出一种慵懒来。尤其是寒假，严寒的冬天，赖在被窝里几点起床都行。

　　记忆中童年的冬天好冷。门前屋檐下挂着冰凌，有尺许长。也顾不得冰冷，折下一根，当剑，拿在手里挥舞。终于"啪"的一声，打在物件上，冰凌四分五裂，断成许多截。

　　朝手心哈几口热气，搓搓手，冻得通红僵硬的小手，有了点儿知觉。跑回家，端起一碗冒着热气的团子，碗的温度焐热了手，团子吃下去饱了肚。踏实了。

　　慵懒真好！慵懒和轻松中透出一种静谧。静谧才吸引我的灵魂。潺潺流水不急不慢，树叶沙沙不惊不扰；没有作业，没有考试，没有焦虑，人放松了，内心静了，不被外界打扰，此时有声似无声。

　　年少时就懂欣赏静谧之美。曾在大年三十的黄昏被大人安排去南货店买调料。走在丁山大街上，平时的热闹、吵嚷都消失了，竟然一个行人都没有。街道上的店都关了门，人们都回家过年了。我在静悄悄的街上走了很长一段路，感觉周遭从没有的清爽、整齐，这是一种静谧之美。

　　大学时代，曾在大雪后的清晨，踩在铺着厚厚积雪的苏州街道上，前往大公园。路上行人稀少，树枝上掉下一个雪团，"噗"的一声坠到地上，变成一小堆洁白的雪。公园里的大雪松被盖满雪，白里透出松枝的绿，名副其实是雪松了。周围宁静，只有几个晨练的老者在那边弯腰踢腿，小道上偶尔有几个晨跑者。这也是一种静谧之美。

曾在深夜的火车上，在沪宁和陇海线上。还是内燃机车的年代，列车上没了白日的喧嚣，在列车上好慵懒、轻松啊，因为你什么也做不了，除了坐着。听着带节奏的"哐当、哐当"声，望着窗外似有似无的山山水水、树树木木忽闪而过，一派寂静。

此时此刻，放年假前的几天，我坐在办公室里。大家忙忙碌碌了一年，终于轻松、安静了下来。大多数客户已经放假，生意一下子清淡了下来。节前的慵懒阵阵袭来，不想干活啦！

为自己冲一壶普洱，又换一壶滇红，又磨了一杯咖啡。我悠悠地品着茶，喝着咖啡，专享节前的这一份静谧、安宁！

惜君如常

从前慢

现代交通工具越来越快了,高铁开过去,一阵风,飞了过去,就如现今的日子,匆忙又急躁。

曾读过一本书《戴德生传》,讲十九世纪中后期英国传教士戴德生在华传教的故事。他加入伦敦的中国布道会,志愿到中国当传教士,于1853年9月在利物浦码头登上"敦费士号"轮船,启程前往上海,在海上摇摇摆摆、颠颠簸簸,经过整整156天的海上航行,"敦费士号"才终于在1854年3月抵达上海吴淞口。他在中国传教七年,创立了自己的教会——中国内地会。在中国传教六年后,他才回英国探亲,1860年7月,戴德生和妻子玛丽亚带着未满周岁的小存恩,搭乘"禧年号"轮船从上海启程回英国,探望阔别七年之久的父母。因为戴德生在长期宣教中身体受损,必须留在英国休养,几年内不能出国远行。戴德生一家在英国一待就是五年,直到1866年5月26日,戴德生夫妇携四个孩子,与16位宣教士启程回到中国。

其他不谈,我不禁感慨,那时候时光多慢啊,回家探一次亲,就是五六年,海上一个来回就要近一年。在船上的每一天,读书,做笔记,写书,喝咖啡,晚上看星星,看海上的激浪,吹海风,在慢悠悠的岁月中,地上又发生了多少事,花开花落几遍了。

我前几年去西安、成都旅行,都故意不乘飞机,故意乘高铁。

乘飞机,匆匆忙忙赶机场,赶飞机,飞机座位还没坐热,又匆匆忙忙出机场,赶交通工具,赶景区,整个人就如一个陀螺,飞快地转,一刻也停不下来。

坐高铁时,盘算着中间有七八个小时呢,我于是安下心来,放松开来,坐着看看窗外的风景,翻翻手机,看几页书。还可以喝一杯咖啡,或开一听啤酒,戴上耳机听一段音乐,清闲舒适,悠闲自在,不急不躁。

人什么时候最闲适、安逸?就是你有时间,却又做不了任何"正经"事时。这些"正经"事包括工作、打扫卫生、洗衣、教育孩子、做饭、割草……

当你什么也做不了,只能无所事事,舒舒坦坦,那就是一个人最闲适之时。

我们偶尔脱离尘世,脱离繁杂,摆脱烦躁,要的就是那一段无所事事的时光。去远方,不是终点那个风景,而是路途上的风景,路途上的闲暇,那一份从容,那一份雍容娴雅。

现代人如果什么都图快,那么大可以省略列车,飞机可以让人朝发夕至。吃饭吃快餐,恋爱也可以大大省略,省去情感的缠缠绵绵、互诉衷肠的部分,一步穿越朝思暮想,直达欲望的终点站。

喝的是茶，品的是光阴

茶和咖啡是物质和精神的融合剂。喝的是茶咖，品的是味道，也是生活的味道。茶似水，水是地球上最古老、沧桑的物质。许多时候喝的是茶，品的是茶之外的东西，是流水，是光影，是光阴，是沧海桑田。

今天开始喝茉莉花茶了。我肯定不懂品茶，是门外汉。喝了无数种茶，冰岛普洱、老班章、滇红、宜红、祁红、正山小种、金骏眉、龙井、小青柑，等等，都越喝越没意思，都不想喝了。

但我也不能一天都喝咖啡，小心脏受不了这么多咖啡因啊！

读苏州作家的书，讲到20世纪80年代中期前苏州虎丘山下全是花田，有茉莉花、玳玳花、白兰花等，花开季节，花山花海，香飘百里（夸张了，但也一定很远）。这些花被采摘、晒干后，经七里山塘河，来到阊门附近的虎丘茶厂，用来制作窨花茶。那时茉莉花茶是苏州的一个名茶。

20世纪80年代后，虎丘山下的花田都逐渐消失了，代之以工厂，苏州花茶也随之销声匿迹。

后来我上大学时，乘家乡陶瓷厂的顺风车到苏州。我清楚记得那次厂里的大卡车满载着大大小小的陶质花盆，送到虎丘公社。想必这些花盆都是用于种植茉莉花、玳玳花，制花茶用的。茉莉花、玳玳花、白兰花都很娇贵，不能种在田里，如果种在田里冬天时会被冻死，因此种在花盆里，冬天来临时这些盆栽的花都被移入一排排的房内过冬。花房就是玻璃暖房。

怀念茉莉花茶了。上网一找，虽然苏州已经不产，但外地有。今天上班后先喝了一杯茉莉花茶，果然茉莉清香无比，竟很对我这个不懂喝茶人的口味哩。

我们喝的是茶，其实更在意的，是一种符号，是文化内涵。茉莉花茶让我怀想起虎丘脚下的大片花田，一排排花房，白花绽放，花浪似海，香飘千里的景象和20世纪80年代那色彩斑斓的时光！我们喝着茶，品出了流逝的光阴。

栾树忆

栾树又称灯笼树、栾华、木栌芽、木栾树，分布在中国北部及中部大部分省区，世界各地均有栽种。早秋的栾树上结一串串像小灯笼一样的蒴果，颜色纷呈，黄、浅红、品红都有，作为行道树可以遮阳，又有观赏价值，成为秋天抢眼的一道美景。

栾树在这里属于新物种。不知什么时候起，城市的街道上出现了许许多多这种行道树。这种树在春天和夏天虽不特别引人注目，然而入秋后，仿佛一夜之间，这种树的枝上会吐出浓密的黄花；晚风吹来，路旁街边的树下落了一层细密的花蕾，地上散满了落叶，让人有点伤秋。就在对落花的伤感还在继续时，树枝上有了别样的惊喜，颜色艳丽的蒴果出现了，让人刮目，惊异于它的华美。

你见过这样的栾树吗？在深秋的街头，当众多的景观树都繁华落尽，栾树却撑起了别致的景观，葱茏华盖上，密密麻麻的蒴果像无数的小灯笼，嫩青、鹅黄、品红相见，异常美丽。栾树，一年能占十月春，春时枝叶繁茂秀丽，叶片柔嫩可爱；夏时树叶渐绿，继而黄花满树，金碧辉煌；秋来夏花落尽，换作蒴果挂满枝头，如一盏盏灯笼，绚丽多彩。栾树堪称佳木，实为上等行道景观树。

栾树在民间还有摇钱树的称呼，秋来栾树蒴果绚丽悦目，微风吹拂下能哗哗作响，故有此名。栾树除了可作城市景观树之外，还因其栾果能做佛珠用，故寺庙多有栽种。

若干年前，我在美国的公司工作。有一段时间纠结创业的梦想，常在屈服于现实，安逸于现状，跟随内心召唤之间挣扎。公司下午茶小憩时，我常走出公司，到后面一片田地边散步、沉思，有时兼有内心激烈的斗争。

那片田是一片草莓田，农场主雇了一些墨西哥农民种草莓。我以前从没见过"活着"的草莓，更别说草莓田和种草莓了。我那时无意间在春夏秋冬流转中，断断续续、从头到尾旁观了草莓的栽种过程。

那是精细农业，根部微滴灌溉技术。我看见了耕田、起垄、埋管道、覆膜、烧洞、栽苗，然后见证了草莓结果、长大、成熟。草莓成熟后，来了许多墨西哥农民，男男女女，下田采摘草莓，分装在一个个红色塑料网格盒子里，一盒盒装在纸箱里后，送上卡车，就运去超市销售了。

草莓田边有一排树，其中有一棵，和别的不太一样，但也没觉得它有啥特别。等到那年秋天，那棵树结了果，红色小灯笼似的，以前从没见过，一串串，红红的一片，煞是好看。我这才意识到它的特别。这种树在美国也是不多见的。

从此我特别关注那棵树，每次散步经过草莓田，都要多看几眼栾树。草莓田和栾树，仿佛成了一个精神符号，它们总是让我联想起创业前的那段沉闷的岁月。

归国几年的创业、拼搏，是一段既艰难，又精彩的人生岁月。拉卡拉集团的创立者孙陶然说，创业是和平时期最绚烂的人生。

我在不经意间赫然发现，在无锡的住处附近，竟种满了栾树，数量多得数不清。秋天一到，那些栾树葱茏多彩，一片花团锦簇，挂满无数红灯笼，一盏盏，红彤彤，如在向我招展，向我微笑。

我想起一句励志的话：每一分艰苦努力的背后，都会有加倍的回报。

情人节闲谈

昨日是二月十四情人节。情人节其英文为 Valentine's Day。其实，翻译为"圣瓦伦丁节"更确切，因为此节是表示友爱的，不仅情人间，学生和老师，同事之间，同学之间，都应互相祝贺。但如果翻译成"情人节"，就显狭隘，似乎专属情人间。

网传昨日情人节一个住在乡下的老人过得愉快又浪漫，这位老人手拿一枝刚从地里采摘来的鲜花，送给他的老情人。

其实我们也有自己的情人节，真正的情人节：七夕节。

我小时候听奶奶讲过七夕故事。七仙女下凡，在河里洗澡，被董郎撞见，他就把仙女的衣服"偷"走，藏起来，七仙女没办法，只好乖乖跟着董郎回家，在家织布、做饭、洗衣，从此董郎好不幸福！

还听奶奶讲了个田螺姑娘的神话故事。有个穷苦人家的单身汉，娶不起老婆，天天独自下田干活。某日回家，见家里桌上摆好了饭菜，衣服也被洗干净，却不见一人，好不纳闷。如此再三，他决定来个偷袭。他装着出门下田，然后转回家察看：见一个年轻美丽的姑娘，正在家里帮他洗衣、做饭。他一个箭步冲上去，抓住了她。她自称是一个田螺精，因见小伙子勤劳，心生爱慕，便化成一个姑娘前来帮他洗衣、做饭。他留下了她，从此一起过上了幸福的生活。

我当时听了，信以为真，特别羡慕，想将来也能遇到个田螺姑娘……

现在想想，这些美好的传说或爱情故事，用贾母的话，都是些穷酸书生，异想天开，瞎编。

但毕竟，能遇见个仙女，也是一种美好的向往吧！

上海碎忆

当你挥挥衣袖，不带走一片云彩，转身离去的时候，不会想到日后再来，是匆匆过客。

今年，上海熟悉的身影再次进入我的眼中、心间。

20 世纪 80 年代末我在上海工业大学（现上海大学）研究生毕业后，赴南京高校工作。研究生是有独立户口的，因此离开上海前要自己去派出所注销户口。派出所在共和新路上，延长路口往北。户籍管理科一个年纪轻轻的女民警接待我，听说我要注销上海户口，连问两声，"你肯定？"那时节上海户口是非常值钱的，许多人打破头都想挤进上海，弄个上海户口。派出所注销上海户口这事，或许多少年里也没有发生过几次。

我就这样轻飘飘地告别了上海。后来虽回去过无数次，但都是过客，没了上海户口，在那个年代就不可能再长住。

我研究生专业是在上工大冶金系。第二年冶金系分出去一块，成立了化学化工系。当时校长是赫赫有名的钱伟长教授，冶金系主任是后来知名的徐匡迪教授。

一般在学校开大会时能见到钱校长。钱校长是面容很和善的一位老者。有一天傍晚，我在学校大草坪上散步，见钱校长也在草坪上溜达，正朝这边走过来，相遇时我叫了一声"钱校长好"，钱校长热情地回应"同学好。"

有一次工大举行歌咏比赛，在学校大礼堂举行，按系为单位，部分本科生和研究生上去合唱，钱校长、徐主任等校领导也在礼堂观看。我在化学化工系合唱团里，严肃认真地唱了首《黄河大合唱》里的一组。后来冶金系的接着上来，也唱了首寻寻常常的歌曲。轮到计算机系时，却上来一个男生和一个女生，打扮成唱《龙船调：妹娃要过河》的模样，唱得活灵活现，但把原歌词改编成了"工大来了个校长哪咿哟喂，钱校长名气大哪喂……"下面师生听了一片哄堂大笑，钱校长也摇头大笑。计算机系这帮家伙头脑就是比我们灵……

对徐主任最深的印象,是有一次系里开大会,主要内容是给学生分享经验和鼓励精神,徐主任在上面介绍他到欧洲某大学研究机构做访问学者,忘了是瑞士还是英国,回国时,把节约下来的数万外币都买了两台科研所需的仪器带回国,无偿地贡献给了系里。当时我就觉得徐主任眼光高远,格局大,以后会大有作为。

第一次踏进上海是1984年5月份,从苏州赴上工大参加研究生复试。研究生全国统考后,被报考的大学录取前,考生被要求赴学校复试,即面试,教授要见见考生。去复试前心情有些忐忑不安,担心出差错。后来得知复试的人数和录取名额是1∶1,主要是去和导师及系里的老师见个面,心里也就释然了。

那时小男生到底有些呆,不知道到学校食堂吃饭,却跑到校门口的副食品商店买了几袋方便面,曰"鲜虾方便面",拿回招待所,用自带的饭盆冲泡。等泡了5分钟,掀开盖子,挑起一筷面往嘴里一送,如一团生面浆。

20世纪80年代至90年代,上海出产一种方便面,面饼看起来和现在的方便面一个形状,塑料袋包装,也有料包,但唯独的区别是,面饼是生的干面,未经油炸,要像卷子面一样在开水里煮熟后方能吃,仅用开水泡泡是不能吃的。

我可算不上老老实实、按部就班的人,复试结束后没有赶紧回苏大,而是先奔上海化工学院,找一个中学同学,夏同学,挤在化工学院学生宿舍里住了两晚。夏同学领着我到南京路、福州路、外滩一带玩。来上海前,我见识过的大城市只有南京、苏州、无锡、常州、镇江、扬州。就高楼大厦、西式建筑群、城市规模而言,当时这些城市和上海比,全小巫见大巫。因此,走在两旁高楼林立的街道上,一时间真有点儿刘姥姥进大观园的感觉。

去看上海国际饭店是肯定不能少的。国际饭店24层,当时是上海,甚至可以说是全中国最高的楼。小时候常听去过上海的大人各种吹嘘,其一是国际饭店如何如何高。楼高几许呢?仰头看的话,帽子都要掉下来的。看国际饭店帽子都要掉下来,从童年起就印在心里了。

到了国际饭店跟前,24层在当时确实算得上摩天大楼了。虽然没有戴帽子,我仰头看楼顶,推测帽子会不会掉下来,结论是:不会。

1984年,我赴上海工大正式开启研究生学习生涯。后来经常在无锡至上海的公路上往来。那段公路很有特色，中间有一段，京杭大运河、宁沪铁道、锡沪公路，三线平行，颇为壮观。中间经过唯亭、望亭、浒墅关等地，地名好有文化感。当时想以后有机会要去看看。多年以后我专程驾车去过唯亭、望亭、浒墅关。

上工大校区在延长路北面，路南面隔几个居民小区就是闸北公园。在一个周末，记忆中是阴天，我一个人去逛闸北公园。

我的两个室友，也是我同届师兄，一个是上海人，未婚，一到周末就回家了。另一个是杭州人，结婚了，周末就乘火车回杭州见老婆。所以每到周末宿舍只我一个孤家寡人。

上海师兄个子矮矮的，长相很一般，但因为他是上海人，家里有房子，该仁兄搞定了他读师范大学本科时的班花，是个外地人，我见过，很漂亮。两个人悄悄地恋爱并结了婚，学校和导师都不知道。后来这事让系里领导和导师很不爽（那时候学校纪律，学生不能结婚，或者需要学校同意，我不是太清楚），因此在我毕业半年后，他才毕业。

闸北公园里静悄悄的，没几个人。我走着走着，到了一隅，是个烈士陵园，在碑文上读到几个烈士的事迹，记忆最深的是某位烈士，年纪很轻，上大学的年龄。

很搞笑的记忆。有一次校园里闹了贼，听得宿舍下面一阵喧闹声，我便下去看。见学校西门的看门大叔，气鼓鼓地说："见他跑过来，我就对他喊，'站住，站住'，可他就是不停，一路跑走了。"

我们听了，都禁不住笑。贼是你喊站住就能站住的吗！你倒是冲出去拦截啊！这成了一个笑话，让我们笑了很久。

尚记那时工大南门侧面有几个食品摊，其中有个老太太，架个炉子，卖萝卜丝饼，即萝卜丝油墩子。我路过时总会看几眼，却未买过，是嫌太油，吃不惯。

好想哪天再回延长路校区，看看大草坪，研究生宿舍，校长楼和专家楼，大操场上机械系同学放飞模型飞机，还有喊贼站住的看门大叔……

虽然，我知道，不变的，也许只有脑海里的记忆。

伏草林风

一地鸡毛

昨天闲谈，说到为什么大多数人一生的最高成就或人生顶点，就是上个一流大学，或出国读了个硕士或博士，技能不再长进，碌碌无为。

有一张反映人的技术经验和生活琐事随时间发展的曲线图，指明了真相：一地鸡毛的人生，从能力下降和生活中破事上升的交汇点，开始。

刘瑜说，当青春的浓雾散尽，裸露出了时间的荒原。我觉得那荒原上裸露出的，正是人生的无奈、失落，甚至人性的狰狞。

20世纪90年代初我赴美读博前，在南京某高校任教。当时电视台播出电视连续剧《一地鸡毛》。印象很深，至今想来，仍觉是好剧。

主题讲的是，年轻人刚大学毕业，踏入社会，踌躇满志，想干一番大事。不料，社会不是他们想的那样，人际关系错综复杂，家事单位事杂事缠身，最后，落得个忙忙碌碌，东奔西走，却碌碌无为，一地鸡毛，无可避免地成为一个要么精致的利己主义者，要么不精致的利己主义者，无非整日为加点工资，买个房子，找个好点的幼儿园，托个关系找个医院床位等这些破事奔忙。

年少时代的梦想、抱负、情怀，乃至感情，到了"一地鸡毛"的中年，都如"黄鹤一去不复返，白云千载空悠悠"了。

故事发生在高校中。剧中有一段非常精彩，寓意深刻。中年女教师，找男系主任反映个人工作中的事。谈话间，不经意回忆起了他们青年时期刚参加工作，在一起工作，一起学习，一起郊游，一起湖上泛舟，两人之间还产生过某些情愫。

这时，剧中徐徐响起《让我们荡起双桨》的背景音乐，仿佛两人又回到那个朝气蓬勃、青春浪漫、简单纯真、充满激情和理想的年代。回忆到动情之处，系主任不由自主地握住了女教师的手。这时候，忽然有人推门进来，两人握手这一幕全被人瞧见了。剧情迅速翻转，女教师指责系主任调戏、非礼她，把一盆脏水泼向他，以便洗清自己……

这一幕可谓全剧点睛之作，其效果就如《红楼梦》第四回的《护官符》诗"贾不假，白玉为堂金作马。阿房宫，三百里，住不下金陵一个史……"一样，道出了全书的中心和主旨。

剧情多么像现实生活啊！大部分人的人生，就是一地鸡毛。哪怕生命的前半场，华丽如一件羽衣，后半场也会将表面撕破，剩得鸡毛漫天飞舞。

严老师医院历险记

2021 的央视春晚我没看几个节目，但看了贾玲和张小斐的小品《一波三折》，大意是女主误以为自己体检得了不治之症，精神顿时垮掉了。

人是精神动物，靠精神支撑的。没精神了，人也就废了。许多颓废之人，就是没有精神、信念、理想的支撑。

这是真的。我讲个亲身经历的真事。

20 世纪 90 年代我在南京某高校工作。同教研室有个女教师，小严老师，比我大两三岁，当时 30 岁刚出头，先生也在我们大学工作，有个四五岁的儿子。

有阵子她经常觉得头晕，就让先生陪着她到隔壁铁道医学院附属医院检查身体，还特别做了个脑部 CT，看看脑部有无异常。

不看不要紧，一看出大事了。医生看了 CT，说严老师脑子里长了个瘤，要动手术切除。

这一吓，不轻！几个月前，同教研室的小李老师的父亲，浙江人，脑里长了个瘤，要动手术。小李老师家有亲戚在铁医当干部，于是安排他父亲专门来南京，住进铁医，开刀切除脑瘤。很不幸，病人竟然死在了手术台上。

这个事教研室的人都一清二楚，很震惊，纷纷去安慰小李老师。现在轮到严老师自己，她能不知道后果的严重性吗？

因为铁医离我校很近，她夫妻俩去时是走着去的。但回来时，严老师已经吓瘫了，不会走路，是叫了车子，半扶半抬弄回家的。

我们知道后，陆陆续续去她家看望，安慰。我那时是实验室主任，和教研室主任一起去她家。严老师躺在床上，已经好几天起不来了。我们安慰她："严老师，人生如梦，一定要看开些，看淡些生死……"

动手术前，严老师又被抬到医院，进行了一次 CT 扫描，确定位置等。结果，你能想到吗？那个瘤，没了。是第一次扫描发生了啥故障还是什么其他原因，具体我不太清楚。总之，啥问题都没了。

小严老师，就如一个已经被判死刑的犯人，忽然被宣判无罪，当庭释放一样，当时自己就站了起来，雄赳赳，气昂昂，根本不需要她丈夫搀扶，自己走回了学校！

　　这说明精神的力量确实无穷。精神能轻易毁掉一个人，也能瞬间成就一个人。

　　这件事成了本教研室的一个不太好笑的笑话。倒是我们劝慰严老师要看开些的那一席话，回头想想，有点可笑。

　　严老师自己讲，她那个头晕的毛病，后来不翼而飞，好了。

　　懂的人说，那是被吓跑的。和脑部开刀比，头疼脑热算哪根葱，排得上吗！

鸭油鞋垫

元旦回老家宜兴丁山，碰到新开张的宝龙广场和星巴克，我算得着了。昨天去了，今儿一早又带着老妈去星巴克坐着，悠悠地喝咖啡，享受大窗户里射入的阳光。

以前回老家，时间稍久些，跟无头苍蝇似的不知去哪里好。丁山真的没啥地方好去。但宝龙广场一开，高端一点的餐饮如星巴克、必胜客、肯德基等都跟着来了，大大缩短了丁山和大城市的距离。

中午时分，大约头天油水吃多了，没有胃口再吃喝。经过胥先生鸭血粉丝汤，决定喝点汤，还比较对口。

鸭血粉丝汤是发源于南京的食品。见有烧饼，问营业员是不是鸭油烧饼？营业员说是。那就吃一个吧。

对南京鸭油烧饼我是有深刻印象的。但当年我在南京工作六年，却一个都没吃过。且在南京，老百姓不叫烧饼，叫鞋垫。

20 世纪 80 年代末我研究生毕业赴南京中国药科大学任教。大学正门在童家巷上。出校门右拐约一百米，是马家街，丁字路口有些商店、小吃店。20 世纪 90 年代初大名鼎鼎的金春锅贴店就在那里，《金陵晚报》报道过。在拐角处有一家做烧饼的，很显眼，大门开着，门口有一个桶炉，燃着火，见主人总是忙忙碌碌地在做烧饼，贴烧饼。店门口挂个招牌：鸭油烧饼。

那种烧饼大约一个大人的手掌宽，但比手掌要长，差不多有一个汉子的脚长。鸭油烧饼金黄，香喷喷地码在桶炉上，很诱人，路过的人哪怕不买，也会多看几眼。

我家乡宜兴也有一种极其类似的烧饼，我们称"麻糕"，但外形更小巧，没有南京的烧饼那么长。宜兴麻糕的"麻"之得名，是因其表面有芝麻之故，肯定不是因为是麻子厨师做的，这个无须多言。但至于烧饼为啥叫"糕"，其中就有些文化好研究了。我猜想，北方但凡面粉做的各种圆形或矩形烧烤食品一般称"饼",而南方米粉做的同类食品则称"糕"。宜兴处于不南不北的尴尬位置,把面饼和米糕混为一谈,是可能的。于是,"麻糕"横空出世了!

南京在江南的地位,属于北方似无啥争议,"烧饼"之称自是毫不含糊的。

当年在南京工作时,某日和南京同事经过马家街那家烧饼店,我提议,"吃个鸭油烧饼吧。"

同事略不屑地说:"鞋垫有啥好吃的,去吃金春锅贴吧。"

我才第一次知道,原来那不叫烧饼,老南京人叫它鞋垫。

不过,我并不惊讶于为什么不叫烧饼叫鞋垫,因为那烧饼的外形和尺寸,活脱脱就如一只鞋垫。

以后每次经过那家烧饼店,都会不由自主地关注一下,名字叫鞋垫的烧饼咋样了?但不知出于什么心理,这么些年,我就是没有去吃一个,哪怕只是品尝一下,响当当的南京鸭油鞋垫。

出国经年后我曾回到南京,再走过童家巷和马家街口,这里早已变样,街道拓宽了,商店更多了,更热闹了。但就是不见了那家鸭油鞋垫。那一刻我竟生出一丝悔意,为什么当初不尝一个呢!

今天,在家乡的胥先生鸭血粉丝汤店,又见到鸭油烧饼,我没有丝毫犹豫就点了一个,莫非为的是当年错过的味道?

有一点遗憾的是,这个烧饼看起来矮胖了不少,不似当年"鞋垫"那样苗条细长。难道生活改善让鞋垫也变胖了?至于味道,就不知道了,以今天吃的作为标准吧,毕竟,吃出鸭油香了。

伏草林风

浅谈蠡西文化

江南一带盛行"范蠡"和"西施"文化，以环太湖周边为主，又以无锡、苏州、湖州等地为最。

无锡有众所周知的"蠡湖""蠡河""蠡园"，有传说范蠡和西施隐居的"西施岛"，蠡湖中间有"蠡堤"，蠡堤上有个"蠡岛"，传说范蠡和西施在此岛上养鱼，还写了一篇《养鱼经》；太湖新城有条"蠡河道"，锡山区东岗镇还有个"蠡漍"，"漍"是水名，类似于湖、塘。

苏州有"蠡河""西施洞"，有传说范蠡和西施隐迹的"蠡口"镇，长桥街道的"蠡墅"，"盘蠡路"上的"范蠡公园""苏蠡路"等，还有石湖风景区的"范蠡祠""范公堤"。天上人间的姑苏城可谓到处留下范蠡和西施的足迹。

太湖南面的湖州也有许多范蠡和西施隐居于该地的传说和遗迹，如长兴的"蠡塘乡"，因范蠡、西施隐居于此得名；南浔有"范庄"，传说为范蠡种竹养鱼处，附近还有"范庄湾""思范桥""范泽"等地名；在德清县的干山镇，有范蠡养鱼的"范蠡湖"，有范蠡活动和居住的地方，得名"蠡山""蠡山村"。

小地方如我老家宜兴丁蜀镇也不甘寂寞。丁蜀镇位于太湖之滨，镇子的北面一带自古以来称"蠡墅"，传说范蠡和西施曾隐居于此，教当地人制作陶器，于是当地的制陶业得以发展，宜兴丁蜀镇被称为中国的"陶都"。镇子东面为蜀山风景区，山前有条"蠡河"，传说范蠡和西施泛舟太湖上，从东面太湖由蠡河进入丁蜀镇。

我老家在蠡墅的一个叫"蠡苑"的小区。目前我在国内的时候居住在无锡蠡湖附近。感觉我纵然浪迹天涯，终究跑不出范蠡和西施的手心？

毕竟这是两千多年前的事了，谁也没神通知晓当年范蠡是否携了西施到过那么多地方，留下行踪，到处隐居，到处养鱼。我更觉得是古代文人喜欢趋附风雅，热爱向往美好事物。试想如范蠡携一个倾国倾城的美人，自由自在，没有定踪，遨游四方，那不就是千百年来人类向往的最美好的诗和远方吗！谁不想让自己的家乡沾上一点范蠡和西施的浪漫故事呢！

但，我相信，虽然范蠡和西施是否到过上述这些具体地点存有很大的疑问，用蒙特卡罗统计模拟方法来计算的话，大概他们应是确实到过太湖周边地区的，否则，范蠡和西施的传说逸事怎么不出现在江西鄱阳湖周边，或者湖南洞庭湖周边呢？

伏草林风

比萨柑橘启示录

开放包容，兼容并蓄，从善如流的重要性，从吃比萨、油条、沃柑中又领悟了一次。

今天的早餐很有意思。从必胜客带回的比萨，加网购的清美油条和豆浆。将比萨和油条放烤箱里烤6分钟，口感和刚出炉的相差不大，又切了两个前几天网购来的武鸣沃柑。

比萨、油条，就着豆浆，真是中西合璧，中西兼容。

在美国，偶尔吃到油条。我吃得津津有味，可我儿子Eric，出生在美国，说这就是一个油炸面团，有啥吃头，哪有比萨好吃。

在国内，我偶尔带人到必胜客或棒约翰，请他们吃我认为妙不可言的比萨。他们的反应一般，甚至有人说比萨上的奶酪有一股膻味，不好吃。

而我，经常奔波于中美之间，横跨大洋两头，能同时品味两种文化下的美食；既能体验这些美食各自的美味，也能包容它们的缺点。

相比于一些人固执于一成不变的认识和成见，抱着开放包容、从善如流的态度去认识和接受其他文化，兼容并蓄，往往能带来额外的惊喜，感受到不同美食的魅力。

我以前对"柑橘橙"类水果，只吃橘子，不喜欢吃橙和柑。吃橘子简单，剥了皮就能吃。吃橙太麻烦，要用刀切成一块块才能吃，再说也没什么特别吸引人的味道，还不如喝橙汁，一大杯一饮而尽，痛快。

至于柑，又麻烦又不好吃。偶尔吃过一次芦柑，那味道实在不合我口味。因此，几乎从来不吃柑，对它没有好印象。

去年因某种原因经常网购食品。网购店里的水果类比较单调，没有橘子，只有"沃柑"。没办法，抱着尝试的态度，买点补充维生素，购买了一箱沃柑。

切开一吃，一阵惊喜，这简直就是最佳甜酸比的柑橘类水果！沃柑的甜度和酸度都恰到好处，几乎就是24:1的黄金甜酸比。以前吃橘子，很少吃到如此美妙的口感。

砂糖橘只甜，酸度不够，其他橘子太酸，甜度不够。江西南丰贡橘有比较好的甜酸口感，但在市场上几乎购买不到正宗的南丰贡橘。

而沃柑，简直得来全不费功夫，那味道和口感让人喜出望外。沃柑口味的稳定性也很好，多次购买都能保持一样的口感。

今年，因惦记着沃柑，我又网购了一箱。果然没有让人失望，一贯的最佳甜酸比！

幸好没有被成见耽搁。固执和成见，真是阻碍人们进步和幸福快乐的屏障。包容开放，从善如流，不抱成见，才是积极向上，正确的人生态度。

神气辣椒梨

辣椒和梨是两种比较神奇的植物。辣椒是千千万万人每天饮食中不可或缺的。梨不仅是水果，更是"神药。"

中国四川、湖南、贵州的人是如此嗜好辣椒，到了无辣不欢的地步。这让我一度以为辣椒原产于中国，自古以来中国人就喜爱辣椒，离不开辣椒。

没想到啊没想到，辣椒，这个当代中国最为常见的调味品，实际上，竟然原产于中美洲的墨西哥，明朝中后期才传入中国。也就是说，中国人接触到辣椒的时间满打满算也就四百多年，但却成为全世界最能吃辣的国家之一。在辣椒引进中国之前，四川、湖南、贵州的老乡只有花椒可吃。现在回想，那时他们好可怜啊！朱元璋贵为皇帝又如何，辣椒都没尝过。

近几年，辣椒更是突飞猛进，发展到百姓的餐桌上，大街的饭馆里，随处可见辣椒的身影。人们不禁要问，辣椒到底有什么魔力？作为一个外来物种，它是如何得到国人的认可，在很短的时间内征服国人，席卷全国的？

画家冯杰讲过一件事，我觉得有道理。他说，他问过姥姥，姥爷为什么那么喜欢吃辣椒？他姥姥说了一句连哲学家可能都说不出来的乡下话："辣椒解穷人的馋啊！"

辣椒最初吸引人的，一定是解馋。贫困的人没有肉吃，没有鱼吃，但是，哪怕随便什么蔬菜里扔一把辣椒，一炒，那辣气、辣味，解馋啊！

治咳嗽，平哮喘，润肺，都离不开梨子。梨子加贝母熬制成梨膏糖，治咳嗽，都说有效。我在大学二年级时得过支气管炎和轻度哮喘，后来吃了学校医务室女医生配的中药，病愈。药方里似乎有梨、贝母、枇杷叶。

读书，看到最气派的治疗哮喘单方，与明末的傅山有关。在古代，哮喘到极致就是痨病，人们谈痨色变。傅山是名医，又是书家，他曾给一位痨病病人开了一个药方，药材竟是满满一船梨。患者坐在船头，船从山西往河南顺流而下，一路吃梨。果然，船还未到河南，病就好了。

以后大家也可以试试傅山的药方，如果有哮喘，买一卡车梨子，边开边吃。

不过，回头一想，这是否和他坐在船头，和风习习，悠闲自在，看看风景，还有吃梨时舒畅的心情，有关呢？

所以，在卡车上吃，不见得灵光。

徐州站往事

我在20世纪80年代末经常乘火车从京沪线经徐州转陇海线去连云港女朋友家。那时还是绿皮火车。

有一件事印象特别深刻。

有一次火车停靠徐州站,上下客。我在车上靠窗位置而坐,无聊地看窗外忙忙碌碌的客流打发时间,等待发车。

这时候过来一个列车服务员模样的中年男人,手里提着一个车上服务员常用的那种很大的长嘴铁皮提梁开水壶。那时列车服务员经常提着这种壶在车上走动,给乘客免费倒开水。

于是我未加注意,习以为常地把杯子递了过去。那男人接过杯,往里倒了点水,把杯子递回给我,说,两毛钱。

我一怔,问道:"车上的开水不是免费的吗?"

他镇定地说:"这是牛奶茶,两毛。"

我这才明白事情不正常。抬头朝他打量,只见他穿了一身类似列车员的蓝色工作服,但仔细看,明显不是真的,他也不是列车服务员,因为衣服上没有工号牌,他就是混上车来,装模作样冒充服务员倒水,骗钱的。

再看一下他倒在杯子里的水,隐隐约约有点白白的,如水中雾霾一样,这就是他所谓的"牛奶茶"了!我是学分析化学的,一看就能估计出,如果他加的真是牛奶,那么"牛奶茶"的牛奶含量,大约是一大铁壶的水,加一勺牛奶。

再看那男人,满脸横肉,一副猥琐的样子,瞪着大眼,急着要我付钱。我觉得没有必要跟这种人论高低,治理这些人渣,应该是执法部门的事,我啥话也没再说,掏出两毛钱给了他。回头我就把那杯"白水"倒掉了。两毛钱事小,他们这种人的水我可不敢喝。

有一个寓言故事,教导我们不要与小人和疯狗相争。

某天老狮子领着小狮子散步。老狮子看见前面路上横着一条疯狗，就带着小狮子走别的路躲开了。

小狮子不解，说："爸爸，你是百兽之王啊，为什么还躲着一条疯狗呢？多丢人啊！"

狮子问："孩子，打败一条疯狗光荣吗？"

小狮子摇摇头。

"让疯狗咬一口倒霉不？"

小狮子点点头。

"既然如此，咱们干吗要去招惹一条疯狗呢？"

这就是我们为什么不要招惹小人和疯狗的道理。

生活中，有许多人就像疯狗一样，跑来跑去，到处咬人，身上充满了负面情绪：沮丧、愤怒、嫉妒、仇恨、贪婪、抱怨、报复和失望。随着这些负面情绪堆积得越来越多，他们终需找个方式发泄出来，所以才会到处咬人。

这时候怎么办呢？无须介意！遇见疯狗挡道，只需要笑笑，挥挥手，远离他，然后继续走自己的路。

人生短暂，不要浪费时间和精力，与一条疯狗缠斗。

曲阜三孔行

国庆长假先赴天津,后访曲阜三孔。

到曲阜,我有两个第一次。

平生第一次吃到山东煎饼卷大葱。我这个人接受能力强,包容性强,不拒绝新生事物,就如当初第一次吃比萨就觉得好吃一样,觉得煎饼卷大葱也很适合我的口味,以后有机会要再吃几个。

第一次到孔子的故乡。几年前曾至江苏高淳旅行,到达游子山。相传孔子离开故乡山东,带着子贡等一干门徒,一路向南,在各地讲学。到达江苏南京边的高淳,登上南面的山顶,暂居讲学。某一日,孔子在山顶朝北山东的方向眺望,忽然觉得自己如游子一样四处漂泊,思乡之情油然而生。于是决定带着门徒返回曲阜。高淳的"游子山"因此得名。

现在从南京乘高铁几个小时即可抵达曲阜,驾驶汽车也不过十个小时。孔子时代不比现在,乘马车可能要走一个月。因此,在高淳游子山的孔子觉得离家乡已经相当遥远,难怪思乡情切。

高淳游子山是孔子一生到达的中国最南的地方。

我就是在游子山顶萌生了去曲阜拜望三孔的念头。值此得以成行。

曲阜三孔景区,有最真实的古老和沧桑。想想西安,阿房宫早被烧了,大明宫不复存在,只剩遗址,华清宫也是重建的,多数是地底下挖掘出的一些遗迹、文物而已。

只有曲阜三孔,两千多年来由于一直受到膜拜和保护,真实地矗立在那里,不是地底下挖掘出来的。三孔随便一棵圆柏、侧柏、石雕、古墓、都有千年历史,都是真实的存在。

而皇宫和权贵的宫殿命运就不一样了,历朝历代都被人不断破坏,或受战争摧残。别说阿房宫了,明故宫、圆明园,不过几百年历史,全是一片废墟、瓦砾。北京故宫或许是唯一历经改朝换代而没有遭受破坏,完好保存下来的皇宫，这个归功于清朝皇帝最终是和平退位的。隆裕太后有功，值得肯定。

看到"子贡庐墓处"。孔子去世后，孔丘群弟子为孔子守墓三年而去，唯其得意门生子贡哀思未尽，独自又为老师守墓三年。后人感念子贡的忠诚，建屋三间，立碑一座，题为"子贡庐墓处"。

我孩童时初知孔子，是因看了一本小人书。我记得清清楚楚，看到小人书结尾处，最后一幅画是，年老体衰的孔子，站在自家院子里，拄着拐杖，望着远方的山。

两千多年前，对八九岁的孩子来说，实在太遥远了……

小人书最后一幅画，曲阜孔子故乡、院子、远山，给童年的我留下很深的印象。那是在哪里啊？也同样遥远吧……

我现在想，书上那座山，应该是泰山。

忘忧花

见网上的一个视频，说北方女人如何彪悍。上传者自称是北方人，却说要找南方女友。

忽然想起一首摇篮曲，《东北摇篮曲》，特别温柔。最早听到这首摇篮曲，是我回国创业前，常在美国某中文网站上写文章，认识一些网友。有个学声乐的赴美网友常发一些她的歌给我们听，其中就有《东北摇篮曲》。她是清唱的。清唱还唱得这么温婉动听，如天籁之音，给我留下很深刻的印象。那是我第一次听这首摇篮曲。后来才知道杨钰莹等歌星也唱过这首《东北摇篮曲》。

如此彪悍的东北女人，却有如此温柔的摇篮曲！反差太大。

听哲学家讲过，母性是天生的，雌性则是后天强迫的。

雌性动物，包括人，人本质上也是动物，包括最凶猛的动物如鹰、虎、鳄鱼等，在雌性荷尔蒙的作用下，对自己生的子女都比较温柔，所谓虎毒不食子，鳄鱼就是恶鱼，鳄和恶是同音词，母鳄鱼这么凶恶丑陋，都不吃小鳄鱼。

但是，某些雌性动物当雌性荷尔蒙退却后，母性不再，开始驱赶、撕咬自己的孩子，让它们出去自生自灭，独立生活。这方面食草动物更"人性化"，确切叫"羊性化"或"牛性化"，它们可以终生和父母在一起长大、生活。

对于人类，既有动物性的一面，也有人性和理性的一面。多数女性比较关爱、呵护下一代。但肯定不是"都"，肯定不是所有孩子都能得到慈祥的母爱，我在一篇文章里讲过老家邻居李松柏的故事，他幼年时被亲生母亲逼走逃荒，成了叫花子。个中原因，可能和雌性荷尔蒙高低，受教育程度（这影响人性和理性思考）、社会经济环境等有关。这不是我的研究领域，不深入讨论。

心理学家说，所有的爱情都是寻找或延续童年时缺失或拥有的母爱、父爱，我颇认同。男人想从女人那里得到童年的母爱，找回被抱在怀里那种温馨的感觉。女人也一样，从男人那里寻回父爱。

　　动物世界，雌性动物除了对子女可能有关爱和爱护外，不大可能爱护异性动物，有的也只是迫于雄性动物的强悍，表现出顺从而已。女人对除了自己子女以外的人，比如男人，会不会爱护，显示雌性呢？根据哲学家的论断，这不是天生的，是后天培养的，属于精神境界。

　　结婚、生子、抚养孩子，是现实生存问题，本质上和动物生养孩子并无二致。而爱情，是属于精神层面的东西。女性对男性表现出温柔、爱护、关怀，是后天学会的。

　　为什么古人，也包括今人，都痴迷才子佳人的爱情戏呢？《西厢记》《女驸马》《珍珠塔》，因为入戏后，你会暂时摆脱现实生活的一地鸡毛，进入理想世界，现实生活中没有的郎才、女貌、温馨、激情、委婉、韵味，全从戏里获得了补偿，满足。

访东林书院

今访无锡东林书院。

东林书院在明末复兴的主要领导人是顾宪成和高攀龙。高攀龙是我高姓本家，高氏在无锡的分支，我家族是高姓宜兴丁蜀分支。高攀龙的墓地在无锡青山公园，我去拜访过。

颇有意思的是，东林书院里有一座小型孔庙，称"燕居庙"。为什么叫"燕居庙"呢？原来，取自论语"子之燕居，申申如也"。古人喜欢用同音异义的字互相代替，后称其为"通假"字。燕居，乃宴居、闲居也！

中华文字是很美的文学文字，节奏性好，可塑性强，许多字可以自由搭配成词，字可以通假，是极其优雅、美丽的诗词歌赋语言。比如，一个风字，可以搭配出无数含义丰富的词汇来：风光、风韵、风流、风情、风雅、风度、风骚、风味、风物、风土、风格、风景、风骨、风头、风尚、风采、风靡、风云、风范、风趣、风水、风波……这些词写文章的人信手拈来，增加了多少文采！

曾经跟外国人解释什么叫"风骨"，讲了半天老外还是一脸蒙。而中国人一看就懂。

林泉高致

萱草，食之，令人好欢乐，忘忧思，故曰忘忧草

LIN QUAN GAO ZHI

萱草花开

贾玲说，张小斐不火，天理难容。

我赞赏张小斐，因为她就是在困境下永不言弃，追求梦想，成功逆袭的励志榜样。

《你好，李焕英》内地票房52亿，荣登中国影史票房榜第二。

2021年12月30日，张小斐凭《你好，李焕英》中精彩表演获第34届中国电影金鸡奖最佳女主角。

张小斐火了，成为最红的女明星。

贾玲导演的第一部电影就破50亿元，制作成本只有8000万元。事实说明，导演门槛也不高嘛，只要认真，肯用心，肯付出真情，就能拍出好片子。

火的不仅是票房和口碑，还有贾玲和张小斐；感动的也不仅是电影，还有她俩真挚的情谊。在当前经济社会一切向钱看的大环境里，贾玲和张小斐的友情，贾玲给张小斐的贵人扶持，本身就是一个动人的故事。

2012年，贾玲第一次带着张小斐，在北京卫视的春节晚会上一起演出了小品《女人的N次方》。贾玲的微博中第一次出现了"张小斐"的名字。她说：

"张小斐啥都准备好了，就差火了。"

从那开始，张小斐和贾玲的关系越来越亲密。

2012年，张小斐终于接到一部剧，虽然只是扮演其中女三号。当时已很有名气的贾玲，还是卖力地为好友做宣传。在拍片时张小斐的眼睛被烟火道具炸伤，还横遭剧组人员呵斥。贾玲得知，心疼地为好友打抱不平：

"小演员，快变成大腕吧！你离变成偶像就差一部戏了！"

今年春节《你好，李焕英》上映后，出人意料的火爆，贾玲真诚地对张小斐说：

"我是女导演，你就是我的女明星。"

"张小斐不火，天理难容。"

张小斐则深情回应："我们还有好久好久。"

跑龙套、饰演路人甲的角色十几年，张小斐终于遇到了对的人，对的戏！

贾玲之于张小斐，本来什么也不是，只是陌生人。但人生往往就是这样，真正给予你鼎力支持和帮助的，或许就是一个陌生人。

《你好，李焕英》这部电影的成功，诠释了一个真理：有故事、有情怀、有真心，远比所谓的制片技术、后期效果和制片成本，都更重要！

这说明，没有真诚，没有情怀，没有人文的艺术，是没有灵魂的僵尸，是无根之木，无源之水。

张小斐凭借此片一战成名，正应了这句诗：宝剑锋从磨砺出，梅花香自苦寒来。

在此之前，张小斐的北京电影学院同班同学杨幂和袁姗姗早就家喻户晓，成为人气影星，而张小斐虽然不断出演电影、电视、小品，却一直不温不火，基本没多大响声。

一个女演员能隐忍、蛰伏到35岁，才凭一部作品一举成名，让观众为之狂热和喜欢，只能说明她本来就优秀。她不过是如竹子一样在默默积蓄力量，厚积薄发，一飞冲天。

是金子，总会发光！

31日，张小斐发微博晒金鸡奖并配文感谢这一年收获到的所有温暖。

张小斐这一路走来实在不容易，如今的功成名就也离不开贾玲的帮助。颁奖现场，张小斐感言："我一度以为我的梦想永远不会实现了，现实证明，一定要牢牢抓住梦想不要放弃……我确实是幸运的，一路走来得到很多人的帮助。"

"感谢导演贾玲，用尽爱与思念拍出了这部电影，感谢你把妈妈交给我来演，现在看来也许我不负所托，谢谢我的妈妈，谢谢天上的李焕英阿姨，妈妈们，你们的女儿都很棒！"

张小斐抱着奖杯走下领奖台后，重重地叹了一口气，她高兴而又无奈地表示，在台上已经把想对贾玲说的话都说了，然后她又重新讲了一遍自己的故事。

张小斐曾非常失落地表示，她是电影学院同学中混得最差的。当她在为演戏发愁时，她的大学同学杨幂、袁姗姗早就出演了很多部影视剧。

那晚的张小斐很漂亮，也很伤感，因为她从北京电影学院毕业了很久，也没机会出演真正意义上的女一号。是贾玲大胆启用她，给了她一次机会，让她一鸣惊人。

有鸟止南方之阜，三年不翅，不飞不鸣，嘿然无声。此鸟不飞则已，一飞冲天；不鸣则已，一鸣惊人。

《叛逆者》剧评

《叛逆者》是继《悬崖》后又一部精品谍战剧。

《叛逆者》是根据畀愚的同名小说改编，周游执导的谍战剧，由演员朱一龙、童瑶、王志文、王阳、朱珠领衔主演

剧情紧凑，惊心动魄，扣人心弦。这些年拍摄了许多谍战剧，但《叛逆者》有许多超越之处。

一是剧情比较新奇、曲折。一般的谍战片多为女性特务色诱男主，但此剧是以军统特务林楠笙接近朱怡贞为剧情主线之一，而且时间跨度大，从朱怡贞在大学外文系读书、参加抗日救亡运动，至解放战争胜利，达十三年之久。此谍战片中穿插了青春爱情的剧情，林楠笙从执行特务工作接近朱怡贞，到真正爱上朱怡贞，过程充满惊险，有动人的剧情，也有悲情色彩，感情戏非常丰满，使剧情有很强的感染力和张力。

朱一龙和童瑶的搭配，俊男靓女，他俩的出场和表演，一直是全剧的一抹亮色，一道风景线。他俩的爱情从一开始就是悲剧，因此让观众多了一份感动、担忧、期盼。

二是军统内部的运作，军统领导层之间的斗争、倾轧，让观众领略了一个以前比较空白的空间。尤其是陈默群演绎得非常出色，他是一个能力很强，也有理想的军统特务领导，却被自己人、能力平平、却工于心计、尔虞我诈的副站长王世安倾轧出局，最后其被迫当了汉奸。

王志文饰演的顾慎言，把"特务"的老辣奸诈和地下党的精明干练，都演在同一个人身上，出神入化，不愧为老戏骨。

剧情方面也有一些败笔，比如，几次三番让平民身份、当过舞女的蓝心洁去执行极其险要的任务，这些工作甚至连受过正规训练的特务都不一定能完成，最后还付出了生命的代价。

但瑕不掩瑜，《叛逆者》不失为一部好剧，是谍战片的精品之作。

朱怡贞弹奏的风琴，也是剧中的片头曲，很有怀旧色彩，有些伤感和悲情，衬托出民国年间的旧时代感。战争、国共斗争、国家前途、情感、爱情、个人命运，这些全交织在一起，生命匆匆而过，哪个更重要？哪个值得一辈子永远珍惜呢？

片头曲是柴可夫斯基的《六月船歌》。

等到满山红叶时

国庆长假在家，翻看老照片、老电影。

怀念20世纪80年代了。20世纪80年代有很多好电影，许多年过去，这些电影的剧情仍记忆犹新，电影主题歌余音缭绕，不绝于耳……

那时候没有医美，女演员都是天然美女；那时候拍电影不是为了商业和金钱，真的是为了艺术，拍个片子导演和演员尽心尽力，全力以赴，要下去体验生活，要集中培训。因此许多电影和电视剧成为永恒、不朽的经典。比如87版《红楼梦》电视连续剧，无论是导演、演员演技、音乐，都成为经典中的经典。

最重要的是，那时候有真情。当金钱不是目的，才有真正的爱情。这一点上，诺贝尔文学奖得主马尔克斯有充分的诠释："哪儿有贫穷，哪儿就有爱情。"

20世纪80年代初刚进大学不久，看了一部优秀电影《等到满山红叶时》。故事主线是围绕一家生活在长江瞿塘峡信号台上的"兄妹"杨明和杨英的恋情。杨英遭遇翻船事故，全家人除了她全部遇难，被杨明父亲救起，被领养。电影非常抒情，又很深沉，很有内涵。因为杨明在一次大风雨中移动江中信号灯时殉职，电影又带上了浓郁的悲情成分，电影主题曲《等到满山红叶时》抒情中带忧伤的情调，反衬和强化了电影这一主题。三峡的景物，三峡的红叶，抒情又忧伤的歌，成为永恒的美。吴海燕饰演的杨英是上海至重庆客轮的三副，气质和风度佳绝，不失姑娘的柔美，又有成熟女性的端庄。

电影用优美的视听语言演绎了杨明、杨英"兄妹"从青梅竹马、两小无猜，杨明对妹妹无私的关爱和奉献，发展为长大后的互相爱恋。发生在长江三峡边的小妹妹和小哥哥的浪漫、悲情故事，真的很好看，同时也很感人。影片让人看到爱情本来的样子。饰演小妹妹杨英的是茅以蕙，后来演了《巴山夜雨》。

影片中有瞿塘峡纤夫拉纤、瞿塘峡白果背信号台等珍贵镜头，值得反复观摩。一个瞿塘峡的远景，朦朦胧胧，江水如万马奔腾，然后镜头渐渐推近，观众看清了长江两岸上层层叠叠的红叶。红叶是主题，是象征，是永恒的三峡，是滚滚长江流淌的水，是杨家兄妹的童年，是两小无猜渐生的爱情，哥哥是川江长流水，妹妹是川江水上波。

喜欢这部片子的一个原因，就是因为三峡。我在20世纪90年代初本来有一次机会乘长江轮从南京赴重庆，船票都订好了，后因其他事情的耽误没有成行，后来就出国了。结果，长江三峡成为我永远的遗憾，因为再也看不到三峡原貌了。影片能让我一睹三峡原来的风貌。

主题曲和插曲非常好听，由朱逢博、钱曼华两位歌唱家演唱。片头和片尾"满山红叶似彩霞，彩霞连连映三峡"的歌声缓缓响起，把观众带回四十年前，四十年前的老电影放映时，正逢改革开放之初，青年人积极、乐观、进取，中国正进入一个新时代，满山红叶似彩霞，是新时代开始的序曲。

伏草林风

儿子毕业工作感想

儿子 Eric 加州大学毕业后,于月前找到了第一份工作,在一家公司上班。

上班前,我和他视频通话,向他提出初到工作岗位的一些要求和注意事项。都是不高的要求,总结一下就下面四点:

一、不要觉得是为公司或老板工作,你是为自己工作。你在公司里所做的一切,都是学习、锻炼、积累经验的好机会,可以丰富自己的阅历和经历,所以要积极干、肯干、找事干、多干。领导交代的工作,一定要认真、负责地完成,让领导200%满意,100%是不够的。

二、上班不要迟到,每天比别人早到几分钟;下班不要早退,比别人晚走几分钟。

三、穿正装,衣服要整洁干净,让人感觉笔挺有精神。有人做过专门研究,舍得花钱在崭新、整洁、笔挺职场服装上的人,平均工资远高于不注重穿着、不修边幅、邋邋遢遢的人。

四、公司的东西,哪怕一张纸、一支笔,也不能往家拿。

Eric 上班工作了一个多月,从不迟到早退,工作积极努力。因为他喜欢计算机,还帮公司解决了许多计算机上的问题,本来都是他的分外之事。他得到了几乎全公司人的好评和认可,同事们对他非常友好,都愿意和他交朋友。

我从不望子成龙,只希望他成人。

在 Eric 上初中时,他和其他男孩子一样,着迷于计算机游戏,成天在计算机上玩游戏。那一阵子我很焦虑,只要看到他在玩游戏就心烦,因此和他经常发生冲突。

但某一天,我散步经过一个商城,里面很热闹,那里刚好在举行国际计算机游戏邀请赛。从日本、韩国、法国、美国等许多国家来的选手济济一堂,还有一些评委和裁判,阵容俨然和其他国际比赛差不多。

我在赛场看了一会儿比赛,忽然闪过一个念头,是不是我们这代人有些观念确实陈旧、保守、落伍了？从某种角度来说，计算机游戏和中国象棋、国际象棋、围棋、桌球等有什么区别呢，本质上都一样，都是游戏。但我们对象棋、围棋、桌球就有很大的容忍度，主观上认为玩这些都是正经事，甚至许多家长送孩子去学习象棋、围棋、桌球等，而对计算机游戏则几乎没有一点容忍度，只要看到孩子玩，就火冒三丈，要孩子停手，否则就大呼小叫。这是否武断、专制了？只不过古代和我们儿时没有计算机，只能玩玩麻将、象棋、围棋这些游戏而已。

从此以后，我改变了自己的想法。我不再要求 Eric 不玩计算机游戏，只是要求他，游戏不能影响到学习，在完成所有学习课程和作业的前提下，爱玩就玩，我不再干涉。

最后，Eric 还是以优等生的身份在高中毕业，得到在全校师生前上台和校长合影的殊荣，并顺利考入加州大学，数年后同样以优异的成绩毕业。他上班后工作也很认真，不受手机、计算机游戏等的影响，工作时间从来不玩游戏。看来我原来的一点担心，怕他沉迷游戏而影响工作，也是多余的。

对孩子多理解、宽容、接纳，相比批评、逼迫，是更有力量的爱。

记得当初送儿子进幼儿园时，一进门，见墙上贴了一行醒目的标语：Children Are People Too! 译成中文就是：孩子也是公民！

孩子不是谁的私有物品，如果我们能正确对待孩子，从小尊重、爱护孩子，孩子成长的世界会充满更多的阳光雨露，而不是焦虑、抑郁、愤怒。

加油，Eric！

谈袭人

今天无意中看到了一个关于《红楼梦》的视频，讲的是故事的最后一集，贾宝玉成了一个流浪的乞丐，无意间乞讨到了袭人的家，此时袭人已经嫁给蒋玉菡。蒋玉菡原是戏子，与贾宝玉交好。

袭人见贾宝玉落魄成为一个叫花子，顿时觉得心如刀割，悲从中来，跪地大哭。她倒也一点不势利，初心未改，没有丝毫的嫌弃，待宝玉一如当年，悉心伺候他梳洗。蒋玉菡也一样，毫不嫌贫爱富，收留了宝玉。

我认为这是读书人的一种意象，人间总有真情在，如袭人和蒋玉菡一般，能自始至终，一如既往地守着初心，忠诚待人。

年轻时不懂袭人，读懂已是中年人。传统的《红楼梦》评论认为袭人是归属于薛宝钗一类人的，会为人处事，伪善，世俗，心中藏奸。我也不是太喜欢袭人。因为《红楼梦》原作者只留下前八十回，后四十回是"佚名"作者续的（注：目前已经正式排除高鹗为续作者），所以，上述贾宝玉乞讨到袭人家的情节，无法判断是不是原作者的本意。但是，基本的一些线索是忠实于原著的。比如，贾宝玉曾把袭人给他做的汗巾，与好朋友蒋玉菡的汗巾对调，而后蒋玉菡的汗巾又到了袭人手里，这就是为袭人日后嫁给蒋玉菡埋下了深远伏笔。

按袭人一贯的性格、为人处事和作风，在贾宝玉遭难落魄时，我也认为她不会嫌弃他，会一如以往对宝玉好。

如今无意中再看袭人的故事，真的很感动。袭人这个角色比我们想象中更有深度，她是知识分子心中理想国和现实社会之间的桥梁。理想国中的黛玉、晴雯、妙玉、香菱等，都不能长长久久，都夭折了。而现实世界中如王熙凤、贾雨村、贾赦、藏污纳垢的馒头庵当家净虚老尼等，充满着钩心斗角，尔虞我诈等丑恶行径。只有袭人，能有好的归宿，终得善终。在袭人身上，可以体现出知识分子内心深处的一束光：一种美好、善良、忠诚的品格，这在现代物质化的环境下更加难能可贵。

　　视频中有一段,讲流浪的宝玉见路上一群公差,押送一名囚犯。而这名囚犯正是贾雨村,贾雨村曾经将门子无辜打入牢房,只因门子知道一些贾雨村的底细。没想到,如今老鸡婆变鸭,咸鱼翻身,三十年河东,三十年河西,门子将贾雨村打进了牢狱。这段故事辛辣讽刺了现实世界中那些荒诞不经、恶毒和无聊的行径,也是警告世人,凡事不要做绝,要留有余地。

伏草林风

秋园杂佩

《秋园杂佩》是明末宜兴人陈贞慧所著,记录了家乡许多事物,如庙后茶、龙池山和铜官山的兰、时大彬紫砂壶、芙蓉寺庞公榛和善卷洞杜鹃花等,读来令人倍感亲切。

陈贞慧(1604年—1656年),字定生。宜兴(今属江苏省)人。明末清初散文家之一,也是明末四公子之一。陈贞慧是明末诸生,曾中乡试副榜第二人。他曾与吴应箕、顾杲共议声讨阮大铖,由吴应箕起草《留都防乱檄》,并张贴于南京城内,因此遭到了阮大铖的仇恨。南明弘光朝,他受阮大铖迫害,曾一度入狱。入清后不仕,隐居家乡,十余年不入城市。于顺治十三年(1656年)去世。

陈贞慧是复社成员之一,文笔风采出众,闻名于时,与冒襄、侯方域、方以智,合称"明末四公子"。

陈贞慧存世作品极少,其中这本《秋园杂佩》由十六则笔记组成,加上序跋仅四千余字,却是明清小品中难得一见的杰作。

新月派女作家方令孺在1937年给老杂志《宇宙风》的征文"二十五年我的爱读书"中,列举了她的三本书,每个书名后附有点评,可以看作精短的"书话"。其中一本就是陈贞慧所著的《秋园杂佩》:"《秋园杂佩》是明末陈贞慧所著。这是我十几岁时的手抄本。文章古雅已极。其内容'皆记载耳目间物近而小者';'其词微,其旨远,其取类也约,其称名也博'。陈定生所著传者极稀,只此秋园杂佩乃同吉光片羽,至可珍贵。我今年忽然在箧中觅出,常常读之。"

请见下面陈贞慧所著的《秋园杂佩》的全文。文中第七则"书砚"引述了陈眉公的话"文人之砚,犹美人之镜,不能离也。"陈眉公是明末松江云间文坛中的知名人物,个性侠义豪放,与各阶层名流都有来往。他七十五岁生日时,柳如是也前去祝贺,并赠贺联曰:

"李卫学书称弟子，东方大隐号先生"

我很欣赏柳如是此联，特录于此。

附：
《秋园杂佩》
陈贞慧著

荻洲鸥地，抱病来此，败甑颓铛，时煎恶草，以送日隙则摊书涤砚，未足以消耗闲心。偶拈数条，以为寂历之助，题曰《秋园杂佩》。道者曰：此子无福，少却松间一日瞌睡也。余笑而芥之。戊子秋八月定生识于亳村之雪岑厂。

- 庙后茶

阳羡茶数种，芥为最。芥数种，庙后为最。庙后方不能亩，外郡人亦争言之矣，然杂以他茶试之，不辨也。色香味三淡，初得口，泊如耳。有间，甘入喉；有间，静入心脾；有间，清入骨。嗟乎！淡者，道也。虽吾邑士大夫家，知此者可屈指焉。

- 兰

兰龙池铜官间，芊眠峭蒨，离离如积，山人采摘，入衣香欲满园，杖挑藤束，筐筥登市，累累不绝。每岁正二月之交，自长桥以至大街，鳞次栉比，春光皆馥也。一干数花，生于夏月者则名蕙。

- 庞公榛

庞公榛，生宜邑芙蓉寺，其味冷香幽冽，相传为庞居士访太毓禅师，三到芙蓉，携榛种此，因名。今寺门有三到亭。

- 竹菇（注此蔬隔宿辄不可食，故虽邻邑，不可致也）

竹菇，蕈也，山中所在有之。小如钱，色如胭脂新染，生以二月，味绝佳，真山家上物也。王百谷称为伊蒲第一。

• 南岳莼

云间张季鹰，闻秋风起思莼鲈，便拂衣归，人高之，而莼之风味，始著吴中，他处亦不甚产。崇祯戊寅，问卿从西湖移至南岳兰墅涧中，其类遂繁，五六月间，茎长丈许，凝脂甚滑，真如晶透雪葡萄也。味甚淡而旨，想季鹰秋风正馋此耳。或曰：惟南岳涧中为然，移置他所，即不活也。

• 香橼

香橼见《岭表广记》，一名枸橼子，香与韵远胜于佛手，以佛手自闽来，争致之，实不及香橼之组藉耐久耳。尝见崧儿一诗有云："落落此非橘，幽于味外饶。摘香童仆手，分静素瓷窑。"似能绘趣。自变乱以来，佛手建兰茉莉，五年不至矣。间有非山人寒士所得妮，余庭畔香橼数株，每当高秋霜月，赭珠金实，累累悬缀，不下四五百球，摘置红甓，幽香一室，凡吾之襟裾梦渖，皆是物也。以不用钱买，余得以分赠亲知，一时沾沾为贫儿暴富矣。

• 书砚

陈眉公云："文人之砚，犹美人之镜，不能离也。"甲戌初夏，余过访眉公于佘山，出藏砚相赏于绿荫之下，举一以赠余，有宋元二年学生蔡珏制数字。凡石质之粗者，易墨而败笔，细润者便不能发墨，此砚质润而仍易墨，可称佳品。余藏数砚，不能过之。今年城居两月，亲友处假一砚，最不生墨，笔著纸，墨即浮撒，且蟾滴劳甚，愈以见砚之佳者足宝也。但余焚欲君苗，磨非维翰，负愧眉先生捐佩意耳。

• 鹦鹉啄金杯

窑器，前朝如官、哥、定等窑，最有名，今不可多得矣。余家藏白定百折杯，诚茶具之最韵，为吾乡吴光禄十友斋中物，屡遭兵火，尚岿然鲁灵光也。国朝窑器之精者，无逾宣、成二代。宣乃远不及成，宣则鸡文粟起，佳处易见。成则淡淡穆穆，饶风致，如食橄榄，妙有回味耳。余友问卿家藏鹦鹉啄金杯，高足磬口，亭亭玉立，一名四妃十六子，又名太平双喜，淡白中见殷碧离离之色，真如撒卜嵌空，樱桃的历，宝光欲浮，使人不能手。每过云起楼，促膝飞觥，出成杯劝酒，醉眼婆娑，睹此太平遗物，不胜天宝琵琶之感（注云起楼，吴问卿先姑丈城中宅，栏槛花石甚丽）。

- 时大彬壶

时壶名远甚，即遐陬绝域犹知之。其制始于供春壶，式古朴风雅，茗具中得幽野之趣者，后则如陈壶、徐壶，皆不能仿佛大彬万一矣。一云：供春之后，四家董翰、赵良、袁锡，其一则大彬父时鹏也。彬弟子李仲芳，芳父小圆壶，李四老官号养心，在大彬之上，为供春劲敌，今罕有见者。或沦鼠菌，或重鸡彝，壶亦有幸有不幸哉！

- 湘管

湘竹弥竹，出西粤山中，其地多猩獲所居，非裹粮徒步，冒烟瘴，犯霜雪，不致也。舟行六千里，得至江南，择其箪孙之美好者，胭肌猩晕，断以为管，始为徐陵珊架上物，亦勤且勤矣。崇祯戊辰，家仲父别驾桂林，前后多有携归，每得百余管，视之不重也。余年家文文起相国，余友吴次尾，颇好之，多有所遗。二十年来，零落殆尽，所存不及十余。遥望西粤，何异天上？然中年离乱，江淹五色，湘东银笔，安所用之？况海内知交，嵇锻王琴，多化为异物。骚魂徒赋，笔冢成封，睹一湘管，而坡老磨人之谑，广陵绝调之悲，茫茫交集，止有岊州遗泪，与管上湘痕，淫淫鼌霭而已，又何异于龟蒙之志锦裙也？

- 黄熟

黄熟出粤中真腊者为上，香味甚稳，佳者不减角沈，次亦胜沈速，下者谓之黄熟桶，浓烟泼鼎，不能堪耳。初价不甚昂，山家所易办，今不能多得，香肆中绝少佳品。每坐雨煮茶，窗绿正午，辄思此良友。

- 五色石子

五色石子，出六合山玛瑙涧，雨后胭痕螺髻，累累濯出。然山深地僻，往返六十里，非好事者不到。自万历甲午，饼师估儿，从旁结草棚以市酒食，于是负石者始众，蜂涌蚁聚，日不下数石，以白磁盘新水盛之，好甚者十不得一二，其佳者猩红黛绿、云桡不一，或为羊脂玉，或为蜀川锦，或为鹦鹉紫，或为僧眼碧，或为嫩鹅黄，朱者如美人睡痕，黑者如山猿怪瘦，文采陆离，虽〈王母〉璆堆盘，琥珀映觞，无以加是。纵不敢望米襄阳研山，然亦石骨中之小有奇趣者，独狠阑阓市儿，寸许石子，索价每以两许。昔坡公饼饵，易得以二百五十枚，供佛印，令生今日，当有同叹。

• 折叠扇

宋朝握团扇，其折叠扇，自永乐朝鲜贡始，始颁其式。宣宏间扇名于时者，尖根为李昭，马勋为单根圆头。又方家制方相传云：文衡山非方扇不书，川扇戈扇以地著。后又有蒋三苏台荷叶、李玉台柳邵明若，李文甫耀濮仲谦，雕边之最精者也。远者百余年，近亦四五十年物。即一扇之制，而精坚脆薄，其为升降也具矣（注：陆文裕得杨妹子写扇折痕，尚存孙恺韵注。搁扇，则唐人已有矣。见《物理小志》，抑亦团扇之折叠者，并志以备参考）。

• 邱山胡桃

邱山，邑人，雕刻精工，所制胡桃坠，人物山水树木，毫发毕具。余见其有渔家乐，东坡游赤壁，百花篮诗意，有夜半烧灯焰海棠，春色先归十二楼，数事。窗阁玲珑，疏枝密树，掩映斐亹，即善绘者，无逾其精巧。他有效者，便见刀凿痕，终不及其雅炼矣。虽一小技耳，前后莫有工者。且胡桃大不逾寸，幻如许狡狯，令人目境迷离，亦一奇也。故记之。

• 杜鹃

（谨按《蛟桥铃记》云：长桥脉断杜鹃枯，四方兵乱，此语不知何来？流闻甚久。或云，郭景纯之遗验也。崇祯辛巳，杜鹃忽枯，周相国是年建坊于桥北上，桥脉凿断，坊亦未成，遂有甲申之变。杜鹃产蜀中，素有名，宜兴善行洞杜鹃，生石壁间，花硕大，瓣有痕点，最为佳本，不亚蜀中也。杜鹃以花鸟并名。昔少陵幽愁拜鸟，今是花亦可吊矣。戊辰秋日男维岳拟补。）

• 永定海棠

（谨按海棠以西府为贵，吾宜永定村海棠，相传为宋时遗植，即坡公置产还券处也。坡公来宜,吟咏其下,诗云:日暖风轻春睡足。善于描绘矣。永定邵氏,为宜邑旧族,其家之盛衰兴替,亦不知凡几矣。独海棠犹以永定著名,虬枝艳葩,光影照耀,花开时,远近观者云集。噫!故家遗族,流风余韵,尚有过而问之者乎?抑无足津逮耶?噫,良可慨也!戊辰仲冬男宗石拟补。)

先大人《山阳录》《秋园杂佩》两书,宗石十龄时曾见镂板。丙申,遭先君大故,宗石年甫十三,四壁无存,饥驱渡江,赘雪苑侯公甥馆,孑然一身,仅守先大人所撰《皇明语林》《雪岑集》《山阳录》《书事七则》《秋园杂佩》诸稿,皆先大人手自删改者。癸亥冬,筮仕博陵。丙寅,三兄到署,始知前所梓两板已失。宗石谋共付剞劂,而《皇明语林》《雪岑集》,卷帙稍繁,盖将有待,乃先刻《山阳录》《书事七则》,质之海内。惟《秋园杂佩》,细校先外舅侯公序,缺杜鹃、永定海棠二则。戊寅春,寄书三兄,搜之家乘,抄稿邮示,较宗石藏稿,又少香橼、书砚、湘管、黄熟四则,文亦稍有异同。呜呼!先人手泽,一传已多缺略,况其后焉者乎?宗石不禁泪下沾襟,动弓冶箕裘之感矣。兹同三兄追逆先大人立言之旨,以意补之,登之梨枣,即以先外舅侯公序冠其端,诸则悉详,可作总目。是书虽不能还旧观,庶释郭公夏五之憾于万一也。戊辰仲冬四男宗石谨书于安平公署。

右《秋园杂佩》一卷,明陈贞慧撰。按《常州府志》:先生字定生,宜兴人,少保于廷第六子,吴梅村赠诗所称"茶有一经真处士,橘无千绢旧清卿。知交东冶传钩党,子弟南皮负盛名"者也。徐健庵墓志铭,称先生副榜贡生,改官生,赠检讨,则其子迦陵太史荐举博学鸿词入史局后作也。事迹错见《壮悔堂集》《绥寇纪略》《板桥杂记》等书。是书为其子宗石所刊,缺杜鹃、永定海棠二则,补焉。宗石字子万,侯朝宗婿,《壮悔堂集》有赠陈郎序,即其人也。黄梨洲称先生侍少保,宦游南北,凡朝政之缺失,君子小人之消长,口谈笔记,皆出经生闻见之外。所著有《皇明语林》《山阳录》《雪岑集》《交游录》《八大家文选》等书,今皆不传。宗石谓先刻《山阳录》《七则》,质之海内,亦迄今未见。则是书不尤当珍惜耶?梨洲又称先生国亡之后,残山胜水,无不戚戚可念。埋身土室,不入城市者十余年。而遗民故老,时时犹向阳羡山中,一问生死,流连痛饮,惊离吊往,恍如月泉吟社,乃所著仅同吉光片羽,月苦风酸,以属麦秀黍离之感,固当重付剞劂,以广为流布。

噫方朔万言，阮咸三语，又必多乎哉？咸丰癸丑大雪后二日，南海伍崇曜跋。

《清史稿》列传二百八十八陈贞慧传如下：

陈贞慧，字定生，宜兴人，明都御史陈于廷子。于廷，东林党魁。贞慧与吴应箕草留都防乱檄，摈阮大铖。党祸起，逮贞慧至镇抚司，事虽解，已濒十死。国亡，埋身土室，不入城市者十余年。遗民故老时时向阳羡山中一问生死，流连痛饮，惊离吊往，闻者悲之。顺治十三年，卒，年五十三。著有《皇明语林》《山阳录》《雪岑集》《交游录》《秋园杂佩》诸书。子维崧，见文苑传。

老巷偶拾

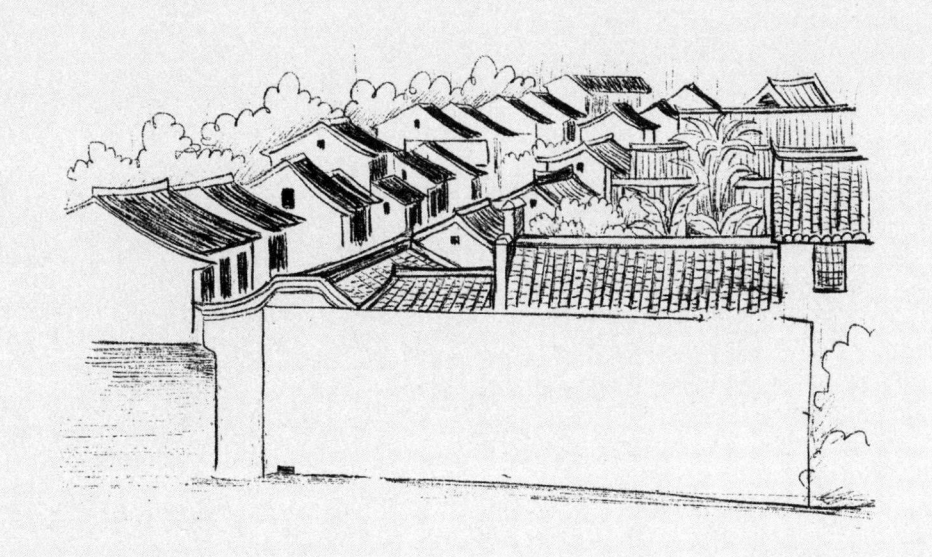

LAO XIANG OU SHI

苏大的两株老枫树

题山水人物图册（其四）
（明末清初·柳如是）
扁舟载得秋多少，荡过闲云又荡风。
曾记荻花枫叶外，斜阳输我醉颜红。

出关外别汪然明
（明末清初·柳如是）
游子天涯感塞鸿，故人相别又江枫。
潮声夜上吴城阔，海色晴连越嶂空。
壁垒烟销生日月，菰蒲日落起雄风。
谁怜把酒悲歌意，非复桃花潭水同。

秋天是收获的季节，也是一个落叶的季节。秋风萧瑟让人愁绪万千，正是"日暮秋烟起，萧萧枫树林"。枫是秋天一道特别美的风景线，自古便有文人墨客留下诸多描写枫的经典诗句，上引即为柳如是描写枫的两首诗词：曾记荻花枫叶外，故人相别又江枫，多么深远和美妙的意境！枫树荻花，惺惺相惜，伊人远去，望断芳踪。

枫树枝序整齐，层次分明，树姿轻盈潇洒。红枫深秋满树通红，艳丽无比，枝条横展，树姿优美，是风景林中表现秋色的重要树木。

枫树属于槭树科槭属树种，是一些槭树的俗称。五个叶片如鸡爪的槭统称鸡爪槭，我们常见的观赏类枫树是鸡爪枫，属于鸡爪槭。

我没学过植物学，但目测常见的鸡爪枫至少有三种：绿枫，叶片一直保持绿色的；绿枫，但至秋天叶片从绿逐渐转红色；红枫，自春天发芽开始叶片就一直是红色的。

枫树在古代大概是深秋的时候叶子才从绿转红，所以诗词中歌咏枫多是在秋季。而现在种植的则有相当一部分为红枫。因此，枫并不只是秋天才妩媚，春天的红枫、绿枫，也成为一道靓丽的风景。

以前江南的枫树不多见，枫树属稀罕物，一般在名园、名山上才有。尤其红枫更为稀见，血红的枫叶代表浪漫和爱情，叶片可以送情人，还可以当书签。

20世纪80年代在苏州大学读书时，天赐庄校区内有许许多多欧式建筑。主楼是一栋欧式小红楼，楼旁的草坪上长着两株绿枫树。枫树虽算不上巍峨挺拔，却也枝繁叶茂，树干粗壮斑驳，一看就有年代了，大约和校园一样有近百年历史。

从食堂返回宿舍或教学楼，有一条水泥步道，如果肯多走几步路，绕一下，那就可以从小红楼下走过去，顺带看看枫树，然后沿河回化学楼那边的宿舍区。

我时常拐一下，去瞧瞧那两棵枫树。虽然时隔若干年了，我还是比较肯定那两棵是绿枫树，因为我似乎没见过枫叶变红。

那一个秋季，和每个学习的日并无什么不同，午餐后我又路过小红楼。见那两棵枫树下的草坪上，有两个女孩坐在两个小木板凳上。走近些，一看打扮就知道不是学生，是外面来的。她俩坐着，专心致志地用一把小刀在地上挖掘，脚边各放了个铝饭盒，开着盖，我瞄了一下饭盒，里面有些豆苗一样的东西。

我没有停留，边走边猜想，她俩在挖什么呢？荠菜？不像！荠菜也不会进大学校园里挖。枫树苗？比较可能，那个年代枫树很少，栽培小枫树，是有经济价值的。

第二天，午餐后我有意再路过枫树，见那两个女孩还在树下挖。我走过去，若无其事地看她们挖什么。见饭盒里装着许许多多挖出的火柴大小的细苗，猜想应该就是枫树苗了。和她们搭讪，了解到她俩是虎丘公社苗圃的工作人员，被派到这里采挖枫树苗，回去栽培枫树。她们是得到学校保卫部门允许的，故可以连续几天在此挖树苗。

我蹲下，仔细观察树下草丛，确见几个很小的嫩芽从草里冒出头来，平时不仔细看真不知道枫树下还能长出小树苗。这说明，枫树秋天结籽后，籽掉落到下面土地里，待条件成熟能发芽长出小苗来，进行移栽就能培养出枫树。

以后，我只要见到绿枫树，总能想起苏大校园小红楼前的那两株老枫。说不定，眼前的绿枫，就是老枫的子子孙孙呢！

几天前，走到太湖边，见太湖步道边栽了许多绿枫，在阳光照耀下，绿叶芬芳，树姿招展，潇洒优美，真比红枫更有一种格外的清秀。

我又想起苏大的那两株老枫树。几年前返校时见过，但没见老枫变得更老，和从前一样枝繁叶茂，枫叶也一样青翠，和三十年前几无变化。倒是三十年前，如飞燕般在校园里轻俏徜徉的一代年轻学子，还有那两个挖枫树苗的女孩，却都芳华不再了。

阶梯教室往事

电影《骆驼草》由八一电影制片厂于一九八三年拍摄，主要演员有朱琳、孙继堂、赵晓明等。

故事梗概是20世纪50年代末，南方某大学的毕业生柳英（朱琳饰）和她的同学们，满怀革命激情，在前一届老同学、解放军上尉柯大光（孙继堂饰）的带领下，奔赴西北戈壁沙漠，参加国家导弹科研事业的建设。

那是一九八三年春天，正是苏州大学校园生机盎然、树木葱茏、百花斑斓的时节。某日上午班主任老师把我们化学系八零级两个班八十多个学生召集起来，说下午一点钟都在阶梯教室集合，配合一个电影摄制组的拍摄工作。从七嘴八舌的问询中，我得知是拍摄电影《骆驼草》，其中有主角在大学里学习的镜头，要借用学校化学系的阶梯教室拍摄，同时请我们学生当群众演员。群众演员的工作内容很简单，就是坐在教室里听演员在讲台上讲话，然后跟着鼓鼓掌。

当时还不知道电影具体是什么内容，主演是谁也不清楚。那时候信息传播很落后，靠报纸、杂志、电视、广播得到信息，根本没有微信、抖音等传播平台能得到有关摄制组和演员信息的途径。

尽管如此，对能现场观摩电影摄制且能参与进去，还是很好奇和期待的。

我之前有一次观摩电影拍摄的经历。那是一九七四年上海电影制片厂拍摄电影《火红的年代》，电影主要讲述一九六二年上海某钢铁厂的故事。为了炼出争气钢，炉长赵四海到乡下找已经退休回农村老家参与建设的师傅重新出山。

里面有个长镜头，赵四海到乡下找师傅，师傅正和社员一起热火朝天地修筑水坝。摄制组看上了宜兴东岭水库，大约是因为那里山清水秀，四周都是竹海的优美环境吧。

那年我十余岁，刚好暑期和老兄去东岭舅舅家玩。听说要拍电影，兴奋地跟着社员们一起到坝上去看。有数百个社员当群众演员，他们挖土、挑土、用独轮车推土，赵四海从路上走过来，喊"师傅"，然后师徒相见甚欢，这样一个镜头。我和老兄围着摄影机看排练和摄制的整个过程，感觉比过年还热闹。

别看在电影中只出现几分钟的镜头，拍摄可没那么容易。我记得在正式拍摄前反反复复演练了不下五六次，主要就是导演一声令下，指挥民工挖土的挖土，挑担的挑担，推车的推车，大坝上面顿时队伍整齐，朝各个方向有节奏、有条理地动起来。这些农民毕竟没有受过专业训练，开始几次乱糟糟的，经过几次排练、纠正后，开始变得整齐有序。

我看热闹站的位置离摄影机不远，所有场景尽收眼底。只听导演一声"开拍"，民工队伍如几条蛇一样舞动了起来，演赵四海的演员红光满面，目光炯炯有神，从小路上疾步走来，高喊"师傅"，师傅从民工队伍里出来，和赵四海握手寒暄。这个镜头反复拍摄了两三次，成功了！

有几个小插曲。民工的挑担里和推车里塞满了草，上面盖了一层土，所以一点也不费力，轻松自如。这些饰演民工的东岭老乡一个个笑逐颜开，说一天轻轻松松就能挣一元钱。我看到这些"装满土"的挑担和推车，用手拎了拎，很轻，禁不住笑疼了肚子。

近距离看到了饰演赵四海的演员，那气质就是和常人不一样，一看就是主演，关键他的精气神，是专业训练过的。

因为山里很幽静，几个摄制组负责录音的工作人员，在离大坝有百米的竹林里录制鸟叫声，用于后期配音。方法是把一个鸟笼挂在树上，鸟笼外面蒙上黑布，大白天被关在黑笼里，鸟在笼里吓得叽叽喳喳叫个不停，工作人员用录音机录音。

言归正传。毕竟本人打小就已见过拍摄电影的大场面，也算见过世面，对来校园拍摄电影这事没有大惊小怪。那天午后，校园里开进两辆摄影车，演员也都到场了。我近距离见到了主演朱琳。这是不用介绍的，就如我前面所说，一眼就能识别出演赵四海的演员一样，朱琳独特优雅的气质，整个人散发出一种光芒，特别是炯炯有神的眼睛，一眼就知道她就是主演。女明星美得如此纯粹，如此真实，是那种纯天然的美丽。

当时朱琳穿了一身草绿色军装。后来看电影剧照才知道，按剧情她当时是大学生，实际穿的并非军装。这有两种可能，一是我在阶梯教室外第一次见到朱琳时，她可能确实穿的是军装，因为拍电影是按"分镜头"拍摄，或许她来苏州大学前，在另一个地方拍摄了参军后的场景，故她刚到苏大时是穿的军装。二就是我确实记错了，是被一身戎装饰演解放军的孙继堂"误导"留下了错误的印象。

工作人员一阵忙乱，设置灯光，摆道具，安排演员和群众演员位置。朱琳和另一个男演员（扮演她的男朋友）的座位在阶梯教室的中间，在我座位前面2到3排。因此我只能见到她的背影，看不见她的表情。但等"柯大光"在讲台前说完话，大家鼓掌时，我看见朱琳鼓掌的动作幅度很大，伴随着许多肢体动作，不像我们那样就呆呆地鼓几下掌。到底是优秀演员！

从剧照来看，朱琳后面一排的两个"女学生"也是正式演员。基本上那时候电影里出现脸部特写的都是正式演员，群众演员不会有特写镜头。从剧照中尚能依稀辨认出坐在教室第一排的几位同学：从左至右是汤华、杨诚根、徐月新、纪顺俊、李友新、夏蕴萍。

没想到的是，朱琳当时扮演一个英姿飒爽的女兵，十多年后她又出演电视剧《西游记》中女儿国国王，这个变化还是巨大的。"悄悄问圣僧，女儿美不美，女儿美不美？"朱琳气质一如既往的优雅，她国王形象把中国古典美体现得淋漓尽致，依然是女神。

2018年曾和邓毅等几位同学重返苏大校园，在化学楼前拍摄了一些照片。化学楼周围都是大树，路左是高大的杉树，右边是巨型的樟树，外语楼前大草坪周围环绕着的全是参天大树。

那次重返校园，看见那些大树，我产生一种错觉，仿佛那些大树，在我读书时，就是那样高大、挺拔、铺天盖地的样子。我甚至还幻想出夏天来往于校园间，走在树荫下的舒服感觉。

今天偶尔翻旧书，掉出一张1983的苏州大学年历卡，卡片背面的照片刚好是化学楼侧影：楼前是一排小杉树，目测树干只有手腕那么粗，树龄不过三四年，应该是我们入学前后刚种下的，还都是树苗！

我恍然大悟，当初在校园读书时的参天大树和炎炎夏日的树荫，都只是我的幻觉而已！

没有什么比时间更具说服力了，它无须通知我们就改变了一切！我们在校时还是翩翩少年，归来已快两鬓斑白，恰如那些树木，稚嫩的树苗已然长成了参天大树。

老巷偶拾

今天托"喵星人"的福，得以在苏州老街老巷闲逛。

三月初猫主人回加拿大，无法带两只猫咪走。我赴苏州领它们到无锡暂居。猫猫每天陪我一起读书，养了它俩近四个月。喵星人学习很快，成绩优秀，被我授予"学士学位"，毕业回苏州。今日上午从无锡驱车四十多公里，送猫猫回到原主人苏州的亲戚家，在学士街上。

猫学士当然住学士街啦！

祝福猫猫以后一切顺利，结束动荡漂泊，终得安定生活。

送别喵星人，一身轻松，便在苏州老街漫无目的地闲逛。从桃花坞大街、我大学毕业前实习的苏州第四中学、石幢弄、阊门横街、水关桥、老阊门，到金门，一路浸透了文化的厚重。随后在大名鼎鼎的裕兴记，吃了一碗枫镇大肉面，佐以一碟熏鱼，一碟细细的姜丝，不要太美了！

真的是百走不厌的苏州老街！丰富厚重的文化遗产，随处都是文化。市井长巷，聚拢来是烟火，摊开来是人间！

读《红楼梦》，随处可见苏州的事，苏州的物，苏州的人，但全篇只有一处提到离金陵更近的无锡：惠泉黄酒。咱无锡人情何以堪啊。

一直想去同德里看看，于是去打了个卡。同德里7号是热剧《都挺好》里苏大强的家。同德里以前属于苏州比较高档的小区，说明苏大强的家底不薄，是到他这代衰落了。

从同德里过去，观前街边有条弄堂，叫太监弄，这可能是全国绝无仅有的以太监命名的街巷。

能与太监弄媲美的大概只有北京的中关村。中关村原来叫"中官村"，是太监的坟地，古代称太监为中官，明代和清代的太监去世了都埋在中官村。后来改称中关村。

苏州大学西大门出去的路叫"十梓街"，但我上大学那会儿，"十梓街"

叫"红旗东路"。

十梓街的南面有条平行的路，十全街，但我上大学时那条路却叫"友谊路"。

怪不得我对十梓街、十全街没有印象。毕业后回苏州大学附近流连，总觉得这些街道挺陌生。原来都改名了，改回它们的历史本名。

红旗东路的北面还有条并行的路，叫"干将路"。干将路自古就叫干将路，是纪念春秋战国时吴国铸剑大师干将而命名的。

大学时住了三年的四号宿舍楼，即化学系男生宿舍楼，楼名为"子实堂"，是建楼时以苏州大学创始人之一曹子实命名的。

但我却一直不知道四号楼叫子实堂。2004年我从美国回大陆探亲，赴苏州大学，同学叫我到子实堂见面，我一脸蒙，不知所云。

其原因，和太监弄一样，当年上大学那会儿，四号楼根本没有"子实堂"的牌匾，挂了个"第四宿舍"的牌子。后来恢复原楼名"子实堂"，当然是在我毕业离校之后了。

半塘彩云

"半塘"总隐含一点不一样的东西。

半塘是苏州七里山塘的一半之处,被称为半塘。

从苏州阊门外的七里山塘街入口,向西北方沿山塘街前行,到虎丘山入口的望山桥,是3.5公里,也就是七里。半塘三里半,这里是七里山塘的中间点。

自半塘之后,水陆两路均清朗开阔,是山塘最美的地方。清人张大纯描绘半塘说:"自此至山麓,红阑碧树与绿波画舫相映发,为游赏最胜地。"

半塘有宋朝天禧四年建成的彩云桥。1663年,彩云桥年老失修,整修了一次,49年后又重建过。普济桥应是山塘街上最美的老桥,建于1720年左右康熙年间的三孔石拱桥,高若卧虹。"斟酌青山绿水湄,忽见虹影半天垂"。在山塘河两侧的支流上,还有桐桥、小普济桥、青山桥、绿水桥、斟酌桥等多座石桥,这些或古雅或质朴的桥梁,在漫漫的岁月中越老越耐看。

我去年11月曾专程去苏州山塘街,沿着山塘河往西北缓缓而行,在那里寻寻觅觅,试图找到"半塘"的一点遗迹。但一点痕迹都没有找到。我后来还是根据距离推断,半塘应该在"彩云桥"那里,即桥堍立有一个"彩云狸"雕像的地方。

非常有趣的是,七里山塘河上许多桥堍边都立有一只石狸雕像,或以桥命名,比如彩云桥有"彩云狸",通贵桥有"通贵狸",或其他命名如普济桥有"白公狸",望山桥有"海涌狸"。

山塘街上共有七只石狸,名字分别是:美仁狸、通贵狸、文星狸、彩云狸、白公狸、海涌狸、分水狸。这七只石狸的名字有一定含义,美仁狸象征着"优雅、漂亮",通贵狸象征"富贵",文星狸象征"学识",彩云狸象征"幸福",白公狸象征"健康",海涌狸象征"缘分",分水狸象征着"机遇"。据说,如果一个人将七只狸全部摸到,那就不简单了,平安、富贵、吉祥将陪伴一生。

民间传说，这七只石狸和明朝第一谋臣刘伯温有密切的关系，有震慑河龙和辟邪的意义。不管真假，摆七只石狸，"七狸山塘"，喻"七里山塘"，足见古时候苏州人有多调皮、幽默、风趣。

作家潘敏是地地道道的苏州女性，和我同龄，出生和工作一直都在虎丘山、七里山塘那一带。在她的散文集《见花烂漫》中，讲了许多虎丘山和七里山塘的事。和我推测的一样，她文章里说半塘就在彩云桥。她回忆她童年时半塘仍非常热闹，有许许多多商店，尤其各种吃食。而我去年去寻找半塘时，那里已经非常凋敝，没有一家商店。

半塘是董小宛的居住地。因为她崇拜和热爱诗人白居易，还给自己取别名"董白"。没想到大诗人白居易和苏州也有剪不断，理还乱的关系，是他主政苏州时修了七里山塘河，故又称"白堤"。

我在《董小宛半塘遗址》一文中讲述了一些关于半塘、董小宛、冒辟疆深夜至"桐桥"后下船步行到半塘访董小宛的故事。

董小宛是苏州人，儿时因家庭贫苦被卖入风尘之地，在金陵秦淮旧院为歌姬。后因向往家乡，返回苏州七里山塘，史载"慕吴门山水，徙居半塘，小筑河滨，竹篱茅舍，经其户者，则闻咏歌诗声或鼓琴声而已。"她在白堤"半塘"这个地方临河筑了一竹篱茅舍，每日吟诗、弹琴、歌唱，倒也快乐。但小宛早有名气在外，号称"东南第一美女"，又在一次山塘花榜状元比赛中获得榜眼，因此当时一些名流雅士找董小宛吟诗作对，一起出游。董小宛曾出游黄山、金山、西湖、香雪海等多地。

在三百多年前的一个月黑风高的夜晚，冒大才子冒辟疆乘一条小船，沿着山塘河，向西北方向，一路划到一个叫"桐桥"的码头，登岸，然后急匆匆沿河走了"半里地"，找到董小宛的住处，只为了见到传说中"秦淮八艳"之一的董大美人，其急切心情可以想见。一个是明末著名的四公子之一，一个是风华绝代的大美人，两人一见钟情，从此董小宛发誓非冒公子不嫁，这才有后来小宛数百里送冒公子回如皋，一送就是二十七天，才有后来小宛和冒辟疆相爱相伴九年，才有了后来冒辟疆在《影梅庵忆语》中对董小宛深情款款的追忆。

冒辟疆诗词中常用"白堤"指代董小宛，皆因小宛原居白堤之半塘也！

董小宛的痴心、才情和凄美的命运，隔着三百多年的时光让人犹怜。

那天专程前往苏州山塘街，寻访董小宛居住的半塘。我从阊门外山塘街入口，沿街向西北，走约三里，找到"桐桥遗址"，此处即为冒大才子登岸处。而后顺着山塘河继续向西北约半里路，即二三百米，有苏州北环快速路横跨其上；再向西北走约五十米，为"彩云狸"，我判断此处即为半塘，因为据文献记载，过了半塘，山塘河面变得开阔。这里确如文献所记，河面渐渐变宽数倍。所谓"半塘"，也即七里山塘河一半之处。

大学逸事

看了一篇介绍苏州葑门的文章，勾起一段回忆。

首先说一下，葑门"葑"的发音，苏州人就有两种发音：一是发"封"音，二是"富"音。普通话"葑门"应该念"封门"。但因为苏州话"封"和"富"发音接近，叫"富门"比较吉利，所以多数苏州人叫"富门"。

葑的意思就是茭白。历史上葑门后面有一条横街，再往东全是农田和水塘，那里盛产茭白，故名。

20世纪80年代我在苏州大学读书时常去葑门。出校园东南角门，沿百步街石皮路走约百米，左拐走约十分钟，就到葑门"横街"了。

有一次去葑门，因好奇老街后面是什么，于是便沿老街岔路向东而行，结果没走百步，便到了开阔的田野边，忘了有没有看到茭白。

葑门横街上有个浴室，葑门浴室，我经常去那里洗澡。

每次去葑门浴室，要经过街上的一家油条店。于是我每次洗完澡，就奖赏自己两根油条，以补偿因出校洗澡多走路消耗的额外体力。

去观前街附近的清泉浴室就有点"奢侈"的意味了。观前街比较远，有时还乘公共汽车去。记得清泉浴室离观前街很近，在处观前街南面的小马路上。有可能就是宫巷，但不敢确定。

在清泉浴室洗完澡，可以在躺椅上躺着，用大白毛巾盖着身体，还有茶喝。这对"穷学生"来说，是挺惬意的。

清泉浴室出门斜对面有个小吃店，有肉粽子、汤团。我每次洗完澡都去那个店犒赏自己一个大肉粽子。洗了澡，吃着肉粽，心里美美的，把学习的辛苦全丢九霄云外了。

数年前回国，在南京某高校任特聘教授。刚回国那阵子，还没买汽车，骑着自行车去学校。某日下雨，我穿着新购的雨披骑车到学校，把自行车停在科技大楼下，顺手就把湿漉漉的雨披放在自行车前面的车筐里，心想这东西肯定没人拿,况且我上楼办个事,一会儿就下来了。

结果,读者或许可以猜到:我约十分钟后下楼,自行车车筐里的雨披,不翼而飞了!

枫桥记忆

有时候，一个倏忽便是大半辈子人生！

半个世纪前，我上小学一年级。当回忆我们的过往，时间单位都可用"世纪"了，无论用岁月如梭、光阴似箭、白驹过隙、逝水流年等，来形容光阴匆匆，都不为过。

那年我父亲的工厂有辆大卡车去苏州办事，给虎丘公社送陶瓷花盆、瓦罐。那个年代如果车有空位置是不能浪费的，于是卡车升级为"便车"。奶奶带上我、我哥、我妹、我表弟，一行五人，乘便车从宜兴丁山赴苏州游玩。

奶奶去苏州有个主要原因是去看她近二十年未见的妹妹，即我的姨婆，周晓聪。

奶奶家有兄弟姐妹七个，那时候家里很困难。不知怎的，家人将她的一个妹妹嫁到了苏州。姨婆家住在枫桥，离寒山寺只有几步之遥。姨婆和姨公崔金培都在枫桥镇上一家造纸厂工作。这些都是我十岁时听大人讲，记在脑海里的。

司机陈江大，加上我们，共六个人，挤在驾驶室里，居然还装得下。估计那时候我们都是小孩，块头小，叠在一起，不占空间。

陈师傅一路驱车到了苏州枫桥。我清楚地记得枫桥街道的右手边是一条河。陈师傅将我们送到姨婆家，自己开车去虎丘卸货，然后去苏州大阳山高岭土矿场，装瓷土，然后拉回丁山。

我们这一大帮人，挤住在姨婆家。细节有些模糊，记不清了，只记得众小孩出远门，兴奋地在姨婆家床上乱蹦乱跳。姨公那时已经去世，姨婆有两个儿子，按苏州人家的习惯小名叫阿大、阿腻。我们小孩称阿大、阿腻为表叔。

第二天一早，我和老兄按捺不住跑出去玩，没几步就到了寒山寺外的石拱桥上。见阿大的儿子牵了一条狗，也出来溜达，遇到我们他就当向导，带着我们在寒山寺外和铁岭关枫桥转了一圈。

后来姨婆带我们去了西园、拙政园、狮子林、东园，可能还有藕园什么的，那时还太小记不大清。印象最深的是在东园门口吃苏州面条。我玩累了没有食欲，吃不下，一碗面没怎么动。在西园看到千手观音，留下很深印象。

隔了两天，陈师傅的车装满了采办的瓷土，又开车到枫桥接我们回宜兴。路上还顺道拐一下，先去光福机场，见一个我爸爸的熟人张伯伯。他是我父亲的师兄，后来参军入伍，在光福机场当后勤部主任。

我们去的主要目的是看飞机，因为之前从来没有见过真正的、摆在地面的飞机。张伯伯带我们去了机场，见到一排排银色飞机停在机场，我们兴奋得不行。

后来张伯伯请我们吃了饭，我们一行继续赶路，回到宜兴，结束了童年时期的一次远行。

我后来常想，姨婆怎么会从宜兴丁山嫁到苏州的呢？按年龄推算，姨婆应该出生在1911年以后。假设她25岁左右嫁出去，那就是在1936年左右，在那个动荡的年代，她是如何去苏州的？乘车？乘船？我觉得最大的可能性是乘船经丁山的画溪河，经荆溪，入西太湖，向东穿越太湖，从苏州的东山、西山间的河道胥江，进入大运河，最后抵苏州铁岭关，即枫桥。我喜欢研究地图，要是在古代，即使成不了领兵的将军，应该也能成为运筹帷幄、识图排阵的军师。

20世纪80年代上大学时，又一次乘便车赴苏州，我父母送我去的。我们的车又拐去了枫桥，打算看望姨婆的后人，那时姨婆已经去世，只剩我父亲的两个表弟。我们到了姨婆家，表叔都刚好不在家，一个陌生女子开门见客。因为大家也不认识，于是稍坐片刻，留下带去的一点陶瓷等礼物，便匆忙离开了。

后来，虽在苏州读书，却再没去过枫桥。

枫桥留给我最深的记忆，便是初次进入枫桥镇时道路右边的河流，以及铁岭关的桥。枫桥的寒山寺也是心中一个不灭的意象，因张继的那句诗："姑苏城外寒山寺，夜半钟声到客船。"

几天前我去苏州，寻访董小宛的半塘。然后一口气从虎丘走到枫桥。枫桥路果真和我记忆中一模一样，往寒山寺、铁岭关方向走，路右边就是一条河。这条河往西就是铁岭关，通入京杭大运河；往东一直流到阊门外，并入苏州古城的外城河。

　　我记忆中姨婆家住的地方，现在改造为商业住宅区了。姨婆家的后代，或许还住那里，或许搬走了。但即使他们还住那里，哪怕我们擦肩而过，也是路人了！

　　古时候，人们看重血缘关系，因为祖祖辈辈都住在同一个村子里。而现在，人类"迁徙"的速度那么快，距离那么远，隔了两代，就是陌路人了。

　　想起一首歌谣，"十五岁的小姐姐，嫁到远方，别了故乡，久久不能回，音信也渺茫"。姨婆自小离开故乡，后来从未回过家乡，永远成了异乡人。

　　写完文章后翻阅家族老照片，有一张我奶奶、姨婆和伯父高公益在1961年3月20日摄于苏州照相馆的合影，照片上书"昔别廿五年，喜见苏州城"。那是1961年伯父携奶奶赴苏州看望姨婆，是姨婆嫁去苏州后，相隔廿五年姐妹俩第一次重逢。

　　由此可确知，姨婆是1936年嫁去苏州的。这和我上文的推算非常贴合，是在七七事变前一年。因为战争，后来断了联系，是合理的解释。

老巷偶拾

萼柎韡韡

韡，古汉字。韡，盛也，光明、盛大、美丽。韡韡，鲜亮的样子，茂盛的样子。萼柎韡韡 —— 《诗·小雅·常棣》。韡："光明也。"

认识"韡"这个字的，十多亿人里面大概不多。话说回来，平庸年代只要能认识一些常用词就绰绰有余了。

听作家车前子讲，他小时候楼上有个潘先生，常常从楼上下来，捏着张纸片，纸片上有个蓝墨水字，问他认不认识。潘先生乐此不疲。有一次，潘先生给他认的，就是这个"韡"字。他说，他怎么会认识。

人脑这个器官很奇特，为什么会记住很久以前的某个细节呢？我就能记住四五十年前的细节。偶尔想起，那一幕幕像放电影一样在脑海里浮现，逼真得很。

一、土地宝

1980年我上大学，乘车从宜兴到苏州，沿红旗东路到达苏州大学西大门。父母送我下车后，卡车便掉头离去。门口有接新生的老师和同学，帮我办理入学手续。无非是拿出录取通知书给他们看。我一直纳闷，那时候又没有身份证之说，能证明我身份的文件、证件什么也没有，他们怎么能相信和认定我就是来入学的那个高国强同学？

然后一个化学系学长帮着拖行李，领我到化学系的学生住宿楼，"第四宿舍"，二楼，分配给我的宿舍门前。我一看，门上用白粉笔写着六个同学的名字，我的名字也在上面。我的名字下面还有一个名，"土地宝"，我禁不住哑然失笑。居然还有这个姓和这个名！推开门，发现五个同学都已经到了。我问谁是土地宝？一个同学站起来，有点腼腆地说："我是王地宝。"原来，有人开玩笑，把门上的"王"字涂抹成"土"字。

97

二、路边的马桶在闪光

20世纪80年代城市建设还比较落后,苏州多数居民住宅没有卫生设施,所以白天街道两旁总是摆满马桶,洗干净后在日头下晒,晚上好用。因此,路边的马桶几乎成了一景。除了热闹的商业街,如观前街外,我在苏州的其他街道上走过,总能见到许多马桶。

好事的同学把马桶编入了歌里,是从当时一首流行歌曲《走在乡间小道》改编的:"走在苏州的马路上,路边的马桶在闪光……"

我第一次听见这歌词,会心笑了。

三、葑门横街的韭菜鸡蛋

1983年暑假,同学都离校了,但十多个准备考研究生的同学选择留校,复习备考。

假期学校食堂关闭,留校的同学饮食问题得自行解决,我记得学生经常自己做菜。我自己是做不成的,和班上马同学合伙。他从家里带来一瓶菜籽油,又弄了一个酒精炉,还有一个简单的钢精锅,就这样,可以做些简单的菜。我不记得自己做过饭,现在还纳闷,饭是哪里来的?菜却是记得特别清楚,因为差不多只做过一样菜:韭菜炒鸡蛋。

清早,我和马同学从苏大东南角小门出去,经百步街左转上十全街,走不到一公里,到葑门横街的自由市场,从摆菜地摊的苏州大娘那里购一把韭菜和一些鸡蛋。

到了中午,我们两个忙碌起来,洗韭菜,打鸡蛋,起酒精炉,炒鸡蛋,炒韭菜,然后混在一起,韭菜炒鸡蛋就成功了。

当我们充大厨和吃饭时,一只半导体收音机总是伴随我们,且总是播刘兰芳的评书《岳飞传》。我就是在那时候熟悉了刘兰芳。至今还清晰记得她每次说到金兀术的金兵被岳家军打败,狼狈逃窜时,败兵嘴里高喊着——当然是刘兰芳代他们、绘声绘色地喊的:"哥哥兄弟啊,快跑吧,小南蛮打过来啦!"几乎每天听书时,都会听到刘兰芳把这几句重复喊几次。

哈哈哈,我现在一想起都禁不住要笑——哥哥兄弟啊,快跑吧,喊得那叫一个凄惨。

饭是从哪里来的呢,我又在想?因为我一点也不记得做过饭。

四、女式苏州话

衣服分男式女式，浴室分男汤女汤，自行车也分乾式坤式。地方话还分男式女式？第一次听说。

这可不是我瞎编，是一位苏州籍作家车前子说的："苏州话是可分出男式苏州话与女式苏州话的，现在的女式苏州话小家碧玉了一些，偶尔还有泼妇的样子，当然还是好的。比男式苏州话好，男式苏州话全本墨涂涂 —— 市井气与江湖气交相辉映，书卷气全面消失。"

数十年前我在苏州读书，觉得那时的苏州话蛮好听。尤其女式苏州话，软糯糯，娇嗲嗲，很顺耳。如果有教养的苏州女人说出来，那说话的语气、语调，更是有种大家闺秀的典雅。对男式苏州话，基本无感。软绵绵的话从男人口里出来，总是不太舒服。

某次乘公交车时，一上车，女售票员，多数是年轻的女性，一遍遍地喊："上车请买票，额片请彻示。"一口地道的苏州话，由于发音太婉转，把"月票请出示"说成了"额片请彻示"。就觉得很好听，一路上心情都舒畅了。

有一回走着去观前街。从苏州大学西大门出来，沿十梓街，那时叫红旗东路，向西，到凤凰街后右拐折向北。凤凰街两边都是居民区，有许多人家的房子面街开门，街边成了居民晾衣、晒马桶、吃饭、打牌、纳凉的场所。

正走着，不远处一对青年男女，二十来岁的样子，在街边嬉闹，打情骂俏。看不出他俩是啥关系，但不像是男女朋友，更像是邻居。男的拉扯一下女的，女的脸红着推一把回去，嘴里柔声骂："再哈闹，啊要请奈切记尼光嗒嗒。"译成普通话就是："再瞎闹，请你吃个耳光。"

打个耳光还这么温柔！我暗笑。经过时故意把头偏向路中间，不看他们，好让他俩继续胡闹。

五、红烧羊肉

我属兔，却不知为何偏与羊过不去，喜欢羊肉。都是食草动物，相煎何太急呢。原因之一，我喜欢羊肉的膻味，而这却是许多人不喜欢的原因。

无锡海岸城以前有个新梅华，苏帮菜，我常去，因为那里的红烧羊肉做得很地道，和我当年在苏州上学时学生食堂的红烧羊肉一个味。

我那时在苏州大学读书，冬天学生食堂有个靓菜 —— 红烧羊肉，才 0.25

元一份。第一次见红烧羊肉，赶紧要一份。胖师傅给我打了半搪瓷盆的羊肉。羊肉质量好，肉多，骨头少，配菜萝卜也少，真能吃到大块大块的肉，吃得我嘴里直冒油。羊肉真是我的菜，后来只要食堂里有，我就吃。

第二年，红烧羊肉价格变成 0.35 元一份，且肉少了许多，骨头多了，萝卜多了。到毕业时，已涨成 0.60 元一份，羊肉少得可怜，尽是些骨头和萝卜。一份红烧羊肉见证了物价的上涨。

毕业离开苏州经年，几乎没再见红烧羊肉，那美味却一直忘不了。有一次去苏州走古城河，路过一家餐厅"吴越荣记"，见菜谱里有红烧羊肉，顿时让我回想起学生食堂红烧羊肉的老味道，果断点了一份。一吃果然不错，和当年一个味，之后在那家店吃过几次。后来发现在无锡的苏帮餐馆也能吃到一样味道的红烧羊肉，不用专门去苏州。

明月前身

在人的一生中，在一个个寻常和波澜不惊的日子里，却埋藏着一个时代的真实细节。

读苏州作家潘敏的一本散文集，其中一篇讲到，她1962年在苏州郊区虎丘山脚下出生时，穷得叮当响，生孩子只给三斤鸡蛋票，二斤半肉票。他父亲碰巧得来的一头老母猪下了十只小猪崽，卖了400元，成了"大款"，才热热闹闹地办了个满月酒，请乡亲喝酒、吃肉。那时候什么都要票，她父亲卖小猪有了钱，托人弄来的肉票、酒票。

20世纪80年代初在苏州大学读书时，记得那时候什么都要票。因为平时在学校食堂用餐，所以一般不涉及使用粮票、肉票、油票什么的。但学生是有户口的，是根据苏州市民的配给，把这些配给的物资票统一发放给学校食堂。有些特殊东西的票才会发到学生手上。

1981年放寒假前，学校给每个学生发了票，每人二两糖年糕，一两蛋黄花生。这说明，那时候糖年糕、花生这种东西，也不是随便能买到的。

我拿到票后，就在放假回家前一天去观前街的采芝斋，买了准备带回家。那时年龄小，没有独立生活经验，很单纯，对一两二两食物是多少没有清晰概念，以为虽然不会很多，但也可带回家作过年礼物。

到了采芝斋，取出票，交给店员。女店员满脸疑惑，说："就一张票？"我回："嗯呢，就一张票。"她切了一小条糖年糕，又舀了两勺蛋黄花生，称好后分别放在两只小纸袋里，递给了我。

我一看，才这么一点儿东西哈，还不够塞牙缝的。出了店，在观前街上边走边吃，一会儿就把糖年糕和花生都吃了。

原来，一般苏州人家都是按家庭来计算的，一家五口人就有一斤糖年糕，半斤花生的配给，那也不少了。如我这样就一个人一张票，独一份！

不过，话说回来，那时候艰难，政府能想到分配糖年糕和花生给穷学生，还是该说声："谢谢啦！"

老巷偶拾

苏州四中实习忆

最近，百度向我推送了一个酱香鲅鱼广告。说是山东特色美食，味道鲜美诱人。

我原本对鲅鱼不感兴趣。但人就是经不住轮番轰炸，看多了后，今天有点心动，琢磨着要不买一条鲅鱼尝尝吧。但等等，我连鲅鱼是啥都不知道，于是上网查了查。原来，鲅鱼就是马鲛鱼！

马鲛鱼不稀奇，不过，我在上大学前，从没见过马鲛鱼。更别说品尝它了。

在我的童年时期，由于物资短缺，再加上大海离我们宜兴比较远，海货不多见，所以接触海鲜食品的机会非常少。我记得的有咸带鱼，咸老鼠鱼即剥皮鱼。其他的我已想不起来。但马鲛鱼肯定没听过，也没见过。

大学四年级上半学期，即暑期后开学的那个学期，中秋过后，毕业班学生进中学实习。我、邓毅，及班上其他三位同学，共五名学生被分在苏州第四中学。

每天早晨，我们从凤凰街乘公交车到达近桃花坞大街附近，下车，步行十分钟左右，穿过一条石皮路小弄到了四中。晚上，乘同一辆公交车回校。苏大还贴心地给实习生发了公交车月票。

在苏州四年，我从来没有那样频繁地天天坐公交。一上车，就听到苏州女乘务员温柔地说："耐哈，尚彻清码片，额片清拆市。"（翻译：你好，上车请买票，月票请出示）。一天听无数遍这样温柔的话，人耳朵快要长出爱情了。

早上到了四中，就会去学校食堂准备午饭。这个事情听来奇怪，有食堂为什么还要自己准备午饭？中学食堂只管供应几份菜，不管饭，但会帮你蒸饭。因此我们每个人有一个长方形的铝制饭盒，里面装上适量大米，到食堂的水台，用水将米淘洗干净，然后盛适量的水，盖上铝盖，交给师傅，师傅会把许多饭盒放在一个巨大的蒸锅里，到时间了就开始蒸。到午餐时饭总已经蒸好，我们取回自己那一份就可以吃了。

头几天，我们五个人一起去淘米，说说笑笑，好不热闹，后来就改成轮流值日，轮到谁负责谁就准备五个人的饭盒和米。

米是我和徐同学到拙政园附近一个米店购来的。我记得米店买来的米，圆润晶莹的粳米，蒸出的饭真好吃！这是因为大学食堂里的米都是战备陈粮，还是籼米，蒸出的饭不是白色，而是淡淡的鹅黄色，味道一点不好。

中学食堂供应的菜品有几种蔬菜，但荤菜总是一样的，红烧马鲛鱼。我就是那时候第一次认识和吃到马鲛鱼的。

食堂师傅总是给我一段马鲛鱼身肉，搭一个马鲛鱼头。那时我觉得马鲛鱼很好吃，没有讨厌的细刺，全是肉，很适合我这种不爱吃鲫鱼、螃蟹这类全是刺和骨头食物的人。马鲛鱼头给我留下深刻的印象，它睁着两只大大的眼睛，狠狠瞪着我，仿佛要把满肚子怨气全发泄到我身上似的。幸亏鱼头没啥好吃的，我三下五除二先解决完，扔进垃圾桶里，才慢慢享用这顿美味的午餐。

那时真的很年轻，新陈代谢快，到中午肚子早就饿了。四中食堂简单的午餐，依旧给我留下美好记忆，仿佛每天享用的不是一份米饭，一个马鲛鱼头，而是美味佳肴似的。

实习持续了一个半月。其间，我们男女生一起出去游玩。有一次，五人一起朝南方向走，徐同学有自行车，推着随我们另外四个一起步行。张同学刚学会自行车，抢过车子骑，却骑不稳，整个人和车扭成一团，东倒西歪，把我们男生笑翻了，把女生笑弯了腰。后来我们就叫他"扭扭张"。

人民路近观前街那里新开了一个地下商场，我们一起去逛夜市。看见一个摊子卖"鲜肉吐司"，便一致认定这洋里洋气的东西肯定好吃。于是一人吃了一块。其实，就是在方片的美式面包上刷一层肉糜，放油锅里一炸而已。

那是我第一次吃"吐司"。20世纪80年代初，正逢改革开放，新生事物不断涌现，我们年轻有为，积极进取，中国正在走向新时代，而我们也正年轻，朝气蓬勃、豪气干云地迈向未来。

老巷偶拾

解元牌坊

2013年，那时我刚归国创办公司不久，正处于发展的蛰伏和煎熬期，为了放松心情，我在5月的一个周末驾车前往苏州西山和东山。偶遇一处古村，便停车进村，在古街上漫步，连村名都不曾注意。只见一处木质牌坊，上书"解元"，引起我的兴趣，拍下照片留存。我自以为是，误当此处是唐伯虎的故里。电影《三笑》里秋香见唐伯虎，风情万种的一声"唐解元"，太深入人心了。唐伯虎少年得志，乡试第一名，被尊为解元公。后唐伯虎参加会试时不幸被无端卷入科考舞弊案，导致他后面的人生坎坷曲折。

那次访问过去了多年，我还常想起唐伯虎在东西山的"故里"，设想哪天再去认认真真拜访一次。可是，上网查找唐伯虎故居资料时，才发现东山、西山和唐伯虎故居毫无干系。唐伯虎的故居位于苏州城北的桃花坞，"唐寅故居文化园"现已修缮一新，对公众开放参观。

因此，在东西山见到的解元牌坊，成我心中的一个不解之谜。当时心不在焉，不仅不记得那个村名，甚至忘了到底是在东山还是西山。

最近读书时，看到苏州作家写东山陆巷和杨湾，心生羡慕，于是便计划去访问东山。

上周末终于成行，沿无锡至苏州的环太湖高速，一路急驰，一小时便抵苏州东山陆巷。购门票，进古村参观。古村以明朝宰相大学士王鏊故里为主线，有五个纪念堂供参观。我沿着古街边参观，边往前行。忽抬头，一座熟悉的牌坊跳入眼帘：解元。这不就是我费尽思量的解元牌坊吗？这儿不就是我10年前偶遇的古村吗？真是得来全不费功夫。我找出10年前拍的牌坊照片，和当天见到的牌坊仔细对比，细节都毫不差错。只是现在的牌坊已油漆一新，"解元"二字新烫了金，闪闪发光，烁烁生辉。

回想一下，10年前古村未商业化，不用购门票便可进入。当时尚无完善的文字介绍，五个纪念堂也没有修缮和开放，因此我只走马观花，匆匆浏览而过。我把当时在那里看到的解元牌坊，错误地视为唐伯虎的故居。

这一次，我认真参观了每个开放的纪念堂，搞清楚了解元牌坊的由来。王鏊少年俊才，十七岁参加乡试，高中第一名，是为"解元"。后进京参加会试，又高中第一名，是为"会元"。随后的殿试得中第三名，是为"探花"。

原来，解元牌坊和唐解元无丝毫关系。我怎么会形成那个古村是唐伯虎故里的印象呢？！

要说陆巷和唐伯虎唐解元没有一点关系，也不对！因为陆巷村口的介绍，赫然写着"陆巷古村落是唐伯虎的老师，明代宰相王鏊故里"。

介绍王鏊，居然先提王鏊的门生唐伯虎。说明，唐伯虎比他的老师王鏊名气大多啦！难怪我见到解元牌坊，首先想到唐解元，而不是王解元。

解元有许多，但最著名的解元，非唐解元莫属。

时光匆匆，十年一瞬。牌坊可以重新油漆而展现新颜，但人们却再也回不到从前，岁月使我们徒增更多的沧桑。今天的生活，过后就会成为历史。无论是过了100年、还是500年，解元牌坊仍会矗立在那里，而我们，如没留下一点文字，则连历史的痕迹都不会留下一点，仿佛从未存在过。

青
灯
有
味

QING DENG YOU WEI

外婆家门前的太阳花

我常在周末出去健步，一口气暴走十多公里。

经过尚贤河湿地公园，见有一处地上栽了一片太阳花。花色繁杂，大红、水红、黄色、紫色、白色。现逢盛世，各种花卉不要太多，太阳花反而很难得见，反倒珍贵了。

这让我想起童年时外婆家门前的太阳花。

儿时去宜兴汤渡外婆家，站在门前，向南面瞧，有一条东西走向的山脉，最近的那座山头叫南山，走一公里路就能到山脚下。

儿时去过最多的地方就是外婆家，故见过最多的山也就是南山，一年四季都看过。

印象里，四季的山景都不一样呢。春夏时，山脚和山腰下，一片翠绿，那是大片的毛竹林。山腰以上，深绿和黄绿交错，是满山覆盖的杂树林。到了冬天，则都换成黄莹莹、灰突突了。

后来读宋代郭熙《林泉高致》，里面形容观四季山水：

"真山水之烟岚，四时不同，春山淡冶而如笑，夏山苍翠而如清，秋山明净而如妆，冬山惨淡而如睡。春山烟云连绵，人欣欣；夏山嘉木繁阴，人坦坦；秋山明净摇落，人肃肃；冬山昏霾翳塞，人寂寂。"

回忆昔时观南山之景和当时的心情，还真是如此，可谓描述得活灵活现。

小学时偶尔读陶渊明诗句"采菊东篱下，悠然见南山"，以为说的莫非就是外婆家门口的南山？

不过外婆家篱下没有菊花，门前倒是有一盆太阳花。

外婆家以前住在东岭。两个儿子成家后，把家里两套二进二出的楼房给了两个儿子住，带着几个未成家的孩子迁到汤渡来发展。在汤渡的汤省公路边买了三间平房,以及周边的一些地,打算过几年在屋后空地建一排楼房。

后来,外婆家的发家致富计划破灭了。汤渡的三间平房,两间给后来成了家的小舅史家福住,外婆外公住最西边的一间。

因此从我记事起,外婆家就是汤渡的那一间平房。那平房很旧了,据说是明朝的房子,但显然只是明朝平民百姓造的房,因为我记忆中房子的木柱、木梁都不粗大,地面没有地砖,就是泥土地。我儿时去山里的大舅、二舅家,他们两家的房子都是二层木结构楼房,二楼是木板地,一楼铺的是地砖,且其木柱、木梁都比汤渡外婆的房子粗了许多。

外婆外公到汤渡的生活落差是很大的。本来以为只是暂时住两年,没想到在那间平房里一住就是一辈子。

所以,我回想,那时外婆外公的心情是压抑的,有点破落的感觉。只是见了外孙、外孙女来,脸上才露出点喜气。

外婆家的门,是两扇破旧的木板门。不是用铰链连接的,而是门两边上下有门轴,砌在墙里,因此开关时发出巨大的"吱嘎"声。那个确实有点明朝的味道。

我时常想朝那个门轴里倒点油,这样声音或许就没有了。但终究没有倒成。不知是否因为那时油太金贵?

一出门,右手边有一堵墙,用破砖、破缸、破罐等垒的,和右边邻居家形成一道"楚河汉界"。

那墙有多高呢?儿时觉得挺高,大约齐眉。记忆中的我大约八岁。如此把时间坐标平移到现在,一推算,那墙其实不高,甚至很矮,顶多有一米高。

嵌在墙顶上的一个米黄色陶制长方形花盆,大约两尺长,一尺宽,是我儿时见过的特大号花盆。那盆是破的,缺了一角,还开裂了,用铁丝捆绑了几圈才不至于散架。铁丝锈蚀了,呈褚红色,捆着破裂的陶盆,有点老旧的味道,很配后面老旧的房子。

花盆里长满了太阳花。我童年记忆里最早的花,大约就是外婆家门口那盆太阳花。

每当阳光灿烂的晴天,午时,太阳花满盆怒放,朝气蓬勃,兴兴旺旺。盛开的太阳花,掩盖了外婆家破旧、没落的老房子。

外婆家的太阳花至少有四种颜色:大红、紫红、黄色、白色。最茂盛时,一盆能开出三五十朵花儿。正午花儿全开时，花径大约如两分硬币那么大。等太阳下山，花瓣逐渐收拢，下垂。

但第二天，当太阳升起，阳光普照时，那些耷拉、收拢的太阳花又逐渐挺起，张开，如头天那样吐蕊怒放，蓬蓬勃勃！

太阳花开了又收，收了又开，如此反反复复。不知反复了多少次后，花终于凋落了。我恍然发现，花凋落之处已结了一个小小的果，果只有半粒绿豆般大小。等果成熟后，摘下来，用手一捻，里面掉出许多芥菜籽大小的籽粒，有五六十粒，这就是太阳花籽。

将外婆家的太阳花籽带回丁山家，找了一个盆，将籽种下。不久后长出了许多太阳花苗。苗苗长大后，开出了一盆和外婆家一样五颜六色的太阳花。

我几乎没有种花的经历。记忆中只种过几种花。种活且开花的，太阳花算是我的唯一。

外婆和外公于20世纪70年代先后离世仙去。外婆家的房子现在还在，成了小舅家的，在20世纪80年代被重新翻盖过。但那些花盆，那些太阳花，早就无影无踪了。没有什么变化的似乎只有南山，还和千百年前一样，天天默默俯视着脚下那片变化着的土地，变化着的环境和变化着的来来去去、匆匆忙忙的躁动人群。

几年前曾到深圳大学，走在校园里，看见园丁装了一板车的太阳花苗。我想起童年时外婆家门前的太阳花，又想到已经多少年没有亲近它们了。于是，向园丁索要了几株苗苗，带回无锡，栽在盆里。这些太阳花长了一季，真的开了花。久别重逢的花儿啊，让我想起一首歌：

依稀往梦似曾见，心内波澜现。
应知爱意是流水，相伴到天边。

太阳花是很平民的花，极易栽活。它们有一种甘于贫贱，甘于平淡，不屈不挠的精神和气度。

就让我们都争做一朵普普通通、平平淡淡的太阳花吧，这样或许更有智慧，更有气质。

摇到外婆桥

摇啊摇，摇到外婆桥。

外婆家在宜兴丁蜀镇汤渡。外婆家屋后是画溪河。沿画溪河向下游走200多米，就是汤渡老街。老街上有一渡口，渡口边有一座建于康熙年间的石拱桥，画溪桥。

画溪桥，童年的外婆桥。

摇到外婆桥，但不是摇船去的。小孩子两条腿，一路摇摇晃晃，走着去的。

汤渡位于宜兴丁蜀镇西南约3里，与古画溪桥相依，毗邻104国道。汤渡村分为汤南、汤北两部分，中间隔条画溪河。古时南北往来本无桥，有一家姓汤的兄弟在此设渡、摆渡，方便过往行人，人称"汤渡"，汤渡村也因此得名。

汤渡老街位于画溪河南岸，分成两段，由东北向西南，在画溪桥南块呈90度折角，折角正对画溪桥，渡口在桥南块东北约十米处。

儿时爬到画溪桥顶上，向东南方向眺望，近四十米长的东街市井，尽收眼底。向西南延伸的南街长一百多米。整条街，宽3米多，整齐的麻石条铺就的路面，街两旁镶嵌着青石块。

街两边都是店面，热闹非凡。有七八爿南北货副食品店，三四家茶馆，几家豆腐店、剃头店，还有摇面店、面馆、小笼馒头店、鱼行、竹篾行、棺材店、裁缝店、布店、洋龙宫（消防）、中药房、油条店等，一应俱全，桥下早市摆满了各种菜摊。

我对汤渡南街上杨家开的油条店情有独钟。每次到汤渡，外婆外公买油条款待外孙是常事。外公手上拿根筷子，我跟着外公，祖孙两人去汤渡南街。200多米的路一点不近哩，我恨不得一步跨到油条店。

到了油条店，外公付钱买油条，我则在边上饶有兴味地看杨师傅炸油条。杨师傅熟练地把一条面放进油锅，面吱吱地叫着浮起来，身体一个劲地变胖，随着长竹筷上下跳动,颜色从白变黄,由黄变金,然后被捞出来,放入一个圆形铁笼,控油。油条店那种油炸面的特殊香气四处飘溢。

待五六根油条炸好,杨师傅从外公手里接过筷子,将几根油条穿入筷子,递给外公。外公举着油条,我兴高采烈地跟着外公往回走。我经不住油条香味的诱惑,路上就让外公从筷子上扯下一根,开吃。油条在手,一口下去,外脆里糯,满嘴油香,打我两拳也不肯松手。

外婆偶尔自己动手,做甜饼给我吃。外婆在大瓷碗里倒入几勺面粉,加水,调成面糊。柴灶里生火,大铁锅里倒入菜油,待锅大热时倒入部分面糊,用铜铲摊成一个又大又圆的薄饼,待两面金黄时,起锅。饼在案板上,趁热敷上一层白糖,然后卷起来,再用刀切成一个个小卷。饼又香又甜,很对孩子的胃口,我开开心心地吃五六个才过瘾。回家时,外婆还要再把一些卷饼包起来,让我们带回家吃。

从丁山大中街家里出发去汤渡外婆桥,最近的路,是上丁山街,朝南过大木桥(万安桥),至联合医院,右转上张边路,经过东风陶瓷厂厂部办公室,沿着厂外墙一路往南,中间经过东风厂大门,还要路过一座烧陶瓷的大方窑,就到了宜兴青瓷厂。青瓷厂东北两面都是农田,西面是画溪河,南面是洑兴河,厂外围墙边是一条小道,宽度刚好能行拖拉机,不能走汽车。沿着青瓷厂的外墙,先向东行约一百五十米,再折向南约二百米,就到了架在分洪河上的柴渎桥。在柴渎桥上停下,歇口气,凭栏向西望去,可见约二百米开外的画溪河和洑兴河的三岔口,宽阔的河中间有一个如小岛一样的土墩。这叫转水墩,墩上长满高大的杂树和荒凉的野草。

转水墩有一种未知的魅力,让儿时的我每次经过,都要停下脚步,出神地看一会儿。河中的一个"岛"这个事实,让我觉得它不同寻常。其次,岛上的荒蛮,让我猜想,有没有人曾经上去过呢?还有,河里的岛是怎么形成的,又有什么用呢,岛上一定有很多蛇吧?我童年时最怕蛇。

过了柴渎桥,再走约百多米,就是104宁杭公路。穿越宁杭公路,上汤省路,外婆家,外婆桥,就到了。

这条约三里的路,儿时摇啊摇,走过无数次。

最早的记忆,我五六岁时和大我三岁的哥哥沿这条路,摇摇摆摆去外婆桥。

后来更大些,我和妹妹、哥哥,三人行。

有一次春节后，冰雪融化，路上都是泥，我们三个人又走在去外婆桥的路上。经过东风厂，那一带平时路上就积着一层厚泥，冰雪融化后泥浆有几厘米厚，泥的黏性很大，如胶一般粘住鞋子。我们穿着雨鞋，一脚下去就被胶泥牢牢固定住。刚使劲拔出前脚，往前迈了一步，后脚又被死死粘住。就这样一脚深、一脚浅地往前慢慢挪，艰难万分，妹妹以为再也走不到外婆家了，急得哇哇大哭。我和哥轮流蹲下帮妹妹把鞋子从泥浆中拔出来，互相扶持着，一步步往前移动。这画面，要从远处瞧的话，就跟仨帝企鹅一样，摇摇晃晃，亦步亦趋，活脱脱一幅摇啊摇，摇到外婆桥的景象！

童年时去外婆桥，是一种向往，也是一种幸福，更是一种信念。所有童年的美好时光，渴望得到长辈的宠爱，香甜软糯的油条和饼子，都从外婆那里得到了满足。

落落与君好

落落与君好，相怜老勿谚。

奶奶于一九九二年三月去世。真不相信刹那间她离世都三十年了。三十年里我们也从少年过了不惑之年，头上长出了白发。人生真如白驹过隙，忽然而已。

千百年来一代代人如接力似的，生老病死传下去。如果没有文字记载，许许多多人曾来过这个世界，转眼消失得无影无踪，如同从来没有来过一样。

大自然给人类很高的智慧，却让人经受深深的痛苦。活着时无论怎样，经历怎样的深情，最后还是生离死别，一切化为乌有，只留下痛苦。这到底是大自然给人类的恩赐呢，还是对人类的捉弄？动物虽没有很高的智商，体验不到人类喜怒哀乐的情感高度，但也体验不到生离死别的痛苦啊！

奶奶去世时，我在南京中国药科大学任教。忘了什么具体原因，没让我回家给奶奶送葬。一个月后的清明节，我专程从南京回宜兴丁山老家，给奶奶扫墓。

我记得特别清楚，那天我穿了一件刚买的栗色皮夹克。天下着毛毛雨，皮夹克被淋湿了。这件皮夹克一年后随我去了美国。穿了一些年后旧了，多少次想扔却都没扔，因为每次想扔，就想起穿着它在奶奶新坟磕头的情景，似乎它和奶奶有了某种联系似的，这叫睹物思人？

许多次想写奶奶，都不忍起笔。因为奶奶的一生真的太苦，太悲伤了。直到奶奶晚年，作为孙儿的我，刚参加工作，经济条件一般，加上年轻不谙世事，没有孝敬奶奶什么好东西，心存愧疚。

童年时，我父母工作忙，和我语言、思想交流极其有限。奶奶成了我童年的第一个启蒙老师，跟奶奶学了不少人生智慧。

我童年时，奶奶独自住在大院子里的一个小屋子，称之为"小房间"。有一阵我每天晚上到小房间和奶奶睡。那时我七八岁。我现在猜想，奶奶有孙子睡在身边大概也蛮安慰，不再孤单。而我倚靠在奶奶身边，能感受到童年渴望得到的长辈的爱。

睡觉的时候，奶奶就给我讲故事，分享各种人生经验。奶奶没上过学，讲的都是她听来或自己悟出的很朴素的故事、人生智慧和道理。

济公和尚的故事最早就是从奶奶那里听来的。晚上，小房间里亮着昏黄的灯，她躺在床上，绘声绘色地给我讲故事，有一个人被坏人害死了，还把骨灰和在泥里做成了一个砵。我平生第一次听到"砵"这个词，便插话问什么是砵？奶奶说就是像碗、罐子一样的东西。济公和尚有法力，某次经过那里，看到那个砵，充满一种怨气，就问砵："砵啊砵，你一定有冤，你把冤情都告诉我吧。"就这样，济公帮这个受害者伸张了正义。

奶奶教给了我许多她总结的人生经验。我觉得，奶奶是非常聪明的人，只是在那个时代和家庭环境下她没有接受教育的机会。否则，说不定她大学毕业都有可能。

奶奶也有骄傲的一面。她常跟我说，她年轻时长得很漂亮。我爷爷因病四十多岁就去世了，留下奶奶一个人带五个孩子。奶奶那时还很年轻，有几分风韵，丁山街上有些人看上了奶奶，想跟奶奶好或要娶她。她为了家和孩子，都拒绝了。

按年龄推算，奶奶出生在一九零零年左右。娘家姓周，从她的名字周晓五，推算出排名老五。这算不上什么大名，女孩在那个年代有无姓名不重要，不过按出生排序叫的。奶奶家兄弟姐妹七个，她下面有弟弟、妹妹。最小的妹妹周晓聪，即我姨婆，后来嫁到苏州，家在枫桥寒山寺附近。

奶奶的娘家——周家，在丁山老街上开一个小饭馆。饭店离小木桥不远，画溪河边，在老街不靠河的北面。清朝末年经济萧条，开个小饭店能挣几个钱！养活一家人都难以为继。奶奶说她童年时，经常的情形是，店里每天烧一锅饭，如果当天生意好，饭都卖光了，几个孩子就都饿着肚子睡觉。如果生意不好，他们能吃上饭，但父母唉声叹气的声音让他们也吃不好饭。

那个年代的女人多是小脚，但奶奶却是大脚婆。她说，小时候她也被包了小脚，脚痛得整天眼泪汪汪。到夜里，她父亲心软，就悄悄把包小脚的脚带给她松了。白天被母亲发现了，就又给她扎上。到晚上，她父亲又悄悄放了。如此，她终于没包成小脚，留下一双大脚。这在当时是很不利的，因为女人有一双三寸金莲是她们的择偶优势。女孩脚小的话，优越性估计不下现在有一张北大、清华、南大的文凭。但后来，大脚成了奶奶的优势，她爱走到哪就走到哪。我外婆是小脚，走路那一步三摇的艰难样子，我现在都历历在目。

我始终不理解封建社会男人为什么会形成喜爱小脚这样的畸形变态审美观？而且还延续了千年，还居然无人提出非议，这明明是摧残妇女身心健康。

后来家里实在穷，养不活这么多孩子，便将奶奶过继给了斜对门的高家做养女，也可以说是童养媳，因为过继过去时就说好将来给高家儿子高德根，即我爷爷，做媳妇。

小小年纪就到别人屋檐下生活，苦难的经历都不必细说了。奶奶跟我讲到她那段经历，就禁不住流眼泪。她要给高家做许多活，比如洗锅、刷碗。她人太小，够不着锅台，只能站在一个小凳上，才勉强能洗到。爷爷那时也是小孩，还经常欺负她。

爷爷去世时，我的小叔叔才一岁，他上面还有三个哥哥，一个姐姐，当时大概只有大伯父工作了，其他都还小。她的艰难可想而知。一个妇道人家，一个人挑起家庭的重担，是多么的不容易。

我父亲高伯明，人很聪明，小学毕业后，考上蜀山中学。那时候蜀山中学是丁蜀镇最好的中学。父亲上了一周学，因为家里条件实在艰难，奶奶让他不要上学了，去工作挣钱。我父亲考虑到下面有三个弟妹要养，就辍学了，进了陶瓷厂做学徒工，挣的钱全交给奶奶养家糊口。听我母亲说，父亲一直到和我母亲结婚前，月月都把工资交给奶奶养家。

我们儿时，大年初一最高兴的事，就是跑去给奶奶拜年。奶奶就把准备好的压岁钱给我们。我拿了压岁钱，欢天喜地，去街上买小鞭炮放着玩。记得奶奶的压岁钱最早时好像是一毛钱，后来涨到二毛钱、三毛钱。考虑到奶奶有这么多孙儿、外孙，压岁钱对她来说也不是一笔小数目。

儿时大环境艰难，小孩的经济来源极其有限，奶奶给的几毛压岁钱是过年的一笔主要经济来源。买的小鞭炮舍不得一整串燃放，而是拆下来，点根烟，一个一个慢慢放着玩。一串红纸做的小鞭炮，拆开后玩，能玩几天呢。

20世纪70年代中期，奶奶退休了。退休的奶奶也没过上清闲日子，帮一个外地的叔叔先后带过孙子、孙女。外地的叔叔将孩子送回丁山，奶奶一个人带着孙子、孙女过。

奶奶晚年所处的年代，经济还没有起飞，物质还没有极大丰富。因此，可以说奶奶晚年一天锦衣玉食的日子也没有过上。她住的房子，基本上家徒四壁，没有空调，没有冰箱，没有电视，应该还烧煤，自来水好像后来才装上了。听我母亲说，唯一的好处，是给她买了一条电热毯，算是过上了一点"现代化"的生活，冬天上床不会冻得腿发抖了。

我一九八七年研究生毕业到南京工作，然后就一门心思地考托福、GRE要出国。读书太专注，就有点木讷，偶尔过节回家，也没想起为奶奶买点什么高档东西，让她改善生活，现在想起很愧疚。

奶奶一生为孩子付出很多，但得到的回报却极少。但我相信，同时代的家庭都大同小异。

愿奶奶在天国安好，过上在人间未过上的锦衣玉食生活。

如果平行时空真的存在，时光返流到20世纪20年代，那时候奶奶还是丁蜀镇上的一个美少女，许多人都喜欢她。我们子孙们看到奶奶，都喜欢得不得了。我要对奶奶说，下辈子还做你孙子，对你好：

"落落与君好，相怜老勿谖。"

最远的远方

人生最美好的，是前往远方，看一个人的路上。如果春天去远方看一个人，那会是谁？

北岛诗中说，有人像家雀儿，不愿意挪窝；有人像候鸟，永远在路上。

我一定属候鸟，因为自小向往路上，向往远方。

远方这个词，本身就是个诱惑，是挑逗：不，不要固定我，我要去远方，我愿意漂泊。

远方的神秘，在于其不确定，没有边界。远方在哪里？山的那面，还是湖的那边？在邻县，还是邻省？看不见的地方算不算远方？白云边算不算？天边算不算？

远方是未知，是不明确，是不固定。远方充满神奇，远方有身旁没见过和没闻过的，远方有你爱的人和爱你的人，远方能弥补童年缺失的美好。

因为向往远方，很小的时候，和院子里严凤林等几个发小，讨论去远方流浪。流浪是借口，要自由自在走天涯，去远方。

商量又商量，某天，终于出发。三个小孩，沿104国道，朝南走了五六公里，一直走到南山脚下，真远！然后，无以为继，既没吃的，又没喝的，回头，疲惫靠岸。

另一次，向北，沿车马大路，走到附近镇子川埠，到部队驻地兜了一圈，放弃，回家了。

但在路上，去远方，成了执念，一直挂在心上。

幼年的一次远行，去过最远的远方，是和母亲去邻县，浙江长兴，看望小姨妈。

我四岁，有了记忆。部分清晰，部分模糊。

那时妹妹还没出生，我是家里的小宝，受宠呢。受宠的孩子有大人围着你。记得也是四五岁时，某一次我生病，躺在父母的西式大床上，父母坐床沿围着我。隔壁伯父伯母过来看望我，嘘寒问暖，问："小强怎么样啦？"

这段幼年温馨的记忆，留在脑中，至今无比清晰，回想起就觉温暖，治愈人心。

母亲和我从宜兴丁山乘公交车至长兴县城。这一段没留下一丝记忆。姨妈家在明门公社，位于长兴县城近郊，出公共汽车站后，走三四里路。第二段我记忆犹新。中间有一段是农道，就是两三米宽的田埂。天下着小雨，我俩都穿着塑料雨披。雨后路很泥泞，全是泥巴，我们深一脚、浅一脚地赶路，对四岁的幼童确实有些艰难呢。然后，我一不小心，脚一滑，滚入路边的水沟，宜兴人称其为洋龙沟。还好沟不深，水不多，母亲把我捞了上来。因穿着雨披，虽然我衣服湿了，但未湿透。

我们继续赶路。路边有个棚子，是铜匠做铜勺、铜铲的。生了一只化铜的炉子，火光冲天，热气腾腾。

这正适合雨中艰难行走，衣服潮湿的我俩。便在棚子里坐下歇歇。围着那个化铜炉，我脱了外衣，借着热量烤干。

印象中的化铜炉好亮、好热。随着匠人手拉风箱的声响，火苗向外一窜一窜，火苗像舌头似的舔得老远。

铜匠是个中年人，挺和善，和我们有一搭没一搭地说些话。那时的人淳朴、热情。

姨妈家住农村。从大路到她家要经过一座架在河沟上的小木桥。说是桥，其实就是几根木头横跨在河沟上，没有扶栏。我特别害怕过那座桥，不敢自己走，要大人抱我过去。

姨妈家两间木结构平房。在我的印象里，房子很高大。躺在里间床上，能从开在墙上的一个大窗看到隔壁的厨房。仍记得我坐在床上，透过窗口，看见姨妈和母亲在隔壁厨房忙前忙后，边做饭边叽叽喳喳说话的情景。

后来村里发生了一件大事，邻居家一个老人去世了。对于幼童，不懂什么叫悲伤，只记得各种热闹的场面。到场上，看见一群人都穿着一身白，长大后才知道那叫孝衣。地上烧着几根大毛竹，火光冲天，烟尘四起，噼里啪啦地炸裂，毛竹炸裂的声音很响呢。

我自小性格有点异于常人。丧亲那家做了许多黄豆磨的新鲜豆腐，煮成酱红色豆腐汤，邻居都可以去吃。20世纪60年代中期，物资贫乏，能吃上整碗豆腐是件美事。大家吃得美滋滋，可我死活不吃，嘴里喊："不要吃死人家的东西。"弄得我姨妈哭笑不得，直为我叫亏。

由于各种原因，交通不便、上学等，后来没机会再去姨妈家。直到2006年，算起来差不多四十年后，我从美国回来探亲，第二次去长兴姨妈家，姨妈和表弟早就住在老房子边上新盖的四五间楼房里。

我小时候不敢过的河沟尚在，木头换成了宽宽的水泥板。我看着这么窄、这么浅的沟，禁不住有些自嘲童年自己的胆小。人幼小，看周围的东西大。但也有可能经过四十年，那河沟确实变窄了许多。外婆家旁边的河，画溪河的一条河汊，早就被填埋消失了，但桥还在，成了旱桥。

我特地朝那边走过去，有几十米远，看看留在幼年印象里的老房子。老房子还在，却比想象中小了许多。屋顶塌了，只剩木质空架子和残墙，地上杂草丛生，墙上环绕着许多藤藤蔓蔓，一派荒凉的景象，仿佛在诉说着光阴的变迁，事物的更迭。看着令人有些许伤感。幼年记忆里的老房，贯通卧室和厨房的大窗、过道大厅全消失了。

当童年时熟悉的石拱桥、铺着麻石条的老街道、小学的旧礼堂、中学的老教室、几座有年代感的老房子、老龙窑统统消失殆尽，丢失的不仅是童年记忆，而是几代人心灵的归宿。

与光阴的往来中，都成了败寇。

上小学时，学校每学期都组织行军（就是春游、郊游或拉练）。行军，多好听的名字，多兴奋的事！这是我年少时最爱的集体活动。行军那天，意味着不用上学，不用枯燥乏味地坐教室里读书，而是去远方。对于我这样心野的孩童，没什么比去远方更神往，更自由自在了。

小学一年级，老师组织我平生第一次行军。行军去的远方，是最近的远方：蜀山。

家乡小镇由丁山和蜀山两地合并而来。从丁山小学出发，到蜀山脚下，两公里多。两公里那也是远行！为此兴奋了一晚上。第二天，带着买的油条当干粮，在学校集合后，全班同学排着队，挎着书包，高高兴兴地出发了。蜀山不远，一小时就能抵达。蜀山不高，地面落差约一百米，很快学生们就登上蜀山顶。

在山顶极目四顾，眺望得很远。山脚下是蠡河，向北通往东氿，河面极其开阔，行走着一些拖轮。蠡河是那样开阔，那波光粼粼的水面至今留给我难忘的印象。

记忆中山上没有毛竹，没有旱杉，没有松枝，似乎都是些茅草。难怪当年苏东坡游历宜兴时，经蜀山，指蜀山说"此山似蜀"，蜀山因此得名。蜀山确实不似江南的山。

小学四年级，学校组织行军到宜兴县城，行程十四公里。这是少年时走过最长的路，行过最远的远方。

彼时我在班上得宠。班主任老师知道我学习好，便加以关照，我成了三好学生，当了副班长。行军队伍前方有举旗的旗手，学生干部才能担此殊荣。中间一段路，由我举着校旗，在前方开山引路，好不得意和骄傲。我身上向右斜挎着黄色挎包，向左斜跨着黄绿色军用金属水壶，两手高举红旗，感觉和电影里解放军行军队伍前的旗手形象差不多。成了扛旗的英雄，自己高大了起来。

少年哪懂矜持和低调！

少年做过许多英雄梦。为当英雄，我曾和严凤林等几个同学到青龙山上，在破碉堡里，用铲子在地上疯狂地挖，梦想挖出一把枪，那时做梦都想拥有一支枪。

行军队伍抵达宜兴后，先去西氿边的烈士陵园扫墓，然后解散分头活动。我和钱钢、韩东生等几个同学，在宜兴街头转悠，到南货店里买丁山没有的麻饼吃。然后到宜兴体育馆，去看同学恽伟民。恽伟民体育成绩好，是学校的跑步冠军，到宜兴参加集训，为省小学生运动会做准备。恽伟民的宿舍就在宜兴体育馆的阶梯跑步馆下方。他领着我们参观了体育馆。

下午，我们在宜兴周楚蛟桥附近集合，坐丁山陶瓷公司的货运拖轮回丁山。这说明学校领导和老师考虑得周全。学生走去宜兴，无论如何也走不回丁山了。

大家好兴奋啊，从来没有坐过长长的拖轮。待拖轮在蛟河边靠好岸，各班有秩序地上了船。船舱空空如也，是专门来接学生的。木质的船，船身被桐油擦得铮亮，舱板乌亮光滑。学生们在船舱里或坐或卧。男生调皮，多爬到船头，趴在船板上，迎风观看四周风景。

拖轮船队沿着蛟河向东，驶入东氿。氿，是宜兴特有的文字，它比湖小，又比河大，可以理解为水面非常开阔的河。这里的河面果然极宽敞，两面都是芦苇，湖风习习，好不凉爽。

拖轮船队一路轰轰前行，穿过东汣，向右一拐，进了蠡河，沿着蠡河向南，经蜀山脚下，折向西，便到了丁蜀陶瓷批发站码头。船队在丁蜀中学大门的河岸旁停了下来，靠岸，学生们鱼贯上岸，结束了这次难忘的远行 —— 宜兴行。

后来小学、中学都还有组织过行军，但都比不上宜兴行那样远、那样新鲜、那样兴奋。

生命就是这么奇妙，人的执念终会成真！后来我真的离开家乡，去了很远的远方。

高中毕业，上了苏州大学。大学毕业后，去上海读研究生。研究生毕业后赴南京中国药科大学任教。数年后，远涉重洋，去美国攻读博士学位，此后赴得克萨斯大学奥斯汀分校做博士后，再到美国休斯敦太空宇航中心工作。天涯海角，远离滋养我的故土，越走越远……

生命里，曾无数次乘通宵火车，坐夜航船，驾车几千公里，坐跨大洋飞机，去远方。人生仿佛永远在路上，为心中遥远的梦想，为远方的爱，奔远方。

最远的远方在哪里？在心里。

那些花儿真的远了

最近夜里常常思来想去的。

人一生所有的活动,分过去时,进行时,将来时三种。进行时没有时间长度,就如几何中的线没有宽度一样,一毫秒前想要进行的事,一毫秒后就是过去时了。将来时则还没有发生,等同于梦想。

因此,人生拥有的,其实只有过去时。能想到的发生过的事,全是回忆的范畴。

检视过去,就是回忆。

车前子在《册页晚》中讲:"我们在现代生活里最缺少的是什么呢?钱?希望?爱与荣誉?艺术?交往?好东西?男女?山水?邮票?羊羔美酒?阳澄湖大闸蟹?这些当然也缺,但在我看来,最缺少的却是回忆。"

回忆要耐得住寂寞,静得下心,坐得住,还要有时间和体力。尤其那遥远的回忆,很费脑。

想起那些花儿,真的远了。

我素喜开在树上的花,如桃花、紫薇、紫葳、梅花。她们花枝招展,风中摇曳,恣意妖娆,能让人醉倒。

儿时印象深刻的花,是开在丁山小学"上操场"角落里的一株石榴花。可以说那是我人生中的第一棵树花。

我坐在小学一年级教室最后一排靠窗的座位上,侧头,朝窗外望去,便能看见约三十米开外的那株石榴树。石榴树有一个大汉那么高。

小学一年级,是早春入学的。清明过后,操场上那株石榴树开花了,一朵朵石榴花,像一只只小喇叭,随风摇动、点头。石榴花的红,很深,很艳,像火焰一般热烈,有一种浓浓欲滴的感觉。到了初夏,树上结了一盏盏小石榴,圆圆的,小灯笼似的。我经常想,那些石榴能吃吗?那时候没吃过石榴。

石榴树的对面,也就是上操场的东南角,是两间老式木结构平房。班主任夏荷英老师一家就住在里面。现在回想起夏老师，一个相貌端庄，脸颊红扑扑的年轻女教师，大约三十岁。我小时候觉得她年纪挺大了。那是因为大小是相对的，小孩自己小，看什么都大。

夏老师有两个美丽的女儿，都比我高若干年级。在教室里朝外望，或在操场上玩耍时，常能看见那两个女孩像一双蝴蝶似的飞出飞进家门。

我曾阴差阳错戴了夏老师小女儿的红领巾。缘由是，戴上鲜红的红领巾一直是我的梦想，一年级下半学期我终于如愿以偿加入了少先队。红领巾要自己花钱买，记得是两毛钱。我把钱交给夏老师，等着拿红领巾。隔日，夏老师来上课时，跟我说，红领巾到了，忘了带到教室里来，让我到她家中去取，就在桌子抽屉里。

我兴高采烈地跑到夏老师家中。家中无人，于是便打开抽屉。第一个抽屉里果然整整齐齐地躺着一条红领巾。我拿了红领巾就走，系在了自己脖子上。

第二天，夏老师找到我，说我把她小女儿的红领巾拿走了。我的那条新的是放在底层抽屉里的。她递给我一条新的，替换下她女儿的那条半新不旧的红领巾。

二年级时，夏老师和她一双花儿一样的女儿，都离开了丁山小学。听说因工作调动，去了苏州。以后再也没见过她一家人。

这世界上多数人，只要一别，就是一辈子。

2004年我回国探亲，特意到丁山东贤路，寻觅儿时的小学。丁山小学已经搬迁，学校的"下操场"成了丁蜀中心幼儿园，而学校的"上操场"，则压根不存在了，原址上建了新的楼房，成了一个旅馆。我走进旅馆，里面有个回型天井，那应该就是原来小学"上操场"的位置了。

那棵石榴树，早已无影无踪。

原丁山小学，是由旧时育婴堂和一个祠堂为主体改的。小学校区被南北向的一条小路，即现在的东贤路，分割成两半，东面的称"下操场"，西面的称"上操场"，教师办公室、礼堂、低年级的教室，都在上操场。上操场是育婴堂和祠堂老建筑改的校舍，中间一个大天井，作为小操场。这些建筑都很有年代感，应该是清朝和民国时的。有很大的石墩，很粗的木梁柱，铺满青石板。哪怕现在回忆，当时置身其中都有一种久远的年代感和沧桑感。

在快速变迁的物质化的时代，有谁会在乎一栋旧建筑，一段旧木梁，一块青石板，和一株不起眼的石榴花呢！

那年石榴花开。许许多多像我一样的孩子，小男生和小女生们，曾坐在那些老建筑里读书，跟着广播做眼保健操，两手交叉放在桌子上听老师讲课，调皮的男生还不时做些小动作，扯一下前面女生的头发，下课后男生们在老建筑间隙的弄堂里飞奔、追逐，经过校医务室门前的小天井，停下看一个老师领着几个高年级学生从抓来的癞蛤蟆头上刮蟾酥。还有老礼堂里的歌咏比赛，校文工团演的"洗衣舞"。除了镇上的影剧院，老礼堂是我印象里极高大、雄浑的石墩、木质结构建筑，大得竟然容纳得下全校师生。

老建筑里不但有阵阵书声，还曾"霹雳啪啦"震天响，那是学工活动，学生们敲陶瓷算盘珠。

那些曾在耳边回响的校园声音，与老校舍和石榴树一起，都消失殆尽，被市井彻底湮灭、埋没。

那些花儿，真的远了。

补记：夏荷英老师调去苏州后，进了苏州大学图书馆工作，她先生是苏州丝绸工学院的教师，目前夏老师在苏州某养老院养老。这是不久前钱钢同学从蒋美英老师处得知的。蒋老师原为丁山小学的教导主任，我们小学时称她蒋教导。

红高粱我来了

见到一组红高粱照片,惊艳了。

红高粱竟然也可以这么美!虽然我从没见过高粱,但高粱却似乎和我的日常息息相关。

最早知道高粱,是童年时。不知谁给我家送了一包高粱饴糖。软软的,又甜又糯,很好吃。高粱第一次给我留下好印象。

上初中时,语文课学了一篇课文《最可爱的人》。记得其中有一段文字,形容战士,紧握钢枪,站在田野里,"像一株挺拔的高高的红高粱"。虽然没见过红高粱,但那幅美丽动人的画面在脑海里形成了。

隔了几日,语文老师布置作文,题目是《你尊敬的人》之类的。

我那时在班级里成绩优异,是班上翘楚。一个男生,忘了他姓名,就在作文中写了我,还活学活用刚从课文里学来的章节语句。

课堂老师让几个学生站起来读各自写的作文。那个男生读道:"……高国强同学,高高的个子,方方的脸……,往那里一站,像一株挺拔的高高的红高粱。"教室里一片哄堂大笑。我感觉脸发烧了。如果当时有面镜子照照看,颜色可能像红高粱。

我就这样当了一次红高粱。

儿时家乡小镇街上的商店里售一种白酒,贴了个"红高粱"的标签,标签上还画了两株高粱穗子,如一对大括号一样,把高粱酒三个字护在中间。

我年纪还小,没喝过那个酒,但从酒瓶和标签质量来看,应是挺普通的酒。我不觉得高粱会酿出什么好酒。

后来才知道小看了高粱。五粮液酿造原料中就有高粱,高粱是酿酒最好的原料,高粱酿的酒口味醇厚、浓郁、饱满。现在高粱一般都用于高档酒的酿造。

在南京高校工作时,1988年影院上映张艺谋导演的电影《红高粱》。我和室友厦门人黄山一起去看。票房颇为火爆，只买到两张半夜的票。观影前我担心看着看着会睡着，没想到却清醒着从头看到了尾。巩俐和姜文在红高粱地里激情翻滚那一幕，有提神醒脑的功效。

那好像是红高粱作为植物和粮食，自盘古开天辟地以来，最隆重、华丽的一次闪亮登场：我来了！

计划哪天在高粱红了，收割前，赴山东高密旅行一次，在红高粱地里拍一组照，题目就叫：

红高粱，我来了！

绿叶姑娘

书能让人进入另一个奇妙的世界，可以忘记周遭的喧嚣，可以无视脚下的尘土飞扬。

书如一间小屋，只要进到里面，关上门窗，外界的嘈杂和我无关，只剩窗外一片绿野。身体留在小屋，眼睛和心灵去往遥远的远方。

还记得人生读过的第一本书吗？真正意义上的书，不是小人书，也不是小学语文课本。

小学一年级，也可能二年级，家中忽然"飞来"一本小册子。不知道哪来的，但可能是正情窦初开的小叔叔的。书是64开大小，却只有薄薄二三十页。纸是那个年代典型的纸，泛黄，又薄又软，装订的书针也泛着锈红。彩色铜版纸的封面上画了条江，江是藏青色的，背景是白色雪山，江边坐一位穿着绿色衣衫的姑娘，封面印着四个大字：绿叶姑娘。

那时还没读过真正的书，小人书看了不少。小人书画多，字少，按页面算的话，画占80%以上，每页都有画，解说文字却寥寥几行。而书，字多画少，只有几幅插图。所以小人书是"看"，看画；书才是"读"，读字。

我翻了翻《绿叶姑娘》，大字不认识几个，就如后来初中学英文时面对一整页蝌蚪文，一脸蒙圈。但我决定啃下这块骨头。

生字很多，连问带猜，生词很多，查词典。一页页慢慢读下去。

故事发生在西藏。等等，哪里是西藏？一个很远的地方，多远？白云能飘多远就有多远。

有一条雅鲁藏布江。什么是雅鲁藏布江？就是一条江，和长江差不多，名字叫雅鲁藏布。好听，以后要去看雅鲁藏布江。

雅鲁藏布江边生活着一位年轻的藏族姑娘，她美丽又清纯，穿着一身绿色的藏族长袍，罩住红色的衬衣，腰系彩色花纹围裙，典雅潇洒，就如一片绿叶一般轻盈漂亮。人们称她绿叶姑娘，见到绿叶姑娘的人，无不夸她貌美能干。

那一天，绿叶姑娘在雅鲁藏布江的水边洗衣裳。路上过来一个年轻的藏族小伙，身着长袖藏袍，系着哈达，背着热玛琴，看上去既俊朗又英气，雄健又豪放。小伙见到江畔的绿叶姑娘，随即被一种未知的、神一般的魅力所吸引，禁不住停下脚步，迎向绿叶姑娘。他们一见钟情，很快成了恋人。

有一天，绿叶姑娘正背着衣物去江边，和土司撞了个正着。土司一眼就被绿叶姑娘的美貌迷住，想把她娶回家。他打听清楚后便差人去和绿叶姑娘的爸妈说，让他们隔日就把姑娘送去土司家。

绿叶姑娘回到家，知道这个消息，如五雷轰顶，泪如雨下，知道自己永远不能再和恋人相爱了。

就在那个晚上，绿叶姑娘穿好衣裳，像一片绿叶，悄悄出了家门，跑去她洗衣的江边，也是她和恋人相识的地方，毫不犹豫，一跃跳入汹涌的江水中。雅鲁藏布江的激流，卷着绿叶姑娘，如一片绿树叶，上下漂浮，向东漂去，最后，消失在江水里。

此后，雅鲁藏布江的水不再清澈，而是绿了。人们说，那是被绿叶姑娘染的。

童年的我读到绿叶姑娘消失在雅鲁藏布江里时，心中异常悲伤，留下一汪同情的泪。

绿叶姑娘，成为雅鲁藏布江的化身，凄美，带着悲凉、忧伤。雅鲁藏布江，在哪里？绿叶姑娘，在哪里？有一天我去西藏，找寻你们。

这是我十岁时的梦想，远方的梦。书，曾将我带去远方，那遥远的梦，距离遥远，时间也很遥远。

过去近半个世纪了，童年读的一本书让我不能忘怀。最近多次在搜索引擎上试图找到《绿叶姑娘》。虽书的年代久远，但毕竟是印刷品，总能找到蛛丝马迹。但最终无果。

《绿叶姑娘》和绿叶姑娘一起，永远消失在雅鲁藏布江里，消失在历史长河中，无影无踪。

这是我人生阅读的第一本书。

叠断桥

弹指莫惊春日少，此生都是有情天。

我对香港戏曲影片《三笑》有很深的情结。

上初二的时候，某日听家住在蜀山的同学说，蜀山大桥边一家小店有翻印的《三笑》黑白剧照出售，一套五张，两毛钱。

于是，我和同班，仿佛是杨顺洪同学，在午休，兴冲冲赶去蜀山，各买了一套《三笑》剧照，陈思思扮演的秋香。

这就有问题了。初中的孩子，不好好读书，却去追星，迷恋秋香！这事情不知怎么传到班主任周老师耳朵里。周老师认识我母亲，有一次遇到她，周老师叮嘱，要让我把心思放在学习上，不要分心到戏曲上。

我辜负了周老师的谆谆教诲，把秋香的剧照压在我书桌的玻璃板下，时常看看。

我边瞅着秋香的相片，边做作业，最后高考成绩旗开得胜，顺利升入大学。

看来，秋香不仅没有影响我的学业，或许还暗中推了我一把。

事情得从《三笑》影片说起。

一九七七年，我上初一，正是情窦初开的年纪。那一年，戏曲影片《三笑》上映，引起轰动。

一直只有《地道战》《地雷战》《沙家浜》等电影可看，忽然接触到传统戏曲电影，演员美丽的妆容，温婉的姿态，柔美的唱腔，让人眼界大开，民众纷纷被其魅力折服，惊悟："原来世上还有这样一种美。"

家乡宜兴丁蜀镇，被称陶都，一个典型的江南小镇，沸腾了！全镇人都以去观《三笑》为荣。

镇上有两个电影院，一为丁山电影院，只能放电影，另一个是丁山影剧院，丁山土话称"戏馆子"，既能放电影也能演戏。每个影院能容纳四五百观众。

放映《三笑》期间，场场爆满，两个电影院二十四小时连轴转，不停放映，电影胶片在两家影院之间跑片：一盘胶片刚在一个影院放映完毕，立即换上一盘胶片，换下的胶片则由骑着自行车的小哥飞驰着奔向另一座影院。虽然小镇上只分到一套《三笑》胶片，但两个影院利用时间差，用跑片的方式使得两个影院都可以同时上映。

但人算不如天算，有些时候跑片接不上，一盘胶片放完从放映机上换下，而接驳的胶片却还未送到，于是乎观众就得在影院里干坐着。有时等的时间太长，不耐烦了，观众发出一片嘘声，间或有人还高叫："快点放啊！"

跑片跟不上的主要原因，不是小哥的自行车速度慢，而是由于电影胶片在两家影院二十四小时连轴转，不停地放映，没有任何休息，被"摧残"到经常断片，放映中间只能停下来接片。

这种既滑稽又热闹的观影场景，现代人无法想象出来。

两个影院二十四小时不间断跑片放映，还是无法满足乡亲们高涨的观影需求。其原因，一是丁山附近的农村人都开着拖拉机，上面坐满了人，到丁山来观看《三笑》，半夜都能听到街上传来的拖拉机声；二是许多镇上的人，尤其是年轻一辈，前前后后看了"十八笑"的都有。当时大家互相调侃，比谁看的次数多，看一遍是三笑，看两遍就是六笑。十八笑必须看了六次。因此，胶片不断才怪呢！

我先后看了三遍，觉得没过瘾。

我父亲是某陶瓷厂领导，厂办公室有个磁带式的录音机，在20世纪70年代算是个稀罕物。厂办有个小青年，是影剧院某工作人员外号"小辫子"的儿子。于是他利用这个便利条件，把录音机带到影剧院里，把电影全部录了下来，用了整整五盘大磁带。

因为爱听《三笑》，录音机被借回了家，有空就听一遍。在几个月的时间里，毫不夸张，我把《三笑》从头到尾听了不下二十遍，把《三笑》的剧情、对白、唱段听得耳熟能详，耳朵老茧子都听出来了，能背出电影里所有人物的对话和唱腔。

喜欢的东西不厌其烦地听，说明我有癖好。

古人云，人无癖不可与交，以其无深情也；人无疵不可与交，以其无真气也。

能对喜爱的人、物、事倾注深情，专心致志，这大概是我能取得一些成功的品性基础。

《三笑》的情结就是这样留下的。

我最喜欢的是影片里的唱曲，多是江南小调，特别好听。

但全剧最好听和印象最深的，是秋香的两个唱段。

一是《秋香自叹》。影片开场时有个场景，秋香独坐窗前，独唱，内容是说她本来也是富贵人家，遭宁王陷害，家庭变故，自己被卖身为奴的伤痛身世。觉得这段唱腔和唱词很动听，让人产生怜爱，有种楚楚动人的美感，是一种凄美。（注：歌词抄录于附录）

二是《叠断桥：这心事太难言》。这一段唱腔是在影片中间，秋香遭唐伯虎"骚扰"，唱出了少女的内心活动，对美好爱情既向往又担忧，反映她内心的挣扎和渴望。唱腔和唱词都非常美妙、动人，把秋香的矜持和聪慧表现得淋漓尽致。（注：歌词抄录于附录）

年少时每次听秋香唱段《叠断桥》，唱到"怕只怕哄上小梅香呀，又把他那良心变""女孩儿家怎好行差错？"这几句，我都会心地一笑。想想唐伯虎一个风流才子，秋香有些担忧也正常不过哩。

后来有了VCD。一九九七年我父母出国探亲，知道我爱看《三笑》，特地带了一张《三笑》的VCD。

于是我又在美国看了数遍。想起那年的人头攒动，挤进丁山影剧院观影的情景。

或许，我们留恋、忘也忘不了的，除了影片，还有我们年少轻狂的时光……

附：
一、《秋香自叹》歌词

我秋香虽不是王侯种

却也是金枝玉叶容

如今真堪痛

恨只恨

宁王心太狠

没籍为奴相府中

太师和主母呀
宽和又谦恭呀
却不道呀二位公子
每日里叫我纠缠
不呀么不尊重

二、《叠断桥：这心事太难言》歌词

若说是有奇缘，哎哎呀
这心事太难言。哎哎呀
无端三笑就把痴郎牵
怎奈你疯狂又佻挞呀
如何同你两心连？哎哎呀
风度似胜潘安，哎哎呀
才华似赛子建，哎哎呀
为什么硬要冒名行佣间？
怕只怕哄上小梅香呀
又把他那良心变，哎哎呀

倒不如重审度，哎哎呀
稳住了莲花步，哎哎呀
女孩儿家怎好行差错？
他若是真情又真意呀
哪怕鳌鱼东海渡，哎哎呀

过去未来

过去你以为那是未来，现在你以为那是过去。

为什么听《让我们荡起双桨》总有一种淡淡的忧伤？

每个人童年时心中都曾有一个"理想国"。但随着时光匆匆流逝，年龄刹那间增长，年少时的梦想、抱负、诗意、远方，都黄鹤一去不复返了。

《论语》中有一个故事《四子侍坐》：

有一次，子路、曾点、冉有、公西华四人陪孔子坐着，一起探讨人生理想。

孔子说："我的年龄比你们大一些，不要因为我年长，你们就不敢说话。你们平时总是说：'人家不了解我啊！'假如有人了解你们，或者要任用你们，那你们会用什么方法来证明自己呢？"

待其他三人说完，孔子又问曾点："曾点，你怎么样呢？"

此时曾点还在弹瑟，听到孔子问他，就停止弹瑟，起身说："我的想法和他们三位不同。"

孔子说："那有什么关系呢？也就是谈谈自己的志向罢了。"

曾点说："暮春时节，天气和暖，穿上春天的衣服，相约五六位成年人，六七个少年，一起到沂河里洗洗澡，在舞雩台上吹吹风，唱着歌走回家。"

孔子长叹一声说："我赞成曾点的想法呀！"

孔子听后之所以大为赞赏，这样单纯、轻松、快乐的小幸福，不正是孔子所追求的"理想国"吗？

孔子和四个学生对话，尤其孔子与曾点的对话，可说进入了高潮。师生之间，说出了对完美人生的憧憬。政治的目的，不就是追求富强康乐吗！所以这一段可以说是大同世界中，对安详、自得生活的素描。

因此曾点这个境界初看起来有些渺小，可孔子听了以后，大声感叹说："我的希望和你一样。"

曾点在谈论志向时，将他的性格特征表现得淋漓尽致，显示了曾点高雅的风度。孔子听了他的话，态度也很不同，他的语气非常柔和，说明老师对曾子的欣赏。

两千多年后，这样的"理想国"终于出现在了乔羽作词的这首《让我们荡起双桨》里：

"让我们荡起双桨，小船儿推开波浪，海面倒映着美丽的白塔，四周环绕着绿树红墙，小船儿轻轻飘荡在水中，迎面吹来了凉爽的风。"

"做完了一天的功课，我们来尽情欢乐，我问你亲爱的伙伴，谁给我们安排下幸福的生活，小船儿轻轻飘荡在水中，迎面吹来了凉爽的风。"

20世纪60年代初出生的我们，小学时代基本是"玩"过来的。这样的童年，尽管物质上远没有现在丰富，普遍生活比较清贫，但回忆起来却很充实。我们经历、体验了曾点和孔子向往的那种单纯的幸福：放学后跳河里游泳，周末一群孩子进山找野兔、采野栗子，到田埂地里拔草，响应学校回收废铜烂铁的号召到煤矿上"捡"废铁，拿到废品站卖了钱，买油条吃……

虽然没有美丽白塔，小船、波浪和绿树红墙，但在童稚的心中，那是明天，是不远的未来……

我们之所以为一首歌感怀，因为，过去你以为那是未来，现在你以为那是过去了……

猪油飘香

冬至了，在视频平台上见到各地农村村民杀年猪，吃杀猪菜，不亦乐乎。

猪是一种很奇特的动物，人类每年要饲养近亿头猪，目的却不是单纯为了养它们，而是为了谋取它们身上有用的东西。

正如某字典上所云，猪满身是宝，猪肉、猪骨头、猪内脏、猪头、猪尾巴、猪手、猪耳朵，等等，没一样不是人类的美食。吃完了能吃的，不能吃的猪皮、猪毛、猪骨头都有工业用途，全是宝。猪可怜啊，在人眼里它们几乎就不是生命，而是一堆宝贝。猪就这样被人类惦记上了。

一旦被人类惦记上了，命运一定特别悲惨。猪的悲剧在于，全身都是让人眼红的宝贝，膘肥肉厚，油脂还特别香，却细腿小脚，奈何战斗力太弱，又没有颜值，所以，只能成为刀下鬼，板上肉糜了。

你看猫咪，颜值高，其实身上没什么宝，肉还是酸的，没人惦记猫身上那一斤二两肉。因此猫基本好命，吃饱了和主人眉来眼去撒撒娇，卖卖萌，就可衣食无忧，性命无忧。

狗虽没有猫那么好命，因为狗肉被部分人类惦记上了，但狗毕竟不像猪那样满身是宝，且战斗力比猪强得多，能看家、放羊、拉雪橇等。所以狗大体上能享受到猫咪般的地位。狗肉算不上什么好肉，食肉动物的肉都比不上食草动物的肉那样鲜美，香气可口。这也是狗逃过一劫的原因。

一般而言，居于食物链高端的动物的肉越不好吃，越低端的越好吃。所以就不必惦记老虎、狮子、狼、狗、猴子等食物链高端动物的肉了，一定没有牛、羊、鱼好吃，"鲜"不就是鱼和羊一锅炖吗！想象一下，若把虎和狼的肉放一起做成"一品锅"，肯定不鲜，也不好吃。

老家在宜兴丁蜀镇上，没有家里杀猪这回事，所以也没有杀猪菜可吃。不过，我小舅家是镇边上汤渡农村的，儿时记得小舅家年年都杀猪。杀了猪就叫我们去吃杀猪菜。我没有见过杀猪，杀完猪家里到处是猪肉，满桌猪肉的情景，记得清清楚楚。

记忆中猪油香最深的一次，是在丁蜀中学上学时，全班到东洪山区学校农场学农，在山里住了一个月。食堂天天只有素菜吃，油星都没几个，苦啊！

然后某个早晨，见农场食堂炊事员挑着担子进城，购回一大篮子肥猪肉，中午在食堂里炼猪油。猪油那个香啊！香气能飘出去几里路，惹得学生们没心思劳动，都跑到食堂围着大柴灶看炊事员炼猪油。虽没有吃上金黄诱人的油渣子，但闻闻猪油脂香也很开心。

那天中午，学生们美美地吃上了一个月中最美味的菜，猪油渣炒青菜！虽然每人菜里没几块猪油渣，但，猪把它那神奇的脂香赋给了青菜，菜叶裹了一层油香，竟变得可口无比。

几十年后我尚能记得那次的猪油飘香。

猪，这个不幸的动物，就这样用满身的宝，给予人类快乐和满足，几万年来为人类做出的牺牲和贡献，无法用数字计算和用语言表达。

曾去成都、重庆旅行，众多美食琳琅满目。其中有猪鼻，也烤成美食，摆成一排，猪鼻冲天，每只猪鼻孔里插葱一根，那滑稽的图景，很有嘲弄的味道。

我颇抗拒这类食品。猪已经被杀、被吃了，就不能再遭侮辱，所谓"士可杀不可辱"。猪虽不是"士"，但对待动物，对待自然，应该有一点点的怜悯和敬畏之心。

朝为田舍郎，暮登天子堂

朋友圈见朋友去桃园采摘桃胶，忽有旧事心上过。

请君暂上凌烟阁，若个书生万户侯。朝为田舍郎，暮登天子堂。富贵贫贱也非一朝不变，朱元璋乞丐变皇帝，崇祯弯脖树上一挂又变回乞丐，死生有命，兜兜转转，轮回有道。人是这样，许多事物也一样。

就拿桃胶来说，现在成了宝贝，养颜、润肺、滋阴，好处数不胜数。

我也曾摘过桃胶，不过是拿来喂猪的。

那是三四十年前了，小学时暑期去宜兴东岭山区舅家玩。因无事可干，便常跟着几个表姐、表妹出去，割草、砍柴、摸鱼，这些都干过。老实讲，我主要是玩耍，顶多帮衬一把，活是绝对干不过山里长大的表姐、表妹的。

有一次，八月中旬，又跟着她们出去，到了离家数里，山脚边一片桃园，那里有数百棵桃树。8月份早就没桃了，我问来桃园干啥？她们说摘桃胶，拿回去喂猪。果然，我见桃树上，多在树干的结节处，有许多胶状物，有些呈褚红色，有些透明，有些已经干硬，有些很软还粘手。

我跟着表姐，把桃胶从树上抠下来，放进带去的竹篮里。这样干了两个小时，采了一整篮的桃胶。这么大一片桃园，除了我们仨，没有其他人来采摘桃胶。那时候桃胶是个便宜货，当猪食都不是每家都看得上。

回家后，大舅妈取出部分桃胶，足有两三斤，放入一个大木盆中，倒入涧水。过了半天我再去看，桃胶发开了，满满的一盆子，像凉粉一样，变得透明。

下午烧猪食时，舅妈把这些桃胶"凉粉"倒进大铁锅中，又加入各种日常的猪食，如南瓜、山芋丝、山芋叶等，一起煮成一大锅香喷喷的桃胶猪食。放凉之后，用大葫芦瓢将猪食舀进木桶里，我拎着桶，一路小跑到后院的猪圈，将猪食倒进一个青石食槽里。几头猪兴奋地围拢过来，不停地哼哼着，争先恐后、美滋滋地吃起晚餐。

没想到，那时候的猪食，现在摇身一变，身份"高贵"了，登入大雅之堂，成为健康美颜的抢手商品。

猪比人的嗅觉灵敏,它们没有人的偏见,知道桃胶本来就是好东西。我回想,那几天吃上桃胶的猪们,个个笑逐颜开,一定倍感幸福,它们也和人一样,养颜、润肺、滋阴了一把。

另外,要是搁现在,这些吃桃胶的"桃胶猪",可以跟众多的"虫草鸡""葵花鸡""稀土蛋""人参猪"一样,炫耀一下"高贵"的身世,身价倍增。

青灯有味

青春往事

　　看到一个短视频，一位老人用架子车拉着一车白菜去卖，下陡坡时的艰难情形。

　　这位瘦骨嶙峋的老人，拉着满满的一车白菜，正在吃力地下坡，坡度目测有近40度的样子，两只脚紧紧地蹬住地，欲控制住车，可由于惯性的作用，架子车越来越快，老人用尽全身的力量，勉强拉着车下坡。真让人为他捏了一把汗！

　　车尾坐着个妇女，应该是他的妻子。她坐在车尾是为了增加车和地面的摩擦力，从而减缓车子下坡的速度。

　　短短几秒视频，却透着满满的生活艰辛。

　　我小时候也拉过这种架子车，是去煤球厂买煤球。不过我们江苏宜兴地方称其为"板车"，像一块长方形板子架在两个轮子上，很形象。

　　20世纪七八十年代镇上家家户户烧煤球，因此每个月要去煤球厂买一次煤球，用板车拖回家，人们形象地称之为"拖煤球"。

　　煤球如鸭蛋那么大，煤球厂用一种类似滚筒洗衣机一样的机器将煤粉压制出来的。我小时候就喜欢观察，去拖煤球时喜欢看机器制造煤球。煤球机的滚筒壁上布满许许多多凹陷的半个煤球模子，煤粉从上面的一个斗里流下去，两个滚筒合在一起朝下滚动，煤粉被压成一个个煤球，掉落在下面的一个传送带上。

　　后来不用煤球了，改用燃烧效率更高的蜂窝煤。煤粉在机器模子里被压成菠萝大小的圆柱体，中间有十多个中指大小的孔，看着就如一个蜂窝一样，故称其为蜂窝煤。

　　自读小学起，买煤是我和老兄的任务。每次拖煤球，先到父母的工作单位借一辆板车，拖着空车去离家约两公里外的煤球厂。那时候没什么玩具，拖辆空板车也觉得是件好玩的事，因此一般我抢着拖。拖着空车一点不费力，我想象成驾驶一辆汽车，一会儿向左、一会儿向右移动，挺好玩。

到了煤球厂，先拿着煤卡和钞票在窗口排队。那时候物资都是计划供应的，煤卡根据户口本上的人口，按人头数供给相应的煤球量，想多购些门都没有。

售票员根据煤卡，收了相应数额的钱，在煤卡某个月的空格里盖一个章，表示这个月的煤已经购过了，然后发一张印有"供应××斤煤球"的煤票。我俩紧紧拿着宝贝儿似的煤票，拖着空车，去到煤球制作车间，再次排队，等着轮到后从一个传送带出口处取煤，然后拖着装满煤的板车过地磅，核实重量。我记得每月有二三百斤煤。

至此，购煤环节结束，接下去就是拖着装有二三百斤煤的板车回家。拖这么重的车就不好玩喽，这是非常吃力的事，因此一般由我老兄拖，我则在后面推。

不过有一次我自告奋勇，由我拖，才知拖重车那个累啊！因为既要抓住两个车把往下压，保持板车平衡，又要使劲往前拖，这对我们这种城镇长大的孩子还真有点儿难哩，毕竟平时体力活干得不多。

板车快速冲下长长陡坡时那种势不可当、风驰电掣的吓人画面，一直留在我的心中。我读中学时，每学期学校组织到离镇七八公里远的一个叫东洪的山村学农。丁蜀中学在那里有一个校办农场，各年级轮流在那里劳动。

走着去东洪时，要上一条长长的陡坡，约一里长，坡很陡。附近山顶有个石矿，矿工要拖着装满矿石的板车从坡上下来。一看那种情形你就明白，坡那么陡，车那么重，只能任其自由下冲，因为靠两只脚是刹不住的。

因此，当那一辆辆板车从坡顶冲下来的时候，速度越来越快，拖车的工人在前面掌控着方向，两腿跟随着车飞快地跑，速度比百米短跑世界冠军还快，快得有一阵子人被翘起的车把悬在空中，几秒后人落地继续急跑，然后又把人高高翘到空中。看得出这样一翘一落的驾车模式是车把式有意为之，既能利用板车往下的冲力快速奔跑，又能让双腿悬在空中休息几秒。

车把式意识到奔驰而下的板车的危险性，往下冲时嘴里不停地高喊"飞车啦，飞车啦"，以警告路上的行人避让，否则，根本就刹不住车，一旦撞上人就危险了。

路人听到"飞车啦，飞车啦"的喊声，纷纷赶紧往路边靠，然后"呼啦"一声板车就从身边"飞"过去了。路人拍拍胸脯，庆幸没有被撞到。

我少年时多次见过这个飞车场面。一方面佩服车把式面不改色、临危不乱的飞梭般驾驭功夫，另一方面看着板车如失控的滚石一样飞驰而下，觉得场面真的太吓人。

伏草林风

忆舅舅史可风和阿甲

（附：阿甲简历）

表舅史克方，号可风，字芥夫，宜兴东岭人，著名的书法家，无锡市书法家协会主席，曾任无锡师范学校校长，江南书画院院长。表舅写一手草书，许多风景名胜，如无锡梅园、山东泰山等，都有他题写的匾额和墨迹。

可风著有《追远斋存稿》，《追远斋存稿》由国家京剧院副院长、《红灯记》编剧和导演、京剧大师阿甲作序。

阿甲原名符律衡，宜兴丁蜀镇双桥村人（蜀山边上），是中国当代著名戏剧编剧兼戏曲理论家、表演和导演艺术家。中华人民共和国成立后阿甲担任国家京剧院的总导演、副院长，是国家京剧院的重要人物。

阿甲和我舅家史家的关系，源于阿甲是我舅公的干儿子，因此阿甲和舅舅史可风自小常在一起。阿甲自幼在蜀山随父读书，爱书画，尤喜京剧。他生性聪颖，常为乡邻写字作画，在当地有"十灵童"之称。写字作画是阿甲和舅舅的共同爱好，他们互相交流，互相促进。

听舅舅讲，他号"可风"，源于无锡人"克方"和"可风"一样的发音。曾经有一位来客拜访他时，把帖子误写为"史可风"，结果舅舅很欣赏这个称呼，后来一直使用"可风"为号。

我1993年赴美国读博时，到无锡和舅舅辞别，舅舅专门设宴款待，记得第一次吃莼菜就是那一次。舅舅是个令人尊敬的长辈，他远见卓识，见多识广，谈笑风趣。记得当时他对我说："你此番出国留学，定会让你如虎添翼。"相信舅舅那时已经看好我。

附1

阿甲（1907—1994）简历：

宜兴丁蜀镇双桥村人。中国当代著名的戏曲理论家、导演、艺术家。原名符律衡、符镇宝。

阿甲从小多才多艺，人称"十龄童"，曾跟宜兴显亲寺怀舟和尚学京剧、书画。做过记者、教员、职工。

中华人民共和国成立后，阿甲任中国京剧院总导演、副院长，梅兰芳为院长。20世纪50年代发表著名论文《生活的真实和戏曲表演艺术的真实》。1964年，阿甲编导的现代京剧《红灯记》公演后获得巨大成功。阿甲还受文化部委托，到广东帮助著名表演艺术家红线女排戏。

20世纪80年代以后，阿甲还指导和帮助了江苏的昆剧、京剧团体排演《烂柯山》《李慧娘》等戏剧。在国内获得了巨大成功，他为京剧事业又做出了新的贡献。

画溪逸事

我上小学的时候，放学回家路上喜欢到街边小书摊看连环画、小人书，两分钱一本。现在看来两分钱微不足道，小时候两分钱可不便宜，因为五分钱可以买两根油条，三分钱可以买一块麻糕啦！麻糕，宜兴的一种矩形烧饼，味咸，表面有芝麻，用其夹油条吃，绝配。

记得一年级时，读了一本《韩非子·五蠹》的小书。

当时尚未学"蠹"这个字，我便猜是"蠢"的繁体或古体，于是将书念成《韩非子·五蠢》"。

书中讲到一则寓言故事——"守株待兔"，一个人天天守着个树桩等着兔子前来送死。真蠢！这加强了我的理解和自信，的确是"《五蠢》"。

等清楚这个字是"蠹"，不是"蠢"，那是后来的事了。

不过，我总觉得，应该有一本书叫《五蠢》或《十蠢》。守株待兔、刻舟求剑、削足适履等故事，不就是讲生活中的蠢人蠢事吗！

平生所遇所闻莽夫、拙妇，所行之事既引人发笑，又令人摇头兴叹。觉得这些逸事值得记录下来。记下这些不是为了挖苦和嘲笑，而是起到反省和警示之作用。

文章本欲具名《画溪五蠢》之类，觉得有侮人格，故取《画溪逸事》

画溪者，家乡宜兴丁蜀镇之母亲河。画溪河发源宜兴丘陵溪山中，溪水蜿蜒东流，途径汤渡、丁山和蜀山，流入荆溪河，向东汇入西太湖。宜兴汤渡画溪桥为三孔石拱桥，建于康熙年间，是目前丁蜀地区唯一保存完好的大型古石桥。古时画溪河边遍植泡桐、紫薇等，佐以两岸农田金黄色油菜花，开花时节，花团锦簇，眼花缭乱，堪称美景，因称"画溪花浪"，曾是清代宜兴十景之一。

宋朝苏轼被贬后到任常州，曾四次来过宜兴，饱览宜兴丽水嘉山。他乘船游览溪山，荡舟画溪，留下"买田阳羡吾将老，从来只为溪山好""吾来阳羡，船入荆溪，意思豁然，如惬平生之欲。逝将归老，殆是前缘"等佳句。
是为《画溪逸事》出处。

一、半油半水

某日，有乡人进宜兴丁蜀镇，见路边油条麻糕店正在炸油条，便驻足观看。

油锅颇大，一锅油不下四五十斤。当时物资供应紧张，配给每人每月不过几两油。乡人从未见过如此多油，问师傅："这锅里真的全是油？"

师傅答：然。

乡人自谓聪明，高声讥讽道："我才不信呢，油锅里至少掺了一半的水。"

二、不如猪头肉

20世纪70年代末，王文娟主演的越剧《红楼梦》上映，引起轰动，看《红楼梦》成了宜兴丁山小镇人的时尚，半夜都有附近农人乘着拖拉机来看《红楼梦》。两毛钱一张票，仍一票难求。

某日，多人聚于街边，议论刚看罢的《红楼梦》，林黛玉如何漂亮，贾宝玉如何多情，云云。忽有一大汉，五大三粗，挺个罗汉果一般黑不溜秋的脑袋，跳出来，高声嚷道："什么林黛玉、贾宝玉，还不如弄碗猪头肉。"说罢，步入街边一饭馆，掏出本欲购票观《红楼梦》之钞票，要了一碗猪头肉，有滋有味地吃起来。

时人均以此为笑谈。有因购《红楼梦》票不得者，便自嘲曰，不如弄碗猪头肉。

爆米不成蚀把米

今天百度忽然给我推送一款迷你爆米花机的广告。

我挺纳闷，度娘你是根据什么逻辑判断和推理，得出我有可能是爆米花机的潜在客户？

思来想去，只有"怀旧"两个字也许入选：我不是经常写些怀旧文章吗，这大约让度娘记住了。这款迷你爆米花机打的就是怀旧牌，因为除了怀旧，谁会用这么小的爆米花机去爆米花呢？爆出来的几粒米花都不够塞牙缝。

生于20世纪六七十年代的人都认识这种像颗炸弹似的爆米花机。我儿时曾拎着竹箕，箕内装着几两米，兴冲冲地奔到街上，去爆米花的小摊排队，等着爆米花。

我小时候家住宜兴丁蜀镇，从丁山大街上一条叫集贤弄的弄堂走进去便是了。丁山大街和集贤弄交叉口一带，叫大中街，那是丁山最繁华、热闹的地方。用现在的语言，大中街就相当于丁山的中央商圈。童年的世界，大半在丁山的中央商圈里。而记忆最深的，大约都和吃有关，爆米花是其一。

出了集贤弄，右拐往西上丁山大街，便到了大木桥埭。老远就闻到季长贵家油炸铜鼓饼的香味。那是掺着葱末的肉馅炸出来的特殊香味。铜鼓饼类似油炸萝卜丝饼，只是馅里没有萝卜丝，代之以青菜肉馅。每次经过，我都要在那里站一会儿，看季师父制作铜鼓饼。只见季长贵熟练地舀一勺面浆，倒入铜鼓饼的铁皮模子里，然后放一坨葱末青菜肉馅，再浇上一勺面浆，拿着长长的柄将模子放入滚油锅中，一阵油气翻滚，香气扑鼻而来。模子在油中炸了约一分钟，铜鼓饼基本成型，他将模子翻个身，铜鼓饼便挣脱模子的束缚，进入油锅中，继续炸约一分钟，金灿灿、香喷喷的铜鼓饼便被捞出，码在一边等待出售了。

我童年时看了无数个铜鼓饼的制作过程，咽下许多口水，却唯独不记得曾吃过。太贵了，记得是一毛钱加一两粮票，两个铜鼓饼，孩童哪里支付得起。

看完制作铜鼓饼，继续往西走，有一个卖豆腐花的摊子。豆腐花价格比较亲民，5分钱一碗。小孩一摸口袋，只有3分钱。和摊主讨价还价一番，最后摊主决定3分钱也卖了，盛了一碗，少一点的，放上小虾皮、蒜末、葱末、碎萝卜干，递给小孩。小孩吃得好开心。

吃完豆腐花，继续往西，听到一声声悠扬的高叫："小小的杯胡椒，一角洋团买两包。"那是一个推了一辆三轮车，卖现磨胡椒的小贩。他的口音一听就不是本地人，我后来回想，他应该是扬州、泰州一带的人，背井离乡，长期驻扎在丁山卖胡椒粉，也不容易。我听成的"杯胡椒"，实际上是"白胡椒"，而"一角洋团"，是"一角钱"的意思。

看一会儿小贩磨胡椒，再往西走几步，到了叫"中央楼"的街区，这里有大名鼎鼎的"中央楼浴室"，小时候经常去洗澡。中央楼下面是一小片场地，有一个爆米花的摊子。

小时候很佩服爆米花摊主的两手能左右开弓，右手以顺时针方向转动米花机锅，左手前后拉送风箱。我无数次模拟这个动作，就是做不好，心想要是有实物操作的话，我两手应该也能配合得好。

米花机在旺盛的炉火下转动了一段时间后，摊主查看一下米花机的压力表，决定起锅。他将锅竖起，离开炉火，然后在锅口上套上一个收集袋，一手拿过一个铁筒套入锅盖的密封杆，准备开锅。小孩们见状，赶紧走开几步，捂住耳朵。摊主高叫一声"响啦"，右手使劲一按铁筒，只听"嘭"的一声，惊天地，泣鬼神，米花刹那间冲出爆米花机，喷入袋子，同时一股浓浓的白气味弥漫，米花香气浓郁四溢。

米花机放炮前摊主那一声拉长的"响啦"，是为了提醒不经意路过的行人不被吓到，这是规矩，是善良！

摊主将米花从袋子倒入孩童的竹箕里，至此爆米花大功告成，孩童赶紧抓起一把还热腾腾的米花塞进嘴里，又脆又香又甜，欢天喜地拎着回家。

我曾经多次爆过米花。尚记得的要领是，要用粳米，必须是干的，爆一次加工费用是5分钱。爆米花摊主将米倒入锅内后，从一个小瓶子里倒入几粒糖精，因此爆米花是有甜味的。

本来到此该结束儿时爆米花的故事了。但围绕爆米花发生过的一件趣事，让我笑了许久，泪都能笑出来。

某次我妹妹和堂妹一起去爆米花。母亲心血来潮，家里有晒干的一粒粒的乌米饭，就让她俩去爆乌米花，感觉应该也很好吃。

乌米饭的做法，用从南烛叶中提取的黑汁液浸泡糯米，煮熟成黑色清香味的饭，晒干后便是乌米饭粒。

爆米花摊主见了乌米饭，也没多言，便将其装入米花锅里，合盖后放到炉子上开始加温。等压力上升，准备出锅。摊主如常高喊一声"响啦"，只听"嘭"一声，一切看似正常。但一看袋子里，不对啊，几乎一粒米花也没有。再看米花锅里，黑乎乎的满满一锅，黏黏地粘在锅壁上。

摊主见状，知道情况不好，连声叫苦，赶紧用铁棒在里面一阵捣鼓，想把乌米饭刮出来。但哪里那么容易哈。见后面有许多人排队等着爆米花，摊主急了，试着往锅里灌水，但也不好使。

摊主边整，边一个劲抱怨，排队的人也在一旁帮腔。一看这形势，知道不妙，吓得我妹妹和堂妹落荒而逃，赶紧一溜烟跑回家了。

她俩兴冲冲地去爆米花，结果蚀了半斤乌米饭，连一粒米花也没吃上。

我放学回家，听了她俩的故事，笑了好久。煮熟晒干的糯米饭，能爆米花吗？！

今天从材料学的角度看，糯米真的很神奇，它的淀粉以支链淀粉为主，所以黏性很大，怪不得古代城墙建筑，用糯米汁混合石灰作为黏合剂，城墙百年不倒。材料专家或可研究一下，为什么在高温高压下乌米饭变得如此黏稠，冷却后结实无比？不然，也不会发生爆米不成蚀把米的事了。

丁山王姓老乡读文后评论：这个爆米花机我用得很熟练。当时丁山有三家是官方核定的，李家、唐家和沈家，都有固定的摊位，除了中央楼前这一个地方，还有石灰店门前和大新居委对面两个地方。三家每十天依次交换摊位。我家就住在大新居委那边，所以和三家都很熟，有时也会上阵操练一番。

周亚琴

　　一个生命来到世界极其偶然，有时消失得也那么偶然。一切难道真有命运的安排，即宿命吗？一件微不足道的小事，就可以影响人的一生。

　　我九岁上小学，一直到博士后毕业，近三十年从没离开过学校。中间虽然工作了六年，但那也是在高校里任教。因此第一次进入美国一家公司工作时，感觉自己有些脱离社会。

　　说起来，虽然读了这么多年书，但真正热切期盼着入学，兴高采烈地背着书包、跳跳蹦蹦去上学，似乎只有小学一年级新生开学那一次。

　　宜兴丁山小学是由一所育婴堂改造的。一年级4班的教室在"上操场"的一个四合院里，教室左边就是大礼堂的穿门，门旁边是一棵石榴树，是我见过的第一个树花。

　　一年级时我比较矮，老师将我安排在教室第四排的位置。教室一般有十排座位，按个子高矮来分配。从二年级起我一直坐末排。

　　我前面是个女孩，叫周亚琴。我家住丁山大街集贤弄，周亚琴家住隔壁的一条弄堂里，弄堂口是一家药店。虽然只隔了一条弄堂，但小孩子的活动范围有限，我和她没有什么交往。因此，上学前对周亚琴的全部认知，只知道她是隔壁弄堂里的一个女孩。

　　周亚琴成了我的前桌，自然有了往来，我向她借一块橡皮，她向我借一把小刀，诸如此类。一来二去很快就认识了。

　　周亚琴是个可爱的女孩。凡人都有爱美之心，小孩也不例外。班上几个可爱一点的女孩，小男孩自然就会多些关注。隔了四十多年的时光，我还能想起周亚琴说话时的音容笑貌，稚嫩的脸庞，眼睛扑闪闪的。给我的印象就是很好看。

　　周亚琴有个姐姐，比我大三四岁，也是个小美女。放学后曾一起玩过游戏，认识了。听说她还有个弟弟，但我没有印象。

本来一切很寻常，同学一场，毕业后各奔前程，几十年也罕有再见，就和许许多多小学、中学同学一样。

但暑假的一件事将上述结果提前确立了。

一年级暑假结束，开学后，我发现前排周亚琴的座位是空的。才知，她永远也不会再坐在那个座位上了。

1972年那个夏天特别热，丁山镇脑膜炎肆虐。不知道从哪个途径传来的土方，有一种叫"牛筋草"的草，用其根茎煮汤喝，可以防脑膜炎。

牛筋草我是很熟的，通常长在山头上，根很深，叶很韧，不易折断，要连根拔出来是要花些力气的。

周亚琴带着弟弟，爬上中央楼后面的龙窑顶，拔牛筋草。

龙窑是顺着山坡建的长长的烧陶器的古窑，窑顶就是坡顶，后面是直上直下的崖，有三四十米高。

周亚琴拔牛筋草时，一定是蹲在地上，背后就是崖。要使劲拔牛筋草，才能连根拔起。她双手抓住一株牛筋草的叶，使出吃奶的力气往上拔。就是拔不出来，然后再一用劲，牛筋草被连根拔起，跟着周亚琴往后滚了一圈，从崖上掉了下去……

只要多一点点爱护和关心，周亚琴，一个美丽的小女孩子，也不至于在含苞未放的年龄，就如折翼的天使一般坠落。

在小学四年级时，一天我放学回家，走到自家院子里，见一张一寸小照掉落在地上。我捡起来，吹一下灰，定睛一瞧，很惊奇：咦，这不是周亚琴姐姐的照片吗！照片上的她俨然是一个靓丽的大姑娘了。

周亚琴姐姐的相片怎么会在我家院里呢？！

这一直是个谜。

小 手

童年是人生命的河床，它像一个底色一样，永远浸润和连通着人的一生。青春的浓雾散尽以后，裸露出时间的荒原，人生的轨迹愈发清晰可见。

小手是我哥的小学同学。

小手的本名我忘了。本来只需问一下我哥就知道，轻而易举的事。但我想，人名只是一个符号，又何必非要写下他的本名呢。

小手生在1960年，他生下来时右手没有发育完全，手掌和手指没有长出，只有一个鹅蛋大小的手坨坨。我和妹妹对小手颇觉稀奇，他每次来，我俩都抢着拉过他的手，轮流摸他的小手。小手圆鼓鼓，肉乎乎的，觉得挺好玩。

小手不以为怪，总是憨憨地笑着，任由我们如按摩似的抚摸。那时候没觉得他为此苦恼、自卑过；他是挺宽厚、乐观的人。

小手出身平民家庭，家里有七八个孩子，他大约居中，上有哥姐，下有弟妹。因为家里孩子多，特别贫穷。小手的手之所以没有发育出来，医生的一种说法：他母亲怀孕时，营养不良，胎儿该长手掌和手指时，母体内实在没有更多的养分，基因根据实际情况就马虎一下，简略了步骤。

我童年时曾经养过一只兔子，大部分的动物最终都免不了被吃的命运。何况一只兔子，兔子根本就不在人类宠物的名单里。

我在养兔子之前曾养过一条狗，黑色的，取名横道。横道是矮脚狗，但长得膘肥体壮，全身都是肉，但就是这身好肉给它带来了灾祸，某一天横道突然失踪，再也没有回家。

兔子养肥了，该杀了。杀兔子被摆到了日程上。我自然是一百个不愿意。我哥的态度无所谓，毕竟兔子是我的，但他不敢自己动手。杀兔子的事，就这样阴差阳错轮到了小手。

那天小手来我家，听说要杀兔子，但没人敢下手，小手顿时来了精神，一拍胸脯说他敢。他二话不说，抓过兔子，拎住两只大耳朵，举过头顶……

杀兔子那一次，是我记忆中，童年时代最后一次见到小手。

转眼三十多年过去了，2000年我从美国返乡探亲。谈起小手，听说他在圆觉禅寺出家，该寺庙的住持。

因祭拜祖先又遇到小手，望着穿僧衣的小手，在凛冽的岭上临风独立，似乎抵御不了透骨的寒风。一个残疾人，顽强地走到今天，是多么的不易。

那次见面数年以后，听说小手离世了，只有五十出头。听母亲说，小手家的兄弟姐妹许多都年纪轻轻就病故，可能和他们小时候缺乏营养有关。

兔子思思

一直以为爱的反义词是不爱，今天才知道，爱的反义词是遗忘。

一个人如果向往正直的生活，须从善待动物开始。

最不起眼的动物，它们也是有灵的。"灵"是什么？我觉得"灵"就是"自觉"，即自我感知：我感知到我的存在，其他人，其他动物，都不是我。

任何感知都是某个主体依据能量交换来感知到别的主体或物质存在的。

如果一个人，眼盲、耳聋、鼻塞、手足毫无知觉，就算他有一个正常的脑子，对他来说，外部世界存在吗？我觉得不存在，这和把我们有正常感觉的人放在虚空中，是一样的。

我做过软件编程和硬件设计，其实一点不高看人工智能。人工智能发展到今天，最最前沿的技术，都不可能发展出哪怕像一只麻雀般的灵性或知觉来。麻雀怕死，公麻雀知道找母麻雀交配，麻雀知道饿了要吃，而人工智能无论如何也不可能，至少在不远的将来，不会发展出这三种生命的基本属性：食欲、性欲、安全感。我声明，模拟的不算，那是假的！例如，让一个"公"机器人假装爱一个"女"机器人，这是人工游戏程序，不是机器人有了灵性和智慧。另外，一个机器人会怕死吗？我无论如何也想不出如何让一个人工智能机器人怕死。活和死对一个机器人来说有何重要性呢？只是对人重要而已。

我绕来绕去想说的是，动物皆有灵性，最先进的人工智能都发展不出一只小猫、小狗、小兔子、麻雀般的灵性和知觉。

言归正传。我喜欢兔子，和我属兔子一定有关系。但最主要的是小白兔那一对长耳朵，一双红眼睛，不停蠕动的红嘴唇，让人觉得可爱。

我养过两次白兔子，每次一只。

童年时家住宜兴丁山的一个小院子。

沿画溪河而筑的丁山大街，大中街有座桥，叫大木桥，从大中街经大木桥过河往南，经过边庄，一直可以走到汤渡和南山。奇特的是，大木桥虽然名字叫木桥，实际是一座三孔石梁桥，河中南北端各有一个麻石垒的大桥墩，桥墩上铺约两尺宽，七米长的麻石条，桥面有四五米宽。大木桥两头是热闹的街市，整日人来人往，熙熙攘攘，这一带是儿时记忆中丁山最热闹的地方。

大木桥很早以前是座木结构桥。镇志说，木结构的大木桥始建于明代万历年间，后来被重建为石桥，还起了个官名叫万安桥。虽然早就不是木头桥，但一代代丁山人还是固执地叫它"大木桥"，掐指一算，从万历年间到现在，已经四百多年了。

大木桥斜对面有条集贤弄，沿弄堂走进去约百米，向右一拐，进入一个大院，大院末端有个门，进去是个小院，我家就在小院里。

大院里有一户人家，门口搭了个简易柴棚，柴棚里养了一窝白兔子。养兔子那人家的老爷子，我不知道他的姓。他儿子，比我大十多岁，那时候二十左右，在我一个八九岁小孩子的眼里算大人了，大家叫他"锦风"，大家称呼那个老爷子为"锦风爸"。

不知为什么，那个年代有些人没人称呼其名姓，只有个绰号。锦风家隔壁有一家，住着一对老人，无人叫他们名，都称他们"老姨夫、老姨婆"。这颇有儿点像旧时代，一般人家的女儿是没有名字的，只有一个乳名，比如小花、翠花、小五、幺妹等；女子要等到出嫁，结了婚才有名字，比如王姓人家女儿嫁给了陈家，就叫陈王氏。只有官宦和文人家的女儿，才会起名字，如卓文君、李清照、林黛玉等。

锦风爸养兔子有些时日了。我喜欢兔子，有很强的好奇心，见他喂兔子，经常去看，而且一看就很长时间。锦风爸是个很勤俭的人，常见他拎个很大的篮子，装着嫩草，嫩草是他到周边田里或山坡上割来的。

家乡镇上并不像农村那样出门便是田或山，去割点草是不容易的，要走几里路才到田边或山边。我对割草这个事特别清楚。小学时，丁山小学经常搞活动。活动之一就是割草，学生将割的草带到学校，一一过秤后发一张证明。每个学生都有任务指标，一个月必须完成多少斤草，超额完成的则受表扬，名字上榜。我那时琢磨出一个道理，割青草是不行的，青草很轻，割满满一大篮才四五斤，割多少次都完不成任务。要捞水草，水草很重，又容易捞，一篮子水草重三四十斤。因此我月月都超额完成割草任务，成为学校割草状元、标兵。

因此，锦风爸天天出远门割草喂兔子，说明他是很勤奋的人。我喜欢勤奋的人，也喜欢勤奋人养的兔子。

锦风爸不仅勤奋，还是个善良的老人。他见我喜爱兔子，常待在他家柴棚口看，便说，待母兔下了小兔子，送我一对。我见有只母兔肚子很大，因此知道她快要生小兔子了，便天天盼着母兔分娩。

母兔终于分娩了，生了四只兔宝宝，都是白色的。兔宝宝长到约一个月时，锦风爸挑了一对小白兔，送到我家，对我父母说，给你家小强养。据说那小兔子是一公一母，这让我做起了日后兔子成群结队的大梦。

不料，没出一周，一只兔子忽然不见了。那只兔子为何不见了？是自己跑了？还是被野猫、野狗、黄鼠狼叼走了？这一直是个谜团。剩下的一只兔子，不知是公是母。但不管是公是母，我的兔群发展壮大的希望破灭了。

好在留下的那只兔子平安地活下来了。那只兔子不是在窝棚里，而是像小狗小猫一样，被养在家里，可以到处自由走动，睡在床底下。小孩子很少去割草给兔子吃，兔子一般吃些菜叶、菜根。我有时去街上买莴苣叶子给兔子吃，兔子最爱吃。莴苣叶子现在可以当生菜吃，但那时候人是不吃莴苣叶子的，因此五分钱就可以从卖菜小贩那里买一捆莴苣叶。有时没菜叶，就喂兔子吃米饭，兔子也照样吃。我们围坐吃饭时，兔子就如宠物猫狗一样在桌下窜来窜去，蹭饭吃。

兔子虽然活得倒也自由自在，但最终的结局，却还是被吃。终于有一天，拗不过大人的执着，兔子被杀掉吃了。记得我为兔子哭，流下了假惺惺的泪。吃兔子，还流泪，只能归入假惺惺之列。

这是我的第一只兔子的故事。第一只兔子没有名字，无名兔。估计我尚年幼，不知给兔子起名。

我的第二只兔子，却是有大名的，叫"思思"。可能是受电影《三笑》演秋香的演员陈思思的影响，兔子美如思思。

思思的来历颇为曲折。20世纪80年代末至90年代初我在南京某药科大学任教。单身教师住学校筒子楼，因此熟识各个系的青年教师。

有一个药学系的青年女教师，称她真真吧，和我挺熟。我曾经为真真介绍男朋友，是我的一个研究生同学，也在南京工作。现在回想见面有点搞笑，我为他们约好了碰头时间，地点选在玄武门大门口。但他们两个互相不认识，怎么办？这能难得倒我吗！就让我的男同学，手里拿一本杂志，在门口等，让真真手里拿一本书，这样两人在门口一见，就认出来啦。果然，见面过程没出丝毫差错。因故没有谈成，但这怨不了我。

真真在药学系工作，常带学生做动物实验，动物主要是豚鼠和兔子。做完实验的兔子，视何种实验，比如做心脏病药类实验，有些是无害的，学生和教师就常拿回家吃。

我顺口对真真说，哪天也给我弄一只兔子。

没想到，几天后真真果然给我送来一只兔子，活蹦乱跳的，一点都不像做过药物实验。听说只是注射了一点药物，观察药理药性，所以兔子并没受大的伤害。

于是我将兔子放宿舍里养了起来。兔子原来在学校动物科里被养得非常结实，虽经历了动物实验，对它没有造成什么损伤，仍然很健康。兔子毛又白又长，眼睛红亮，很灵动。我给它起名思思，也是丝丝的谐音，形容它的如丝般长毛。几周后放暑假，思思跟着我回了宜兴丁山老家。

思思在丁山家里，和我童年时养的那只无名兔享受一样的待遇，在全屋乱跑。思思不怕人，我们围桌吃饭的时候，它就过来蹭饭吃，在桌子底下跑来跑去。我用筷子夹着菜，高举逗它，它会像狗狗一样站立起来，凑上来吃。

奇怪的是，思思不仅吃饭，连荤菜都吃。我给它一块肉，它快快乐乐地吃了下去。这改变了我原来以为兔子只吃草不吃其他食物的认知。

思思喜欢跟着人。它和我最熟，我到哪儿，它就跟到哪儿。

那个仲夏的傍晚，我在家里天台上，躺在躺椅里纳凉。思思过来，在靠近我脚的地方坐下，仰头看着天，一动不动，似乎也在纳凉。我顺着思思看的方向望去，一轮皎洁的月亮正挂在天边，月亮里面，坐着一只月兔，在捣药。思思的头一动不动，出神地望着月亮，眼睛闪亮，仿佛在和天上的玉兔对视，在用兔子的方式进行交流。

思思在仲夏夜里和月亮对视的那个画面，给我留下很深的印象。多少年后，思思早就不在人间，不，应该是兔间，我还一直清晰地记得那个画面。

我以后没吃过兔子肉。后来到了美国，市场里有兔子肉，宣传说兔子肉高蛋白、低脂肪，是健康的肉，但我从来不吃。

数年前我到成都、重庆旅行，许多商业街、闹市里有烤兔子肉，更特别的是还有一盆盆麻辣兔子头。我颇有些抵触，我不吃兔子肉，更别说兔子头了。

柳花如梦

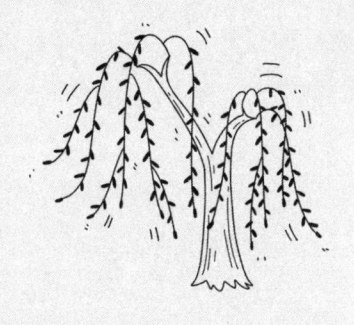

此去柳花如梦里，向来烟月是愁端
校书婵娟年十六，雨雨风风能痛哭

柳花如梦

《红楼梦》探真（一）：
林黛玉原型是柳如是和董小宛

此去柳花如梦里，向来烟月是愁端。
大抵西泠寒食路，桃花得气美人中。
海内如今传战斗，田横墓下益堪愁。

—— 柳如是

纵回杨爱千金笑，终剩归庄万古愁。

—— 陈寅恪

如果林妹妹没有原型，那绛珠仙草的泪都白流了。参考众多史料，用文学研究的方法，从《红楼梦》文字和诗词众多伏笔、碍语、隐喻中探究原意，首次提出：林黛玉的原型是柳如是和董小宛，"金陵十二钗之首"林黛玉即映射"秦淮八艳之首"柳如是；《红楼梦》初本《石头记》的写作是在以苏州为核心的三吴地区，由数个人组成的写作班子进行，写作班子成员有方以智、冒辟疆、孔尚任、吴伟业等，以及他们的弟子；《石头记》成文于康熙年或雍正年间。

《红楼梦》无疑是中国文学史上最伟大，也是最复杂的作品，是中华民族的文化瑰宝，对其进行研究、品鉴、探索，是非常有意义的。而《红楼梦》的真正作者是谁？是文学小说，还是讲家事？讲哪家的事？金陵十二钗的原型是谁？故事发生的地点在哪里？这些问题至今存在争论。我把当今《红楼梦》存在激烈争论的几大问题总结如下：

1. 真正的作者到底是谁？曹雪芹是作者真名，还只是假名或笔名？

2. 书是写于清初康熙年间，还是清中期乾隆年间？

3. 故事是讲明朝末年的事，还是清朝的事？或是明末清初的事？

4. 书中隐去的真事是什么？是讲明朝或清朝的宫闱史？是家族自传、官宦家庭生活的翻版？还是以作者身世经历为底本的文学作品？

5. 书中主要人物，尤其是金陵十二钗的原型是谁？

6. 书中主人公是汉人，还是满人？是讲汉人的事，还是满人的事？

一般人以为，《红楼梦》的作者不早就确定是曹雪芹吗！其实不是这样的，谁是《红楼梦》的真正作者，红学研究领域一直存在争论，是东风压倒西风，西风压倒东风的问题。红楼梦真正作者为什么到现在考证不出个最终定论呢？因为书里作者用的是笔名。俞老俞平伯说过，《红楼梦》越研究越糊涂，直到永远。

随着红学研究的不断深入，历史上曾经认为正确的结论，有些被新的研究和发现推翻了。例如，以前人民文学出版社出版的一百二十回本《红楼梦》全集的作者是"曹雪芹 高鹗著"，但最新版的《红楼梦》全集作者已改成"曹雪芹著，无名氏续"。这说明，胡适、俞平伯等认为是高鹗续写《红楼梦》的结论，被推翻了。这是可喜的进步，说明红学研究不抱残守缺，在不断接近真理和真相。进一步有进一步的喜悦。

红学许多争论问题的产生，有《红楼梦》作品本身的原因。《红楼梦》第一回楔子文中，作者"石头"自云"因曾历过一番梦幻之后，故将真事隐去，而借'通灵'之说，撰此《石头记》一书也。"后空空道人路过青埂峰，见石头上刻有《石头记》故事"方从头至尾抄录回来，问世传奇。并改《石头记》为《情僧录》。东鲁孔梅溪则题曰《风月宝鉴》。后因曹雪芹于悼红轩中批阅十载，增删五次，纂成目录，分出章回，则题曰《金陵十二钗》。"

既然作者自己说这部书已将真事隐去，那么到底隐去的是什么事呢？这就让人想去寻根刨底。《红楼梦》开卷第一回说"列位看官，你道此书从何而来"，这段文字制造出一种真真假假、扑朔迷离、若隐若现的气氛，激发人们去解读。

不仅《红楼梦》所讲"真事"是个谜，真正的作者也不清楚。程伟元说

柳花如梦

"作者相传不一,究未知出自何人"。裕瑞在《枣窗闲笔》所言"闻旧有《风月宝鉴》一书,又名《石头记》,不知为何人之笔。"也就是说,《红楼梦》一书自公元18世纪呈世后,其真实作者就不能确定。

据《红楼梦》第一回楔子,出现四个作者,分别是石头、空空道人(后自己改名情僧)、东鲁孔梅溪、曹雪芹。既然其他三个都是假名,那么是根据什么推断"曹雪芹"是真名呢?《西游记》《三国演义》《水浒》在最初刊印出版时,书上作者都是假名,是后人考证出那三部名著的真正作者分别是吴承恩、罗贯中、施耐庵。因此,原来也都不认为曹雪芹是《红楼梦》作者,只是假名,直到近代胡适出了一篇《红楼梦考证》,文章中主张《红楼梦》的真实作者就是曹雪芹,曹雪芹是曾任江南织造的曹寅之孙,著书地点在北京,从那以后曹雪芹是《红楼梦》作者才被比较广泛地接受。

红学研究领域主要存在三大派别,即以蔡元培先生为代表的"索隐派",和以胡适先生为代表的"考证派"。后来又增加一个周汝昌、梁归智开创的"探佚"红学。

蔡元培先生于1915年写出四万余言的《石头记索隐》,认为《红楼梦》中的大多数人与事都有所影射,指出贾宝玉,即传国玉玺,乃影射康熙时的废太子胤礽。蔡元培的《石头记索隐》可谓索隐派理论的典范之作,蔡元培被视为索隐派红学的集大成者。

"索隐派"红学的开山鼻祖可以追溯到著名学者周春(1729—1815)。周春著有《阅红楼梦随笔》,书中有其本人于乾隆五十九年(1794年)所写的自序,证实是目前《红楼梦》研究史上最早的一部评论专著。周春文中记载"乾隆庚戌秋,杨畹耕语余云:'雁隅以重价购抄本两部:一为《石头记》八十回;一为《红楼梦》一百廿回,微有异同'。"证明了早在程伟元、高鹗整理出版《红楼梦》之前就有一百二十回本的存在。实际上周春这个证据足可推翻后来胡适在《红楼梦考证》中是高鹗续写《红楼梦》的结论。

周春认为《红楼梦》是叙写"金陵张侯家事"。但他的"张侯家事说"有许多破绽,不能自圆其说。

"索隐派"关于《红楼梦》是写哪一家的家事的推测可谓众说纷纭,有说是废太子胤礽家,有说是明珠家,有的说傅恒家,有的说张侯家。还有方豪发表《红楼梦新考》，说顺治皇帝与董鄂妃恋爱故事说有一定真实性，但未做任何论证。

胡适先生是"考证派"的代表。自胡适1921年发表《红楼梦考证》，推出"曹雪芹自传说"以来，占据了红学研究的主流。考证曹雪芹家族的史料，并套在《红楼梦》中人物的身上，成了红学研究的主要工作，自号"考证派、新红学"，实际上成了"曹学"。

但是，随着"考证派"考证的深入，却陷入了一个自己挖的坑：如果按考证，"北京曹雪芹"出生于雍正二年，则雍正六年曹家就被抄家罹祸，那时曹雪芹四五岁，他根本没有经历曹家鼎盛时期，没过上钟鸣鼎食、鲜衣怒马的生活，如何能写出如此一部文学巨制？况且迄今为止，曹雪芹的生卒年代也有争论；连曹雪芹的父亲，现在也有两种看法，一种认为是曹颙，曹雪芹是他的遗腹子；另一种看法，则认为是曹頫；然而曹家的家谱中却找不到曹雪芹这个人。

迄今，红学界考证、索隐、探佚的众多结论、主张和争论，大体可以归纳如下：

1.《红楼梦》真正作者或共同作者

共有六十多位之多，有石头、空空道人、东鲁孔梅溪、吴玉峰、曹雪芹、脂砚斋、曹雪芹的叔叔影堂、吴伟业（吴梅村）、孔尚任（桃花扇作者）、冒襄（冒辟疆）、方以智（明末四公子之一，冒襄也为其一）、洪昇、张岱、八大山人朱耷、李渔、袁枚、王仕桢等。脂砚斋是带有脂砚斋评语的《红楼梦》八十回脂评本的主要评点者，而脂砚斋是谁？和曹雪芹是什么关系？迄今也无一致看法，主要有这几种说法，作者说、妻子说、叔父影堂说、曹雪芹弟棠村说、堂兄弟说、密友说。需要指出的是许多红学家翻遍曹雪芹家族谱，皆未见曹雪芹、棠村、影堂其人。

2.《红楼梦》讲的真事

以曹雪芹家事为底本的文学作品、明珠家事、冒辟疆家事、清废太子爱新觉罗·胤礽家事、顺治皇帝和董鄂妃家事、洪昇家事、金陵张侯家事，傅恒家事等。

3. 作者、人物和金陵十二钗的原型

某些红学研究者"考证或索隐"出书中人物原型，比如，《红楼梦》第一至第四作者，都是爱新觉罗家族的人，金陵十二钗的原型也绝大多数是爱新觉罗家族的，如薛宝钗是爱新觉罗胤礽嫡福晋，贾元春是爱新觉罗家族的女儿和亲公主，贾迎春是和硕敦恪公主，贾探春是固伦恪靖公主，妙玉原型爱新觉罗家族女儿；书中主人公贾宝玉的原型是废太子保成二爷——爱新觉罗胤礽，贾政原型是爱新觉罗玄烨——康熙皇帝。

这些"结论"或主张，且作一笑耳。需要指出的是，虽然他们毫不手软地把金陵十一钗的原型都冠名给爱新觉罗家族的格格、福晋们，唯独林黛玉，仍谦虚地说尚未找到原型。可见林黛玉原型，非一般人物、格格和福晋，能担当也！

4. 书中所述之主要情节发生在何地

虽然书中清清楚楚讲故事发生在金陵（南京）、苏州、扬州一带，但主张《红楼梦》是讲清朝宫闱或明珠等清朝官宦家事的红学人士，偏认为故事实际上发生在北京。而主张《红楼梦》作者是冒辟疆、吴梅村、洪昇的，则声称是发生在苏州、如皋、杭州、西溪等地。

5. 书中所讲是汉人还是满人的事

这个和《红楼梦》所讲何事、故事发生地、作者是谁是相关联的。主张作者是满人、故事发生在北京、讲清朝宫闱和官宦家事的，声称是讲满人的事，《红楼梦》几乎成了爱新觉罗家族的专著了；相反，主张作者是汉人如冒辟疆、洪昇、吴梅村等，认为故事发生在金陵、苏州一带、讲冒辟疆或洪昇等家事的，则声称是讲汉人的事。

总而言之，目前红学研究对一些主要问题形成众说纷纭，莫衷一是。作者认为需要用全新的思路和视角，才能揭开《红楼梦》百年之谜和真相。下面从六个方面进行论证，这六个方面是：《红楼梦》一书的写作动机，即要讲什么事？金陵十二钗之首林黛玉原型是谁？红楼梦是写明朝的事，还是清朝的事？是写哪里的事？作者是谁？在哪里进行写作的？本文探索的结论、观点、主张，供《红楼梦》读者和红学爱好者参考、雅正。

一、《红楼梦》写作动机

《红楼梦》写作的主要动机之一是为了记述明末姑苏和秦淮名姬的事迹，不使她们埋没无痕。动机之二是怀念追忆明朝故国，国破家亡后痛彻心扉的反思和感慨，物是人非感天动地的心酸之泪，也有"毁清悼明，伤时骂世"之慨。

《红楼梦》第一回：

书中所记何事何人？自又云'今风尘碌碌，一事无成，忽念及当日所有之女子，一一细考较去，觉其行止见识，皆出于我之上。何我堂堂须眉，诚不若彼裙钗哉？……我之罪固不免，然闺阁中本自历历有人，万不可因我之不肖，自护己短，一并使其泯灭也'……竟不如我半世亲睹亲闻的这几个女子，虽不敢说强似前代书中所有之人，但事迹原委，亦可以消愁闷。

"石头"这段文字说得明白，《红楼梦》是要记述作者半世亲睹亲闻的一些女子，使她们的事迹能广为流传，不至于如草木一样泯灭，无人知晓。

这段文字的写作风格和内容，尤其是作者怜香惜玉，不使美人尘土、与草木同腐的情怀流露，非常类似明末清初余怀的《板桥杂记》。《板桥杂记》序：

或问余曰：《板桥杂记》何为而作也？余应之曰：有为而作也……此即一代之兴衰，千秋之感慨所系，而非徒狭邪之是述，艳冶之是传也。金陵古称佳丽之地，衣冠文物，盛于江南，文采风流，甲于海内……余生也晚，不及见南部之烟花、宜春之弟子，而犹幸少长承平之世，偶为北里之游。长板桥边，一吟一咏，顾盼自雄。所作歌诗，传诵诸姬之口，楚、润相看，态、娟互引，余亦自诩为平安杜书记也。鼎革以来，时移物换，十年旧梦，依约扬州，一片欢场，鞠为茂草，红牙碧串，妙舞清歌，不可得而闻也；洞房绮疏，湘帘绣幕，不可得而见也；名花瑶草，锦瑟犀毗，不可得而赏也。间亦过之，蒿藜满眼，楼馆劫灰，美人尘土，盛衰感慨，岂复有过此者乎！郁志未伸，俄逢丧乱，静思陈事，追念无因。聊记见闻，用编汗简，效《东京梦华》之录，标崖公蚬斗之名。岂徒狭邪之是述，艳冶之是传也哉。

我认为《红楼梦》的序，其作者不仅借鉴了《板桥杂记》，而且在思想情感上也一脉相承，都感叹平生所遇女子美好，在改朝换代的历史浪潮中，她们的命运都发生了改变，遭际悲惨，美人尘土，楼馆劫灰，因此为这群佳

柳花如梦

人作传,也就是为当时的时代作传。《板桥杂记》记载明末南都金陵旧院一带十多个歌妓名姬,《红楼梦》则记载金陵十二钗,如出一辙。

《红楼梦》中的女子,多善吟咏,工书画,且妍质聪慧,有才学识见,和《板桥杂记》中记述的当时旧院名姬极其相似。陈寅恪《柳如是别传》"一个女子,只有非闺房之闭处,无礼法之拘牵,得以从容与一时名士往来,受其影响,才会有见地和学识。"因此,《红楼梦》中十二钗,不是真的皇家宫闱、官宦人家的女子,只是借"贾府"之名,实则是一群受过良好教育,工于琴棋书画,精通诗词书画,能歌善舞,风流放诞、往来飘忽于红尘江河中的教坊乐籍女子。贾府,即假府,这个府是不存在的,《红楼梦》里十二金钗也不是府里的女子。

但凡小说,开宗明义,开篇是极其重要的。《红楼梦》开篇第一回就说甄士隐家住苏州阊门外十里街一个巷子里葫芦庙隔壁。阊门外十里街也即现在苏州七里山塘街,傍着山塘河。秦淮八艳中的许多,如柳如是、董小宛、寇白门、陈圆圆,主要居住在山塘河一带,都是在苏州山塘成的名。因此,这不是明明白白暗示《红楼梦》要写的就是苏州七里山塘的奇女子,把她们的事迹、名姓都"真事隐"了吗?《红楼梦》中许多女子,如林黛玉、妙玉、岫烟、李纹、宝琴、香菱,都是苏州女儿,作者这样安排一定不是偶然的。

秦淮八艳,色冠一方,她们中绝大多数的命运与大明王朝紧密联系在一起。当时一些重要人物和重大历史事件,背后都有她们的影子。这些风尘中的女子,光艳照人,她们以娇柔的生命书写了人性的光辉!她们的人品和气节,连许多明末清初峨冠博带的须眉都远不如。《红楼梦》中借贾宝玉之口说"女儿是水做的骨肉,男子是泥做的骨肉。我见了女儿便清爽,见了男子便觉浊臭逼人",这段所谓"男浊女清,男泥女水"的高论,是作者激赏李香君(《桃花扇》中主人公)、柳如是、董小宛这样一群深明大义,有民族气节的女子,大骂污浊不堪的投降派如洪承畴、孙可望、马士英这些变节分子。

二、金陵十二钗之首林黛玉原型是谁?

自来诂释诗章,可别为二,一为考证本事,二为解释词句。据陈寅恪《柳如是别传》"明末清初人作诗词,往往喜欢用本人或对方,或有关他人姓氏,

169

明著或暗藏于字句之中。斯殆当时之风气如此"。比如,《东山酬和集一》河东君《次韵答牧翁冬日泛舟诗》"越歌聊感鄂君舟""春前柳欲窥青眼""年年河水向东流"三句,分藏"柳河东君"四字,即指柳如是。因此,可以从明末清初的文章、诗词中找寻隐含其中的人物姓名。

《红楼梦》一书和柳如是,也包括董小宛,有着千丝万缕关联,可以得出结论,林黛玉的原型是柳如是和董小宛的集合。下面对此论点进行论证。

1. 林黛玉之姓和柳如是之关联

林黛玉姓林,林即两棵树。观古今人物,谁的姓是两棵树呢?只有柳如是一人。"艳过六朝,情深班蔡"的奇女子柳如是,原姓杨,后改姓柳,杨树柳树,两棵树合一起就是林。据陈寅恪《柳如是别传》第二章《河东君最初姓氏名字之推测极其附带问题》,柳如是原姓杨,名爱,又名隐雯,字朝云,别号婵娟、美人;后改姓柳,名隐,字如是,号河东君、蘼芜君。柳如是是秦淮八艳中最负盛名的,被称八艳之首;柳如是曾得苏州山塘花榜状元,同期探花是寇白门,榜眼是董小宛。

2. 林黛玉绛珠仙草之"绛珠"和柳如是所居"红豆山庄"之关联

林黛玉的前身,是西方灵河边三生石畔的一棵绛珠仙草。绛珠仙草是《红楼梦》作者虚构的。绛是大红色,正红色,绛珠即红色的珠珠,暗示着泪血、爱情。因此,绛珠就是红豆,即古诗"红豆生南国,春来发几枝;劝君多采集,此物最相思"中之红豆。红豆和爱情有关,情人之间常互相赠送作为情物。

之前见有红学文章,称绛珠是满人地区长白山的人参果。试问历史上有哪一篇文章,那一句诗词,把人参果当爱情物品歌颂的?所以,绛珠是人参果一说,实不可信。

"绛珠仙草"的绛珠,乃指红豆。而提到红豆,最闻名遐迩的是柳如是所居江苏常熟红豆山庄的红豆。

红豆山庄是柳如是和钱谦益的因缘见证。红豆山庄原名碧梧山庄,位于常熟市城东古里镇白茆芙蓉村,是钱谦益外祖父顾玉柱家的别墅。明代嘉靖年间,顾家人从海南移来两株红豆树。红豆珍稀,人见人喜,于是便有了"红豆山庄"的名号。但真正让红豆山庄声名大震的,是"艳过六朝,情深班蔡"

的奇女子柳如是的到来，让红豆山庄有了故事，有了独特的魅力，给红豆树注入了灵气，红豆山庄成为见证柳如是、钱谦益传奇爱情之园，红豆成为天下有情人爱恋的象征物。红豆山庄一时间美人名士，举国争羡，红豆香风留美人，名士娇客来往不断，文采风流，盛况空前，传为当时文坛佳话，由此闻名遐迩。1661年5月，仅剩的一棵十二年未开花的红豆树一夜间含苞吐蕊，开出"色白如珠，微香浓郁"的花。到那年9月，霜降叶落，柳如是差人在树下细细搜寻，终于收获一枚晶莹饱满的红豆，红豆山庄沸腾了。红豆树开花已属不易，得到红豆就更难了，正所谓"红豆生南国，秋声传一籽"。

因此，林黛玉"绛珠仙草"，可以非常肯定地说，是指红豆山庄里的蘼芜草 —— 柳如是。

3.《红楼梦》之"红楼"和柳如是所居"绛云楼""小红楼"之关联

如前述，绛是红色。柳如是初至常熟，居虞山脚下钱谦益家半野堂，后移居新建的绛云楼。绛云楼，红色云霓般的楼，即红楼。《红楼梦》即映射绛云楼里柳如是的故事。

柳如是早年曾与蓝颜知己陈子龙（陈卧子）同居松江南园的小红楼。

陈子龙有诗云"始知昨夜红楼梦，却在桃花万丛中"。

柳如是有诗云"醒时恼见小红楼，几分影梦难飘断"。

据此两条，"红楼梦"和柳如是可说呼之欲出了！《红楼梦》故事的悲剧爱情原型就是柳如是和陈子龙的爱情挽歌！

陈子龙在1645年国变（指崇祯煤山自尽、明朝覆亡）后，开始和郑成功（大木，为钱谦益和柳如是的弟子）等一起进行抗清复明武装斗争，不幸于1647年兵败被俘，后被杀。

这也能说明柳如是后来一直暗中支持支助反清复明的思想脉络 —— 物以类聚，有同样崇高理念、人品、气节的人才会互相倾慕和走到一起。

柳如是曾为陈子龙作诗《男洛神赋》，其中有句云：

匪榆曳之嬛柔，具灵矫之烂眇。
水气酷而上芳，严威沆以窈窕。

4. 林黛玉绛珠仙草的"草"和柳如是"蘼芜君""湖上草""戊寅草"之关联

柳如是喜欢蘼芜草，取号蘼芜君。蘼芜是川芎的苗，叶有香，一种香草。又名蕲茝，薇芜，江蓠，据辞书解释，苗似芎䓖，叶似当归，香气似白芷，是一种香草。妇女去山上采撷蘼芜的鲜叶，回来以后，于阴凉处风干，叶子风干可以做香料，亦可以作为香囊的填充物。因此，柳如是为绛云楼和红豆山庄里的草，林黛玉是绛珠仙草，也即红豆草。

另外，柳如是著有诗集《湖上草》《戊寅草》，蘼芜君其人怎一个"草"字了得，《红楼梦》作者给林黛玉起"绛珠仙草"这个号，难道是偶然的吗？

5. 林黛玉号"潇湘妃子"和柳如是号"河东君"之关联

林黛玉住进大观园中潇湘馆，称"潇湘妃子"。潇湘，原指湖南省境内的潇水与横贯湖南的河流。此后，潇湘一词广为流传，并不断赋予新的意义，作为美的象征，如用作词牌《潇湘神》、戏曲《潇湘夜雨》、琴曲《潇湘水云》等。《红楼梦》中大观园里，则设置了一个潇湘馆。因此，潇湘妃子的潇湘，不是特指湖南的潇水和湘水，而是象征水边的美人。

柳如是"河东君"之号，取自南北朝萧衍的莫愁歌"河东之水向东流，洛阳女儿名莫愁"。"河东君"意指河边之美人。因此，潇湘妃子和河东君实为一人。

6. 《红楼梦》金陵十二钗和柳如是"河东君"之关联

梁武帝萧衍《莫愁歌》"河中之水向东流，洛阳女儿名莫愁。头上金钗十二行，足下丝履五文章"。

"金陵十二钗"即出自《莫愁歌》中"头上金钗十二行"。

可以想象一下，《红楼梦》作者在写"河东君"柳如是的时候，必然联想起《莫愁歌》中"头上金钗十二行"，于是，便有了金陵十二钗！

7. 《红楼梦》中贾宝玉吟唱的《红豆曲》和柳如是之关联

明末清初，凡涉及"红豆"两字，离不开柳如是、钱谦益的红豆山庄里闻名遐迩的红豆。

柳 花 如 梦

贾宝玉吟唱的《红豆曲》，出自《红楼梦》第二十八回，贾宝玉和冯紫英、蒋玉涵、薛蟠以"女儿悲、愁、喜、乐"四字行酒令的时候，出自贾宝玉口中：

听宝玉说道："女儿悲，青春已大守空闺。女儿愁，悔教夫婿觅封侯。女儿喜，对镜晨妆颜色美。女儿乐，秋千架上春衫薄。"众人听了，都说道："好！"……云儿于是拿琵琶听宝玉唱道：

滴不尽相思血泪抛红豆，
开不完春柳春花满画楼；
睡不稳纱窗风雨黄昏后，
忘不了新愁与旧愁；
咽不下玉粒金莼噎满喉，
照不见菱花镜里形容瘦。
展不开的眉头，捱不明的更漏。
呀！恰便似遮不住的青山隐隐，
流不断的绿水悠悠。

歌词里出现的"红豆"，"柳"和"隐"，即指红豆山庄的柳隐。柳隐是柳如是的名，"隐于章台柳"之意。钱谦益有诗云"草衣家住断桥东，好句轻如湖上风。近日西泠夸柳隐，桃花得气美人中"。这首诗讲的是钱谦益在西湖和柳如是相识时，盛赞柳隐"桃花得气美人中"。

8. 林黛玉字"颦颦"与柳如是之关联

柳如是曾为江苏吴江礼部尚书周道登之妾。周道登曾任文渊阁大学士。周道登之弟周灿在其所著《泽畔吟》中《杨花》里有"年年三月落花天，顾影含颦长自怜"。这两句诗是写柳如是的，诗中"影"和"怜"即映射杨影怜。柳如是在做周道登之妾时芳龄十四，名杨影怜。由于柳如是既美貌俏丽，又聪慧好学，很招周道登喜欢和怜爱，经常亲自手把手教柳如是读书、写字、作诗，柳如是的文学基础在那时应该得到不少提高。柳如是的书法，钱谦益作为江左三大家、江南诗坛盟主，都自愧不如。从周灿句中可以看出，他必然也很欣赏和怜爱柳如是，用"顾影含颦"形容她，可说惟妙惟肖。

173

《红楼梦》中贾宝玉和林黛玉初见时，贾宝玉问林黛玉有字没有，林黛玉说没有，贾宝玉就给她取了"颦颦"二字。《红楼梦》第三回：

宝玉笑道："我送妹妹一妙字，莫若'颦颦'二字极妙。"探春便问何出。宝玉道："《古今人物通考》上说：'西方有石名黛，可代画眉之墨。'况这林妹妹眉尖若蹙，用取这两个字，岂不两妙"探春笑道："只恐又是你的杜撰。"宝玉笑道："除《四书》外，杜撰的太多，偏只我是杜撰不成？"

后《红楼梦》中诸儿女皆称林黛玉为颦儿。

翻遍中国历史，有几个女儿配得上"颦颦"和"顾影含颦"之修辞？莫若柳如是和林黛玉也。

9. 林黛玉才貌与柳如是之关联

林黛玉之才貌《红楼梦》中有充分描写，本文不再多言，单说柳如是。

柳如是不仅美艳绝代，才气过人，且正直聪慧，魄力奇伟。她留下了不少逸事佳话和诗稿、尺牍、字画等，就文学和艺术才华，她作为"秦淮八艳"之首当之无愧。

据时人记载，柳如是精通音律，长袖善舞，书画也负名气，她的画娴熟简约，清丽有致；书法深得后人赞赏。她博览经史，善于诗律，长期周旋于名流士大夫之间，深受艺术熏陶与教益。她每次集会分题命韵皆能立就，颇有曹子建之才。

柳如是自信"桃花得气美人中"，如果不是苏州山塘花榜状元、秦淮八艳之首，如果没有惊人才华、气魄，她敢如此睥睨群芳，傲气无两！

清代女作家林雪在《柳如是尺牍小引》中赞誉她说"琅琅数千言，艳过六朝，情深班蔡，人多奇之"，评论她的画"娴熟简约，清丽有致"，赞赏她的书法"铁腕怀银钩，曾将妙踪收"。

沈虬在《河东君传》中说她："美丰姿，性慧倩。知书善诗律，分题步韵，顷刻立就；使事谐对，老宿不如。"

徐芳评论柳如是："慧倩，色艺冠绝一时。"

柳如是最好的蓝颜知己陈子龙曾连题绝句三首以赠：

柳花如梦

　　今年春早试罗衣，二月未尽桃花飞；
　　应有江南寒食路，美人芳草一行归。
　　垂杨小院倚花开，铃阁沉沉人未来；
　　不及城东年少子，春风齐上斗鸡台。
　　愁见鸳鸯满碧池，又将幽恨度芳时；
　　去年杨柳滹沱上，此日东风正别离。

　　柳如是在她23岁时，冒寒放舟常熟虞山钱府半野堂，初访钱谦益。钱谦益描述柳如是当时情景"幅巾弓鞋，着男子服，神情洒落，有林下风。"

　　国学大师陈寅恪读柳如是诗词后，"亦有瞠目结舌"之感，对柳如是的"清词丽句"十分敬佩，极其欣赏柳如是的才华和气节，陈老晚年用了十年心血写出《柳如是别传》，还原她跌宕起伏、绚丽多彩的一生。陈寅恪对柳如是的评价极高"侠女名姝，文宗国士，巾帼英豪"。陈老还为柳如是留下"纵回杨爱千金笑，终剩归庄万古愁"的千古名句。

　　郁达夫在《娱霞杂载》中录有柳如是"春日我闻室作呈牧翁"的诗：

　　裁红晕碧泪漫漫，南国春来正薄寒；
　　此去柳花如梦里，向来烟月是愁端。
　　画堂消息何人晓，翠帐容颜独自看；
　　珍贵君家兰桂室，东风取次一凭栏（阑）。

　　如前述，柳如是早年以杨为姓，曾用过杨爱、杨隐雯、杨影怜之名，后来改姓为柳，初名隐，字蘼芜，不久又改名字为"如是"，采自辛弃疾"我见青山多妩媚，料青山见我应如是"之语。稼轩此句，着实有些狂放得可爱，然而在当时却被那些温良恭谦的老夫子所诟病，认为狂怪不羁。而柳如是以风尘女子之姿，竟取此为字，无疑是气性高傲，孤高自赏之人，大凡俗庸之辈绝无此胆量与气魄。

　　长醉块垒难容物，高歌谁是眼中人，沦落风尘高自诩，一生磊落，这就是柳如是。柳如是这一高傲自诩的性格，和林黛玉如出一人。

　　柳如是著有《戊寅草》《湖上草》《柳如是尺牍》《河东君山水人物册》等诗集、

尺牍、画册。试问，林黛玉是大观园十二钗里最具才情、个性的女子，查遍明末清初的女儿，谁能担得起做她的原型人物？唯有柳如是（加董小宛，后述）

如前述，某些红学研究者，把金陵十一钗的原型都毫不手软地冠名给爱新觉罗家族的格格和福晋们，唯独林黛玉，他们说没有找到原型。因为林黛玉之原型非柳如是、董小宛能担当，无人能及。

10. 林黛玉幼时五岁远行与柳如是五岁被送至归家院之关联

《红楼梦》第三回交待，林黛玉五岁时，母亲贾敏仙逝，父亲让贾雨村带着她，从扬州坐船到金陵，投靠外婆家贾府。

柳如是幼年身世有些已难考证，但认为她出生浙江嘉兴。小如是五岁时因家里贫穷，被父母卖到吴江盛泽归家院（归庄）名妓徐佛家。徐佛也是苏州名动一时的才女，"她能琴，善画兰草"。小如是早年是受徐佛调教，学习诗词书画，诸般文艺的。

林黛玉五岁远行到"大观园"（注：先进贾府，后迁入大观园潇湘馆），柳如是五岁远行到"归家院"。在三吴一带，"观"和"归"的发音一致，"大观园"也就是"大归园"。林黛玉幼时即居"大归园"，和柳如是幼年所居"归家院"，只是单纯的巧合吗？

11.《红楼梦》中《桃花行》《葬花辞》与柳如是之关联

《红楼梦》第七十回林黛玉作《桃花行》诗。这首诗以非常低沉的笔调，通过鲜艳明媚的桃花和孤独悲伤的人映衬，由花人相映过渡到花人交融，达到景为情设、情为景触的艺术效果。原诗：

> 桃花帘外东风软，桃花帘内晨妆懒。
> 帘外桃花帘内人，人与桃花隔不远。
> 东风有意揭帘栊，花欲窥人帘不卷。
> 桃花帘外开仍旧，帘中人比桃花瘦。
> 花解怜人花也愁，隔帘消息风吹透。
> 风透湘帘花满庭，庭前春色倍伤情。
> 闲苔院落门空掩，斜日栏杆人自凭。

凭栏人向东风泣，茜裙偷傍桃花立。
桃花桃叶乱纷纷，花绽新红叶凝碧。
雾裹烟封一万株，烘楼照壁红模糊。
天机烧破鸳鸯锦，春酣欲醒移珊枕。
侍女金盆进水来，香泉影蘸胭脂冷。
胭脂鲜艳何相类，花之颜色人之泪。
若将人泪比桃花，泪自长流花自媚。
泪眼观花泪易干，泪干春尽花憔悴。
憔悴花遮憔悴人，花飞人倦易黄昏。
一声杜宇春归尽，寂寞帘栊空月痕。

林黛玉在《桃花行》中自比桃花，这就不能不和柳如是有关联。柳如是极有名气的一句诗是"桃花得气美人中"，柳如是不仅自比桃花，自觉比桃花还艳气。陈子龙赠柳如是的绝句中有"今年春早试罗衣，二月未尽桃花飞。应有江南寒食路，美人芳草一行归。愁见鸳鸯满碧池，又将幽恨度芳时。去年杨柳滹沱上，此日东风正别离"，其中"桃花、幽恨、愁见、美人"等句，均是形容、比喻柳如是。

钱谦益《初学集壹壹桑林诗集"柳枝十首"之第壹第贰两首》："花信楼头风暗吹，红栏桥外雨如丝。一枝憔悴无人见，肯与人间缩别离。离别经春又隔年，摇青漾碧有谁怜。春来羞共东风语，背却桃花独自眠。"也有用桃花比喻柳如是。

林黛玉《桃花行》似与上述两首诗相仿或有借鉴，诗中"桃花"均和柳如是有关。

陈寅恪曾言"河东君之作品，应推《次韵奉答·谁家乐府唱无愁》及《金明池·咏寒柳》词为明末最佳之诗词，当日胜流均不敢与抗手。"录柳如是此二首诗词以飨读者：

次韵奉答·谁家乐府唱无愁
柳如是
谁家乐府唱无愁，望断浮云西北楼。

汉珮敢同神女赠，越歌聊感鄂君舟。
春前柳欲窥青眼，雪里山应想白头。
莫为卢家怨银汉，年年河水向东流。

金明池·咏寒柳
柳如是
有怅寒潮，无情残照，正是萧萧南浦。
更吹起，霜条孤影，还记得，旧时飞絮。
况晚来，烟浪斜阳，见行客，特地瘦腰如舞。
总一种凄凉，十分憔悴，尚有燕台佳句。

春日酿成秋日雨。念畴昔风流，暗伤如许。
纵饶有，绕堤画舸，冷落尽，水云犹故。
忆从前，一点东风，几隔着重帘，眉儿愁苦。
待约个梅魂，黄昏月淡，与伊深怜低语。

林黛玉曾作《葬花辞》，其伤感之情和抒发人生遭际和柳如是的词有得一比。柳如是词中所谓的咏柳在很大程度上是在抒发她自己的身世凄凉之感，寒柳飞絮似乎就是词人的化身。

12. 晴雯"芙蓉仙子"和芙蓉村杨隐雯之关联

晴雯被称是白帝宫中抚司秋艳芙蓉女儿，用现代的话说，晴雯是芙蓉仙子，掌管人间花事的花神。红楼梦第七十八回：

独有宝玉，一心凄楚，回至园中，猛然见池上芙蓉，想起小丫鬟说晴雯作了芙蓉之神，不觉又喜欢起来，乃看着芙蓉嗟叹了一会。忽又想起死后并未到灵前一祭，如今何不在芙蓉前一祭，岂不尽了礼，比俗人去灵前祭吊又更觉别致。竟杜撰成一篇长文，用晴雯素日所喜之冰鲛縠一幅楷字写成，名曰《芙蓉女儿诔》，前序后歌。又备了四样晴雯所喜之物，于是夜月下，命那小丫头捧至芙蓉花前……

柳花如梦

柳如是初到常熟虞山，先居虞山脚下半野堂和拂水山庄。1656年柳如是和钱谦益迁至常熟城外古里镇的芙蓉村红豆山庄。红豆山庄本名芙蓉山庄，元代时顾松庵在古里白茆修建了一处庄园，他在庄园里种了几百棵芙蓉树，因此把这座庄园起名为芙蓉庄。顾的后代从海南移来两棵红豆树，至钱柳移居，才把这个庄园改名为红豆山庄。

柳如是原名杨隐雯。芙蓉庄里的隐雯和芙蓉仙子晴雯，对《红楼梦》作者的写作，应该有所提示和启发吧。

13. 英莲和杨影怜之关联

《红楼梦》中有一对父女，在整部书中起总领全文，贯穿始终的作用，这就是甄士隐和女儿英莲。英莲本是姑苏城里乡宦的独生女儿，娇生惯养，不料在她四岁时被拐子拐走，从此命运多舛。英莲的谐音就是"影怜"，乃指杨影怜，也可做"应怜"，应可怜她的命运之意。

柳如是5岁时被卖到归家院，在改姓柳之前姓杨，字影怜。影怜取自李义山"对影闻声已可怜，玉池荷叶正田田"之句。英莲后改名香菱，菱和荷相同，都是水芙蓉。英莲乃影射柳如是童年悲惨身世。

综上所述，柳如是幼年被人贩子卖来卖去，为仕女和妾的身世，和才貌双全、绝世而独立的气质，她一个人身上集合了英莲的命运，晴雯的不屈性格，林黛玉的才情和气质。

14. 林黛玉与董小宛之关联

董小宛，名董白，也是秦淮八艳之一。董小宛居苏州山塘时，在一次花榜状元比赛中，柳如是为状元，寇白门为探花，董白为榜眼。柳如是和董小宛是很要好的姐妹。

董小宛倒追冒辟疆，要将终身托付于冒辟疆的故事很哀怨动人。冒辟疆回如皋，董小宛不由分说要送冒返乡，这一送就是二十七天，她跟着冒的大船，一路"过惠山，历澄江、荆溪，抵京口，陟金山绝顶，观大江竞渡以归"，中间董小宛"发誓断不返吴门，非冒不嫁"，冒辟疆却推推诿诿。董小宛不得已回山塘后茶饭不思，抑郁悲伤。最后董小宛的朋友柳如是、钱谦益、刘大行等出三千两白银巨资，帮董小宛还清了债，脱了乐籍，赎了身，还置办

179

了舟马行资,直接将董小宛送到了如皋冒辟疆家里,小宛才如愿和冒结为连理。此举可见柳如是之肝胆侠义,颇为时人和后人赞誉。

董小宛和林黛玉有颇多相近之处。余怀《板桥杂记》:

董白,字小宛。天姿巧慧,容貌娟妍……稍长,顾影自怜。针神曲圣、食谱茶经,莫不精晓。性爱闲静,遇幽林远涧、片石孤云,则恋恋不忍舍去……经其户者,则时闻歌诗声或鼓琴声,皆曰:此中有人。

董小宛后归冒辟疆侧室,事辟疆九年,年二十七卒。

关于董小宛是林黛玉原型一说,见如皋冒廉泉"《红楼梦》的真正作者是冒辟疆(初探)"一文,其中提到董小宛年轻时的"葬花",去世前的"焚稿",才有了林黛玉独有的行为和性格。

《红楼梦》是小说,林黛玉原型来自现实中两个人或几个人,是完全合情合理的。林黛玉某些方面,如才华、姿色容貌、诗词歌赋的才能,来自柳如是;而林黛玉性格和命运方面,例如顾影自怜,芳年早逝,更多来自董小宛。我们在林黛玉身上,既能看到柳如是,也能看到董小宛的影子。

需要指出的是,传言董小宛被清军掠,献给顺治帝,这些都是牵强附会,不足信也。一些清宫小说,以及电视剧中,喜欢张冠李戴,把顺治帝的董鄂妃说成是秦淮八艳之一的董小宛,但实际上董鄂妃跟董小宛不是同一个人。董鄂妃出生于1639年,比董小宛的出生时间整整晚了十五年。董鄂妃是满族人,是顺治帝的宠妃,出身满洲正白旗,是清朝名将费扬古的姐姐,董鄂妃的父亲是康熙时期的大臣鄂硕。

三、《红楼梦》是写明朝的事,还是清朝的事?

《红楼梦》初本《石头记》成书于清初康熙年或雍正年间,写的是明朝的事,讲的是明亡清兴,改朝换代那一段血泪史。中国四大名著,前三部《西游记》《水浒》《三国演义》均成书于明中或明末,明末年间是中国近代文化发展的一个高潮,其余波还延续了一段时间。至清朝乾隆年间,文字狱达到登峰造极的境地,经历禁书、焚书、文字狱,天下文人噤若寒蝉,万马齐喑,所谓"清风不识字,何故乱翻书",此时读书人思想僵化,中华大地根本就没有出现《红楼梦》这样伟大文学作品的条件。说《红楼梦》是成书于乾隆年间,是写满清宫闱或满清官宦家事，纯粹是无稽之谈。

四、《红楼梦》是写哪里的事？

《红楼梦》是讲江苏南京、苏州一带的事。《红楼梦》开篇就明确交代，讲故事的"甄士隐"是苏州人，住阊门外十里街，即七里山塘街。林黛玉是扬州人，祖籍苏州人氏。妙玉是苏州人，在苏州光福玄墓山的蟠香寺出家当尼姑。贾府在金陵，即南京。

某些红学研究者，非说《红楼梦》是讲北京的事，理由是清朝皇室在北京，既然书中有贾家人进皇宫见元妃，元妃回家省亲等故事情节，那就必然是发生在北京的事了。

这是严重低估了文学创作者丰富多彩的想象力！《红楼梦》是文学作品，即小说，任何小说都有很大虚构、想象的部分，再加一些生活中的原型人物和部分真事为底版。

南京是六朝古都，《红楼梦》书中讲的皇室可以映射南明皇室，也可以是历史上的其他朝代，但无论如何没必要映射几千公里外北京的满清皇朝。作家连这点想象力都没有，怎能写出如此伟大的文学作品来。

还有些人，以《红楼梦》中黑山村庄头乌进孝在冬天冒着风雪走了"一个月零两日"，拉着大量出产在东北长白山才有的山货进贡给贾府，证明贾府必定是在北京。

乌进孝进贡给贾府的年货，有一个长长的礼单。有学者指出，乌进孝这个进贡礼单就是当初清朝向明朝称臣时，给明朝"岁贡清单"的一个完整抄袭。因此，乌进孝进贡是《红楼梦》作者暗讽清朝别忘了当初只是给大明进贡的边陲小国。乌进孝这个"乌"，更是子虚乌有的意思，暗示乌进孝给贾府进贡年货这个事是没有的，是为了暗喻别事而杜撰的。所以，以此证明贾府在北京，故事发生在北京，没有说服力。

为了强调书中"金陵"即南京，《红楼梦》作者还做了特别交代。《红楼梦》第二回"雨村道：'去岁我到金陵地界，因欲游览六朝遗迹，那日进了石头城，从他老宅门前经过。街东是宁国府，街西是荣国府……'。"这段文中的六朝遗迹、石头城，还不够清楚说明金陵就是南京？因此还有什么必要去"索隐"

或"考证"故事是发生在北京呢！

五、《红楼梦》作者是谁？

当前红学就真正的作者是谁这个问题，研究非常活跃。这也说明一些学者看出了传统红学中在这一问题上存在的破绽。探讨集中在：

《红楼梦》中提到的作者曹雪芹是否真名？

如果曹雪芹是真名，他是否就是胡适考证出的江南织造曹寅的孙子，即"北京曹雪芹"，还是另有其人？

如果曹雪芹是假名，那曹雪芹顶替的真正作者是谁呢？

现在有很多学者主张，曹雪芹是假名，提出《红楼梦》作者另有其人的新说有二十多个，其中影响较大的有八九个。挑出几个比较靠谱的说一下。

1、吴梅村说。有一百零八回的《吴氏石头记增删试评本》，吴氏即吴伟业（号吴梅村）。较早版本的《红楼梦》的楔子文中，记载"吴玉峰题曰《红楼梦》；东鲁孔梅溪则题曰《风月宝鉴》。《风月宝鉴》乃其弟棠村序也"，其中的"吴""梅""村"合起来刚好为吴梅村。

2、冒辟疆说。如皋人冒廉泉在其文章"《红楼梦》的真正作者是冒辟疆（初探）"中，列举了数十条论据，证明冒辟疆是真正作者，冒家在如皋的《水绘园》即《大观园》原型。

3、洪昇说。有土默然的《红楼梦的真正作者是洪昇》。

本文作者认为，曹雪芹有可能只是假名。《红楼梦》文章的特点就是不用真名，而是用"假语村言"代替，文中许多人物的姓名都用谐音暗喻，可以说《红楼梦》正文里没有一个真名。例如，甄士隐即真事隐，贾雨村即假语村言，英莲即应怜和影怜，娇杏即侥幸，霍启即祸起，封肃即风俗，焦大即骄大。书中第一回出现的作者，按此推理，也很可能是有暗语的假名。本文作者推测，孔梅溪或喻"恐没戏"，让后人别瞎猜测他是谁；曹雪芹或喻"抄写勤"，书中不是交代他"于悼红轩中批阅十载，增删五次，纂成目录，分出章回"，那可不就是抄抄写写勤么。也有说曹雪芹喻"曹学勤"，映射方以智，方以智曾于金陵高座寺的看竹轩，作为曹洞宗的一个法门弟子，潜心写哲学著作，称曹洞宗为曹学。当然，这只是可能，不可作为定论。

据《明史稿·方以智传》，崇祯十七年，李自成农民军攻入北京，崇祯皇帝自缢，方以智在崇祯灵前痛哭，被农民军俘获，农民军对他严刑拷打，"两髁骨见"，但他始终不肯投降。不久，李自成兵败山海关，方以智侥幸乘乱南逃，大难不死。当方以智在北京誓死不降农民军之事传入江南时，友人皆把他比拟为文天祥。方以智因此留下足疾。方以智后出家为道。《红楼梦》第一回出现在青埂峰下的跛足道人，也即后来带走甄士隐的那个跛足道人，是否隐喻方以智呢？

本文作者认为，《红楼梦》初本真正的作者应聚焦在方以智、冒辟疆、吴梅村、孔尚任、洪昇，和他们的弟子，以及钱谦益的弟子等。他们可能不是单独完成《石头记》原本，而是几个人分别，或经常聚在一起，集体协作，完成的初稿。论据是，方以智、冒辟疆、吴梅村、孔尚任、钱谦益，他们互相都非常熟悉，经常走动、交流，这群人可以说就是一伙的；而柳如是和董小宛与这些作者都非常熟悉，有千丝万缕的关联。因此他们在写作时以身边这些优秀女子作样本，且又符合他们为女儿立传的写作动机，不是自然而然、水到渠成的事么。加一句，董小宛最早就是方以智介绍给冒辟疆认识的。这部分内容本文不深入讨论，作者将另文探讨。

六、在哪里进行写作的？

如前述，《红楼梦》开篇第一回就说甄士隐家住苏州阊门外十里街一个巷子里葫芦庙隔壁。十里街隐指阊门外傍着山塘河的七里山塘街，葫芦庙有人考证是七里山塘街上，青山桥和绿水桥边的普福禅寺。而秦淮八艳中的许多，如柳如是、董小宛、寇白门，陈圆圆，都主要居住在山塘河一带，都是在苏州山塘成的名。甄士隐家女儿英莲被拐，家被烧毁后，甄士隐最终跟着一个口内念叨着《好了歌》的跛足道人出家了。士隐在家里出事前，曾梦见癞头跣足的一僧一道，听那道人对僧人说："你我不必同行，就此分手，各干营生去罢。三劫后我在北邙山等你，会齐了同往太虚幻境销号。"这一僧一道也即是路过青埂峰，将通灵宝玉携入尘世的那两个和尚。

跛足道人带着甄士隐去了哪里？甄士隐出家后干了什么？答案是，甄士隐去了苏州周围山中寺庙里出家，帮衬着跛足道人记载了刻在青埂峰下大石上的《石头记》。这块大石上的字迹，在不知几世几劫后，被路过的空空道人抄了去，成为传世的《红楼梦》。这当然是一个假托的缘起，但却点明了，《石头记》最初写作的地方，即是甄士隐出家去的苏州周边山中寺庙里。

我认为最大可能有下面几个地方：一是《红楼梦》后面提到的妙玉去贾府大观园前，在苏州光福的玄墓山蟠香寺出家，有人指出蟠香寺即隐射玄墓山的圣恩寺。玄墓山及相连的弹山有万峰台和七十二峰，有数个年代极其悠久的寺庙，一是石崿庵，有全部用石头建造的石屋殿堂，石屋造成后剩一块多余的大石条未用；二是石壁寺，因寺庙背靠一面白仞石壁而得名，壁上有蟠巁石刻。三是玄墓山的圣恩寺，其主持剖石和尚最为有名，和吴梅村、钱谦益等关系密切，吴钱等名士都曾专程去圣恩寺拜访和请教剖石和尚。另一个是苏州灵岩山，山上各种奇峰怪石。光福和灵岩这两处山，都有符合《红楼梦》开篇中提到的大荒山无稽崖青埂峰的特征。

可以设想一下，方以智、吴梅村、冒辟疆、孔尚任、钱谦益等，有可能就是在光福玄墓山、灵岩山中，和剖石和尚一起探讨，写一部前无古人、后无来者的伟大文学作品。剖石和尚或和石头、情僧假名缘起都有关联。这一内容作者将另文深入探讨。

附：柳如是诗词选录

千古才女柳如是，温婉有风骨，艳过六朝，情深班蔡。柳如是的诗多雄丽，词多清婉，菁妙娴雅，韵味淳厚，细腻而内含筋骨，温婉而自带风流，值得品赏，值得背诵，越读越爱。

《岳武穆祠》
柳如是

钱塘曾作帝王州，武穆遗坟在此丘。
游月旌旗伤豹尾，重湖风雨隔鳌头。
当年宫馆连胡骑，此夜苍茫接戍楼。
海内如今传战斗，田横墓下益堪愁。

《西湖八绝句》
柳如是

垂杨小院绣帘东,莺阁残枝未相逢。
大抵西泠寒食路,桃花得气美人中。

《奉和牧翁陌上花三首·其一》
柳如是

陌上花开一片飞,还留片片点郎衣。
云山好处亭亭去,风月佳时缓缓归。

《题山水人物图册》
柳如是

扁舟载得秋多少,荡过闲云又荡风。
曾记荻花枫叶外,斜阳输我醉颜红。

《梦江南·人去也》
柳如是

人去也,人去梦偏多。
忆昔见时多不语,而今偷悔更生疏。
梦里自欢娱。

《春日我闻室》
柳如是

裁红晕碧泪漫漫,南国春来正薄寒。
此去柳花如梦里,向来烟月是愁端。
画堂消息何人晓,翠帐容颜独自看。
珍重君家兰桂室,东风取次一凭栏。

伏草林风

《红楼梦》探真（二）：
林黛玉原型是柳如是和董小宛

> 李卫学书称弟子，东方大隐号先生。
> 日毂行天沦左界，地机激水卷东溟。
> 一点旧魂飞不起，几分影梦难飘断。
> 醒时恼见小红楼，朦胧更怕青青岸。
> 游月旌旗伤豹尾，重湖风雨隔髦头。
> 当年宫馆连胡骑，此夜苍茫接戍楼。
>
> —— 柳如是

英国历史学家卡莱尔说"历史都是假的，除了名字；小说都是真的，除了名字"。

《红楼梦》作者自叹"都云作者痴，谁解其中味"。

自《红楼梦》问世近三百年来，事实上仍未解开这部中国文学史上最伟大作品的真味，及书中主人公的真名。若我们这代人能解开此两点，则无憾也。

本文作者在前《红楼梦探真（一）：林黛玉原型是柳如是和董小宛》一文中，首提林黛玉的原型是柳如是。林黛玉这个角色，即取材于柳如是和董小宛的事迹，以其二人为原型。

据寅公《柳如是别传》云"明末清初人作诗词，往往喜欢用本人或对方，或有关他人姓氏，明著或暗藏于字句之中。斯殆当时之风气如此"。比如，《东山酬和集一》河东君《次韵答牧翁冬日泛舟诗》"越歌聊感鄂君舟""春前柳欲窥青眼""年年河水向东流"三句，分藏"柳河东君"四字，即指柳如是。因此，可以从明末清初的文章、诗词中找寻隐含其中的人物姓名，也即从所谓的"嵌名诗"中寻找隐写的人名。

柳花如梦

不仅如此,明末清初的人还喜欢从诗词、诗人中取名字。例如,柳如是原名杨影怜,"影怜"即取自李义山"对影闻声已可怜,玉池荷叶正田田"。"如是"则取自辛稼轩"我见青山多妩媚,料青山见我应如是"。又董小宛名董白,白取自李白的白,因董小宛崇拜李白之故。

如前述,《红楼梦》初稿《石头记》的作者或创作团队应是江南苏州一带人士,故非常熟悉"江左三家""云间三子""嘉定四君子""练川三老""几社"等胜流及他们的诗词文章。《红楼梦》中主要人物的姓名以及诗词,多数参考、起源于他们的诗词,或与之相关联。云间者,上海松江也;练川者,嘉定也。

一、"林黛玉"名姓和"颦"字之出处

柳如是于崇祯七年(1634年)暮春至初秋作第一次嘉定游历。是年17岁,尚未改姓柳,姓杨,名朝、朝云,字影怜、隐。杨朝云是作为当时吴中名姝、文艺新秀和交际名花,受知名"嘉定四君子"邀请,参加嘉定文坛胜流的游宴酬唱之会。殷勤者以程嘉燧(孟阳)、唐时升(叔达)、李流芳(茂初)、张鲁生为主。

杨朝云以妙龄之交际名花来游历嘉定,无疑在当地文坛掀起一股旋风。杨朝云"往往于歌筵绮席,议论风生,四座惊叹。故吾人今日犹可想见嘉定诸老,对如花之美女,听说剑之雄词,心已醉,而身欲死矣"。

杨朝云在嘉定时寄居张鲁生的别墅"鎦园",鎦园即在鹤槎山近旁;程、唐、李等轮次递做东,奔走酬酢,宴请杨朝云这位神仙般的宾客,安排诗词唱和,游览嘉定名胜,不辞辛苦,大概这帮嘉定诗老认为这就如当年陆机对钱塘苏小小应尽的责任,是天经地义的。

陈寅恪云"河东君之游嘉定,寄寓其地,殊不偶然,盖其平生雅好谈兵,以梁红玉自比。吊古思今,感伤身世,当日之情怀,吾人尤可想象得知也"。

柳如是游历嘉定,留下许多珍闻逸事,嘉定一些地名如隐仙巷,听莺桥(原名宝莲桥,柳如是游嘉定后易名听莺桥),天香桥,均和纪念柳如是有关。

颇为有趣的是,柳如是当时还只是一个妙龄少女,却喜欢谈论军事,还以梁红玉自比,高谈阔论,感慨激扬,四座皆惊,绝非寻常女子,正如宋征璧为柳如是作《秋塘曲》序中所言:

宋子与大樽（陈子龙）泛于秋塘，风雨避易，则子美溪陂之游也。坐有校书，新从吴江故相家流落人间，凡所叙述，感慨激昂，绝不类闺房语。且出所寿陈征君（陈眉公）诗，有"李卫学书称弟子，东方大隐号先生"之句焉。

是年七夕及后，叔达、孟阳分别为杨朝云赋七言古歌《七夕行》《今夕行》。程孟阳为杨朝云赋《朝云诗》八首，可作为杨朝云之"嘉定行"：

甲戌七月，唐四兄为杨朝（朝云，即影怜）赋七夕行。十二夜，复过余"老成亭"。酒酣，乘月纳凉舍南石桥上，丝竹激越，赏心忘疲，因和韵作此。

可惜唐叔达诗已不传。程孟阳所赋《朝云诗》八首录其中三首于下：

其二
城头片雨浥朝霞，一径茅堂四面花。
十日西园无忌约，千金南曲莫愁家。
林藏红药香留蝶，门对垂杨暮洗鸦。
拣得露芽纤手瀹，悬知爱酒不嫌茶。

其三
林风却立小楼边，红烛邀迎暮雨前。
潦倒玉山人似月，低迷金缕黛如烟。
欢心酒面元相合，笑靥歌颦各自怜。
数日共寻花底约，晓霞初旭看新莲。

其六
青林隐隐数莲开，风渚翩翩一燕回。
选伎欲陪芳宴醉，携钱还过野桥来。
花间人迫朝霞见，天际云行暮雨迴。
纤月池凉可怜夜，严城银钥莫相催。

柳花如梦

可注意其三，"林""黛""玉""颦"四字，即林黛玉的名和字都出现了。其二、三、六中"杨""怜""隐""朝""云"，当然是隐写杨影怜，无须多言。

由此可以推测，《红楼梦》作者作为同时代或稍年轻的后辈，知晓柳如是游历嘉定之事迹，也熟悉"嘉定四老"的诗词，因此从程孟阳为柳如是赋的《朝云诗》八首之三中取"林黛玉"为其书中"金陵十二钗"之首的名姓，并取"颦"作为黛玉的字，乃为了隐写"秦淮八艳"之首柳如是。

值得一提的是，程孟阳和钱谦益（牧斋）为好友。孟阳大概当年怎么也没料到，他殷勤招待的这位妙龄交际名花杨朝云，后来会和他老友钱谦益有一段姻缘。

二、柳如是和林黛玉之才情，皆为"女神"般的存在

按寅公观点，柳如是是女神一样的存在。三百多年来，因柳如是出生青琐，社会存在某种偏见，贬损了柳如是的文化历史地位。以至于《红楼梦》作者，也只能千方百计绕着弯，用假语村言隐写柳如是。故此，红楼作者哀叹曰"都云作者痴，谁解其中味。"

柳如是诗文才情高居"秦淮八艳"之首，有《湖上草》《戊寅草》《河东君诗文集》《东山酬和集》《红豆村杂录》《尺牍》《我闻室鸳鸯楼词》等作品传世。其数量之多，文辞之美，令人咋舌。其《尺牍》，清代作家林雪认为"艳过六朝，情深班蔡"。她的书画也极负盛名，后人赞其为"铁腕怀银钩，曾将妙踪收"，历来为收藏珍品。当代国学大师陈寅恪读柳如是诗词后，"亦有瞠目结舌"之感，对柳如是的"清词丽句"十分敬佩。陈寅恪曾言"河东君之作品，应推《次韵奉答？谁家乐府唱无愁》及《金明池？咏寒柳》词，为明末最佳之诗词，当日胜流均不敢与抗手。"

寅公不仅赞誉柳如是为"女侠名姝，文宗国士"，并在八十高龄双目失明的情况下，为她写了八十余万字的专著《柳如是别传》。寅公在《柳如是别传缘起》中说"搜寻钱柳之篇什于残缺毁禁之余，往往窥见其孤怀遗恨，有可以令人感泣不能自已者焉。"使寅公"不能自已"的不只是柳如是的绝世才情，更重要的是她难能可贵的气节和风骨。寅公"柳如是别传"首章"缘起"中，写于1955年元旦一律，诗云：

> 高楼冥想独徘徊，歌哭无端纸一堆。
> 天壤久销奇女气，江关谁省暮年哀。
> 残编点滴残山泪，绝命从容绝代才。
> 留得秋潭仙侣曲，人间遗恨终难裁。

若柳如是地下有知，定当为此三百年后之痴情知己回眸一笑！

汪然明《春星堂诗集·三·游草》中记"余久出游，柳如是校书过访，舟泊关津而返，赋此致怀"七律之后载"无题"一首。即为河东君而作，诗赞柳如是美如洛神：

> 美女如君是洛神，几湾柳色隔香尘。

句中分藏"柳""是"二字。

寅公在《柳如是别传·第三章》云"夫卧子以才子而兼神童，河东君以才女而兼神女，才同神同，其因缘遇合，殊非偶然者矣"，盛赞柳如是为"才女兼神女。"（注：卧子是陈子龙的字）

柳如是曾用过的号有"婵娟""美人""朝云""隐雯"等，这些美丽的称号，尤其是"婵娟""美人"，我认为或因他人常如此称颂她，而成为她的号，不一定是柳如是专门为自己取的名号。

崇祯八年（1635），陈子龙在松江外一座名叫南楼的小红楼里，和柳如是同居，开始了一段悱恻缠绵的爱情故事。柳如是将此楼称为鸳鸯楼，把这段时间写的词集命名为《鸳鸯楼词》。在此期间，陈子龙则埋头攻读以备科试。清茶淡饭滋润着恩爱美满、缠绵悱恻的生活。

陈子龙此时写下了一首脍炙人口的绝句《春日早起》：

> 独起凭栏对晓风，满溪春水小桥东。
> 始知昨夜红楼梦，身在桃花万树中。

如前论述，诗中"红楼梦"语句便是《红楼梦》书名的来源，及后人常用"桃花万树红楼梦"点评《红楼梦》之出处也！

柳花如梦

陈子龙《陈忠裕全集·三·几社稿·古乐府·长相思两首》之二云：

又闻美人已去青山巅，碧霞素月娱婵娟。

《陈忠裕全集·十·属玉堂集·霜月行》之三云：

美人赠我双螭镜，云是明月留清心。
寒光一段去时影，可怜化作霜华深。

诗中隐写柳如是"影怜""美人""云"。

《陈忠裕全集·十一·平露堂集·立秋后一日题采莲图》云：

图中美人剧可怜，年年玉貌莲花鲜。
花残女伴各散去，有时独立秋风前。
何得铅粉一朝尽，空光白露寒婵娟。

《陈忠裕全集·十一·平露堂集·湘真阁稿·长相思》云：

美人昔在春风前，娇花欲语含轻烟。
美人今在秋风里，碧云迢迢隔江水。
写尽红霞不肯传，紫鳞也妒婵娟子。

上引诗句中均隐写柳如是"美人""云""婵娟"。

陈子龙为柳如是作《戊寅草序》云：

……然余读其诸诗，远而恻荣枯之变，悼萧壮之势，则有曼衍漓械之思，细而饰情于渚者婉者，林木之芜荡，山雪之脩阻，则有寒澹高凉之趣，大都备沉雄之致，进乎华骎之作者焉。盖余自髫年，即好作诗。其所见于天下之变亦多矣。要皆屑屑，未必有远旨也。至若北地创其室，济南诸君子入其奥，温雅之义盛，而入神之制始作，然未有放情暄妍，即房帷亦能之矣。迨至我地，人不逾数家，而作者或取要眇，柳广遂一起青琐之中，不谋而与我辈之诗竟深有合者，是岂非难哉？是岂非难哉？

陈子龙以"青琐"代"青楼"，借以掩饰柳如是当时之社会地位，可谓遣词巧妙，若没有对柳如是的那份爱怜和真情，会如此用心良苦。

梁溪邹斯漪流绮题《柳如是诗·小引》：

予论次闺阁诸名家诗，必以河东为首。"花非花，雾非雾"，不足为其轻盈也。"玉佩来美人，朱弦弹绿绮"，不足为其和丽也。"秋菊有佳色，兰草自然香"，不足为其芳韵也。"楚江巫峡半云雨，清簟疏帘看弈棋"，不足为其清遥也。"无情有恨何人见，月白清霜欲堕时"，不足为其幽怨怡怅也。盖闲情澹致，风度天然，尽洗铅华，独标素质。而又日侍骚雅钜公，扬抟古今，吐纳珠玉，宜其遗众独立，令粉黛无色尔尔。岂止琉璃砚匣，终日随身，翡翠笔床，无时离手而已哉！夫令晖容华，不闻哲耦，岩卿羽仙，终成怨妇。即香山之樊素，东坡之朝云，得所依矣。然读"春随樊素一时归"与《六如塔铭》，辄为黯然魂销。且不闻二姬当日以红香视草，素粉题笺，见重二公也。河东之遇，俪于二姬，而才复远过焉。然则其冠冕闺阁诸名家，岂独兹集而已哉！

又《妇人集·序》：

人目河东君，风流放诞，是永丰坊底物。冒襄注：河东君，钱尚书姬人。尚书筑"我闻"室以居之，常于鸳湖舟中作百韵以赠柳。中有云："河东论氏族，天上问星躔。汉殿三眠贵，吴宫万缕连。瑶光朝孕碧，玉气夜生元。"又云："纤腰宜蹴鞠，弱骨称秋千。天为投壶笑，人从争博癫。"又云："凝明嗔亦好，溶漾坐生怜。薄病如中酒，轻寒未拆棉。清愁长约略，微笑与迁延。"君之风情与才艺，概可见矣。

柳如是出生青琐，但这不是她的主动选择，是家庭和社会把她扔到那个位置。柳如是五岁时就如《红楼梦》中英莲一样，被人贩子贩卖到苏州盛泽名姬徐佛家（注：有说是因家里贫苦被父母卖的，但我认为极可能是被人贩子拐卖的，被父母卖只是人贩子之借口，或徐佛的掩饰；英莲被拐卖可作一证）。一个五岁的女孩子，没有父母关爱，没有任何亲人关照，任人摆布，之后几次被卖来卖去，稍事长大也全依凭自己在社会的夹缝中生存，并追求幸福和卓越。试问，是社会亏欠她呢，还是她亏欠了社会？对她的人生际遇我们除了给予同情和理解，同时代人和后人有什么权利和占据什么道德制高点去指责、贬低、毁誉她！缺少人文、宽厚、包容，是封建社会的痼疾。因此，我对寅公"搜寻钱柳之篇什于残缺毁禁之余，往往窥见其孤怀遗恨，有可以令人感泣不能自已者焉"之慨，特别理解和尊敬。

三、"哭和泪"是柳如是和林黛玉性格的共同底色

陈子龙（卧子、大樽）、宋征璧（让木）曾为杨影怜赋"松江行"。

陈卧子集中有秋潭曲，宋让木集中有秋塘曲。宋让木诗更是考证河东君早期事迹之重要资料。

陈子龙与宋征舆、李雯并称"云间三子"。云间即今上海松江华亭一带。

陈子龙是工部侍郎陈所闻的儿子，明末松江华亭人，是明末几社重要成员。"几社"是由夏允彝、杜麟征等人发起，"几者，绝学有再兴之机，而得知其神之义也"，"心古人之心，学古人之学，纠集同好，约法三章"，逐渐形成一股政治势力，与复社一样，反对阉党当政，以文章道德相期许。

秋潭曲、秋塘曲，为云间诸子于崇祯六年（1633）秋，与柳如是（时名杨影怜，杨朝云，杨隐，隐雯等，16岁）同游时作。秋潭者，松江府西门（谷阳门）外之白龙潭也。

陈子龙《秋潭曲》
偕燕又（彭宾）、让木（宋征璧）、杨姬集西潭舟中作
鳞鳞西潭吹素波，明云织夜红纹多。
凉雨牵丝向空绿，湖光颓淡寒青蛾。
暝香湿度楼船暮，拟入圆蟾泛烟雾。
银灯照水龙欲愁，倾杯不洒人间路。
美人娇对参差风，斜抱秋心江影中。
一幅五铢弄平碧，赤鲤拨刺芙蓉东。

摘取霞文裁凤纸，春蚕小字投秋水。
瑶瑟湘娥镜里声，同心夜夜巢莲子。

宋征璧《秋塘曲》（并序）

序：宋子与大樽（子龙）泛于秋塘，风雨避易，则子美渼陂之游也。坐有校书，新从吴江故相家流落人间，凡所叙述，感慨激昂，绝不类闺房语。且出所寿陈征君（陈眉公）诗，有"李卫学书称弟子，东方大隐号先生"之句焉。陈子酒酣，命予于席上走笔作歌。

江皋萧索起秋风，秋风吹落江枫红。
楼船箫鼓互容与，登山涉水秋如许。
江东才人恨未消，郁金玛瑙盛香醪。
未将宝剑酬肝胆，为觅明珠照寂寥。
不辞风雨常避易，鲤鱼跃浪秋江碧。
长鲸洩酒殊未醉，今夕不知为何夕。
校书婵娟年十六，雨雨风风能痛哭。
自然闺阁号铮铮，岂料风尘同琭琭。
绣纹学刺两鸳鸯，吹箫欲招双凤凰。
可怜家住横塘路，门前大道临官渡。
曲径低安宛转桥，飞花暗舞相思树。
初将玉指醉流霞，早信平康是狭邪。
青鸟乍传三岛意，紫烟便入五侯家。
十二云屏坐玉人，常将烟月号平津。
骅骝讵解将军意，鹦鹉偏知丞相嗔。
湘帘此夕亲闻唤，香奁此日重教看。
乘槎拟入碧霞宫，因梦向愁红锦段。
陈王宋玉相经过，流商激楚扬清歌。
妇人意气欲何等，与君沦落同江河。
我侪闻之感太息，春花秋叶天公力。
多卿感叹当盛年，风雨秋塘浩难极。

柳花如梦

陈子龙《秋潭曲》中"杨姬""美人""影"乃隐指杨影怜。注意诗中"瑶瑟湘娥镜里声"句,此为林黛玉"潇湘妃子"又一出处也!

相对而言,更喜欢宋征璧《秋塘曲》(并序),写柳如是早年身世更加详细、动情,很有凄楚悲凉的意味。诗中"校书婵娟年十六,雨雨风风能痛哭"句,把柳如是少女时爱哭的性格写得入木三分。

校书者,古代伶人、伎人的雅称,此处即指柳如是。柳如是早年有别号"婵娟",也可以把"婵娟"理解成宋征璧给柳如是的美称。

可以想象当时陈子龙和彭宾、宋征璧、校书杨影怜四人在松江秋潭中泛舟游宴时的情景:不经意间,宋征璧等问起杨影怜早年的身世,影怜回忆自己不幸的童年遭遇,不禁痛哭流涕。柳如是早年名杨影怜,取自李义山"对影闻声已可怜",反映了她少女时因身世和现状自哀自怜,常悲伤落泪的性格特征。这一点和林黛玉常思及自己寄人篱下,没有兄弟姐妹直系亲人而忧伤落泪的性格,是非常吻合的。

四、林黛玉"秋窗风雨夕"取材于宋征璧为柳如是所赋"秋塘曲"

《红楼梦》四十五回,在一个秋风秋雨愁煞人,阴沉沉的黄昏,黛玉生着病,孤零零地靠在床上,好不凄凉。于是,她吟了一首词,铺好纸,提起笔,写了下来,名曰【代别离:秋窗风雨夕】。我觉得秋窗风雨夕是黛玉最凄凉、最伤感的一首诗,特别凄美。有多凄凉呢?请读《红楼梦》原文:

这里黛玉喝了两口稀粥,仍歪在床上。不想日未落时,天就变了,渐渐沥沥下起雨来。秋霖霢霢,阴晴不定。那天渐渐的黄昏,且阴的沉黑,兼着那雨滴竹梢,更觉凄凉。知宝钗不能来,便在灯下随便拿了一本书,却是"乐府杂稿",有"秋闺怨""别离怨"等词。黛玉不觉心有所感,亦不禁发于章句,遂成《代别离》一首,拟"春江花月夜"之格,乃名其词曰"秋窗风雨夕"。其词曰:

秋花惨淡秋草黄,耿耿秋灯秋夜长,
已觉秋窗秋不尽,那堪风雨助凄凉。
助秋风雨来何速,惊破秋窗秋梦绿,
抱得秋情不忍眠,自向秋屏移泪烛。

泪烛摇摇爇短檠，牵愁照恨动离情，
　　谁家秋院无风入，何处秋窗无雨声。
　　罗衾不奈秋风力，残漏声催秋雨急，
　　连宵霢霢复飕飕，灯前似伴离人泣。
　　寒烟小院转萧条，疏竹虚窗时滴沥，
　　不知风雨几时休，已教泪洒窗纱湿。

　　一首诗，竟连用了15个"秋"字！尤其是"牵愁照恨动离情""灯前似伴离人泣"等句，凄美、伤感得真让人有一种活不下去的情景。

　　对照上引宋征璧为柳如是所赋"秋塘曲"，一首诗里也出现许多个"秋"字。尤其，比较此两首诗的前四句，其中都包含三个"秋"字，可谓如出一辙！

　　诗中"雨雨风风能痛哭，可怜家住横塘路，妇人意气欲何等，与君沦落同江河"等句，也有同样的凄美，悲凉色彩。《红楼梦》作者借鉴"秋塘曲"，作"秋窗风雨夕"，隐写柳如是，依稀可见也！

五、《红楼梦》初本《风月宝鉴》得名于崇祯思陵御书"松风水月"

　　本文作者研究认为，《红楼梦》的初本《风月宝鉴》之得名，与崇祯帝的思陵御书"松风水月"有紧密关联。如果这一假设成立，可以佐证，《红楼梦》写作动机正是毁清悼明，追忆明朝故国，以及其真正早期作者必是明末清初江南名士如吴梅村、钱谦益（弟子）、方以智、冒辟疆、洪昇、可能还包括顾云美等人。

　　陈寅恪先生曾亲见崇祯帝御书，又称思陵御书，为"松风水月"四字，他对崇祯皇帝的书法颇为赞赏。其中讲到，钱谦益的弟子顾苓（顾云美，他实际亦为柳如是之弟子），人品极高逸，晚居虎丘山塘，萧然敝庐，中悬思陵御书。

　　其时已进入清朝初年，顾云美不忘前朝旧君，敢把崇祯皇帝的御书"松风水月"悬挂于家中正堂，还把女儿嫁给殉国的南明留守相国瞿稼轩的幼子玄镜，后干脆招为上门女婿。

　　据陈寅恪《柳如是别传》第三章"关于思陵御书一事，详见杜于皇濬变雅堂文集柒'松风宝墨记'，兹不移录。恪昔年曾于完白山人后裔家见崇祯帝所书"松风水月"四字，始知于皇此文中"端劲轩翥"之评，非寻常颂圣例语。"

寅公说，记载柳如是事迹的文籍，最佳的是顾云美的《河东君传》，不是因为他文笔特别好，而是他的同情心。顾云美为钱谦益的门生，生年较晚，关于柳如是早年的事，要么真不知道，要么为师者讳，几乎只字不提。

《牧斋外集》中的《明经顾云美妻陆氏墓志铭》里记载，南明留守相国瞿稼轩殉国后，为了保护和照顾他的幼子瞿玄镜，顾云美便把女儿许配给玄镜，后见玄镜孤贫无依，又干脆收为赘婿。钱谦益之后见顾苓，说忠贞之后，仅存一线，今得端人正士以尊亲为师保，稼轩忠魂亦稍慰于九京矣。

《苏州府志》有顾苓传中说"顾苓字云美，少笃学，晚居虎丘山塘。萧然敝庐，中悬思陵御书……以女妻瞿氏耤（即瞿稼轩）子，易其姓名，俾脱于祝，人尤高之"。

《牧斋初学集》中的《先太淑人述》记有钱家与瞿家是姻亲，所以顾苓与钱谦益有间接姻戚关系，只是顾苓嫁女的时间远在这之后。

寅公赞顾氏不忘故国旧君，人品高逸。

故而《风月宝鉴》之得名，与崇祯思陵御书"松风水月"实有很大之关联。

柳如是尺牍（三十一篇）

"艳过六朝，情深班蔡"，这是清代女作家林雪（林天素）在《柳如是尺牍小引》中对柳如是的赞誉。

班、蔡，指汉代著名才女、史学家、文学家班昭和蔡文姬。尺牍就是书信。《柳如是尺牍》是柳如是和侨居杭州的徽州富商汪然明的往来书信。汪然明视柳如是的书信为珍宝，将其整理成册，刊印出版，并请当时厦门才女林雪作序，即小引。

林雪的小引读来颇有情趣和意味，其本身就是一篇美文：

《柳如是尺牍小引》

"余昔寄迹西湖，每见然明拾翠芳堤，偎红画舫，徜徉山水间，俨黄衫豪客。时唱和有女史纤郎，人多艳之。再十年，余归三山，然明奇际画卷，知西泠结伴，有画中人杨云友，人多妒之。今复出怀中一瓣香，以柳如是尺牍寄余索叙。琅琅数千言，艳过六朝，情深班蔡，人多奇之。然明神情不倦，处禅室以致散花。行江皋而逢解珮。再十年，继三诗画史而出者，又不知为何人？总添入西湖一段佳话。余且幸附名千载云。"

三山林雪天素书于翠雨阁

就文学和艺术才华，柳如是堪为"秦淮八艳"之首。除了清代林雪对柳如是的赞誉，当时很多才子名士更是将她誉为女中状元，对其诗词青睐不已。有诗赞曰：

谪来天上好居楼，词翰堪当女状头。
三十一篇新尺牍，篇篇蕴藉更风流。

柳花如梦

柳如是和"黄衫豪客"汪然明属忘年交。汪然明富有、豪爽,潇洒倜傥,喜欢结交一方名士,其中不乏与当时才女、名媛,诗文唱和,雅集宴饮,并给她们各种支助,柳如是的诗集《湖上草》即是汪然明支助刊印的。汪然明也追求过柳如是,但他有自知之明,自觉不配倒也很大度放得下,后来还帮助柳如是物色夫婿,据说钱谦益就是汪然明介绍给柳如是的。柳如是对汪然明很依赖和信任,因此两人书信频传。柳如是居杭州时即借住在汪然明的私家园林里。

下附《柳如是尺牍》,共三十一篇。柳如是的书信,虽片言只语,但才情横溢,温润清柔,忽而娇凝,忽而哀鸣,韵味十足,读来如品一盏梅酒般浓郁馨香,回味流长。美文!雅文!文言文之上品!怎一个"琅琅数千言,艳过六朝,情深班蔡"!

《柳如是尺牍》

一

湖上直是武陵谿,此直是桂栋药房矣。非先生用意之深,不止于此。感甚!感甚!寄怀之同,乃梦寐有素耳。古人云:"千里犹比邻。"殆不虚也。廿八之订,一如台命。

二

早来佳丽若此,又读先生大章,觉五夜风两[雨]凄然者,正不关风物也。羁红恨碧,使人益不胜情耳。少顷,当成一诗呈教。明日欲借尊舫,一向西泠两峰。余俱心感。

三

泣蕙草之飘零,怜佳人之埋暮,自非绵丽之笔,恐不能与于此。然以云友之才,先生之侠,使我辈即极无文,亦不可不作。容俟一荒山烟雨之中,直当以痛哭成之可耳。

四

接教并诸台贶。始知昨宵春去矣。天涯荡子,关心殊甚。紫燕香泥,落花犹重,未知尚有殷勤启金屋者否?感甚!感甚!刘晋翁云霄之谊,使人一往情深,应是江郎所谓神文昔耳。某翁愿作交甫,正恐弟仍是濯缨人耳。一笑!

五

嵇叔夜有言："人之相知,贵济其天性。"弟读此语,未尝不再三叹也。今以观先生之于弟,得无其信然乎?浮谈谤歌之述,适所以为累,非以鸣得志也。然所谓飘飘远游之士,未加六翮,是尤在乎鉴其机要者耳。今弟所汲汲者,止过于避迹一事。望先生速图一静地为进退。最切!最感!馀晤悉。

六

弟欲览草堂诗,乞一简付。诸女史画方起,便如彩云出衣。至云友一图,竟似濛濛渌水,伤心无际。容假一二日,悉其灵妙,然后奉归也。

七

鹃声雨梦,遂若与先生为隔世游矣。至归途黯瑟,惟有轻浪萍花与断魂杨柳耳。回想先生种种深情,应如锅台高揭。汉水西流,岂止桃花千尺也。但离别微茫,非若麻姑方平,则为刘阮重来耳。秋间之约,尚怀渺渺,所望于先生维持之矣。便羽即当续及。昔人相思字。每付之断鸿声里。弟于先生亦正如是,书次惘然。

八

枯桑海水,羁怀遇之,非先生指以翔步,则汉阳摇落之感,其何以免耶?商山之行,亦视先生为淹速尔。徒步得无烦屐乎?并闻。

九

惠际新咏,正如雪峨天半。十日览之,未得波叶,况云琢玉,有不为邯郸之步者耶?落霞一题,当令片石被绣矣。拙作容更韵请政。

十

分袂之难,昔贤所思。望中云树,皆足以摇居人之惨憺,点游者之苍凉欠。行省重臣,忽枉琼瑶之答,施之蓬户,亦以云泰。凡斯皆先生齿牙馀论,况邮筒相望,益见远怀耶?不既缕缕。

十一

良晤未几,离歌忽起;河梁澹黯,何以为怀。旧有卫玠之羸,近则裴楷之困。羁绪寒惊,惟以云天自慰。无论意之有及有不及,先生能寒谷而春温之。岂特刘公一纸书,贤于十部从事而已。二扇草上,病中不工。书不述怀,临风怅结。

十二

高咏便如八琅之璈，弹于阆风。虽缑吹湘弦，何足并其灵骏。即当属和，书篆请政。落月屋梁，疑照颜色；闻笛之怀。想均之矣。来墨精妙，斋名双青。触绪无端，俟清麈以悉耳。

十三

鳞羽相次，而晤言遥阻，临风之怀，良不可任。齐云胜游，兼之逸侣；跨鲋之思，形之有日。奈近羸薪忧，裹涉为惮。稍自挺动，必不忍蹇偃，以自外于霞客也。兹既负雅招，更悼索见。神爽遥驰，临书惘惘。

十四

襁褓宴坐，愈深赏音之怀，况以先生之高彻人伦水鉴。岁寒三过，何止访戴雪舟，可一日而不对冰壶，聆玉屑耶？昨以小疢，有虚雅寻。怏怏之馀兼之恧悚。尘中霞表，二者知有分矣。先生得无赏其言而察其意耶？一笑。

十五

云海之思，寄于一介；虽有幽氲，岂可达耶？燕居有怀，得无相念；屯越之意，不谋而会矣。长翁处旧作书篆，似乎荒忽。容尚赋长言，以志扬颂。何如？

十六

弘览前兹，立隽代起。若以渺末，则轮翮无当也。先生优之以峻上，期之于绵邈，得无逾质耶？鳞羽相望，足佩殷远。得片晷商山，复闻挥麈，则羁怀幸甚耳。

十七

寄繁思于鳞羽，斯已无聊，况旷日而闻问。何如感切耶？有怀光霁。无时去心；忽捧素节，恍若被面。日高咏下投。稠仪远饷，此岂渺末所敢当。辞笔所能颂也！流光甚驶，旅况转凄。恐悠悠此行，终浪游矣。先生相爱，何以命之？一逢岁始，即望清驺。除夕诗，当属和呈览，馀惟台照，不既。

十八

温序想清襟与和风相扇，可胜延跂。不意元旦呕血，遂尔岑岑。至今寒热日数十次。医者亦云，较旧沉重。恐濒死者无几。只增伤悼耳。所感温慰过情，邮筒西寄。铭刻之私，非言所申。嗟乎！知己之遇，古人所难。自愧渺末，仙以当此？倘芝眉得见，愁苦相劳，复何恨耶？荒迷之至，不知伦次。

十九

摇落旅怀，奄焉青序。所谓思发花前，人归雁后耳。远饷华灯，清辉如对。觉悬鱼之固，无以称施。奈何！知瞻晤在即，欣辨无任。幸勿爽期，临褚延切。

二十

一发尺素，一为沾襟，浑似对温颜而道繁悰也。旅思其凄，归心转剧。相望盈盈，何繇披沥。如得片晷过存，一筹住留，则羁人幸甚。否则躬涉远叩，田奉清麈也。仓忽草复。

廿一

蜩燕之翔，枋榆而止，兼之荒散，体气未遒，方惧识者见嗤。乃尔椎誉溢量，得之意表，宁不自恧。至若高引百言，开人云雾，盘彝古异，钟吕洪荡，近代文人所难梦见。此岂渺末能承，词笔可叹也。缕缕之绪，俟对以悉。

廿二

雪至雨归，易别为恻。行旌所涉，劳心随之。见眎新咏，凄若繁弦，当勉和以政。毕兄诗叙，雁道人新篇，计初十侧可就。行期当如前约。临褚悒悒。

廿三

前接教后，日望车尘。知有应酬，良晤中阻。徙倚之思，日切而已。入春惘惘，至今辍岭。杰作高迈，达夫何足彷拂。览之神往。

廿四

云霄殷谊，襄涉忘劳。居有倒屣，行得顺流。安驱而至，坦履而返。萍叶所依，皆在光霁。特山烟江树，触望黯销。把袂之怀，渺焉天末已。审春暮游屐遄还，故山猿鹤，梦寐迟之。如良晤难期，则当一羽脩候尔。廿四日出关。仓率附闻。嗣有缕缕，俟之续布，不既。

廿五

率尔出关，奄焉逾月。先生以无累之神，应触热之客，清淳之语，良非虚饰。而弟影杯弥固，风檄鲜功，乃至服饵清英，泳游宗极。只溢滞滛，靡闻恬遏。地有观机曹子，切劘以文。其人邺下轶才，江左罕俪，兼之叔宝神清之誉，彦辅理遣之谈。观涛之望，斯则一耳。承谕出处，备见恺切，特道广性峻，所志各偏。久以此事推纤郎，行自愧也。即其与云云，亦弟简雁门而右逢掖。谐尚使然，先生何尤之深，言之数欤？至若某口语，斯又鄙流之恒，无足异者。董牛何似？居然双成耶？栖饮之暇，乐闻胜流。顾嵇公懒甚，无意一识南金。

奈何！柴车过禾，旦夕迟之。伏枕荒谬，殊无铨次。

廿六

弟昨冒雨出山，早复冒雨下舟。昔人所谓"欲将双屐，以了残缘"，正弟之喻耳。明早当泊舟一日，俟车骑一过，即回烟棹矣。望之。

廿七

得读手札，便同阿闪［闷］国再见矣。但江令愁赋，与弟感怀之语，大都若天涯芳草，何繇与巴山之雨，一时倾倒也。许长史〈真诰〉，亦止在先生数语间耳。望之！馀扼腕之事，病极。不能多述也。

廿八

弟之归故山也，本谓吹笛露桥，闻箫月榭。乃至锦瑟瑶笙，已作画檐蛛网。日望凄凉，徒兹绵丽。所以未乞遵剡棹，而行踪已在六桥烟水间矣。已至湖湄，知先生尚滞故里。又以横山幽崎，下减赤城，遂怀尚平之意。不意甫入山后，缠绵凤疾，委顿至今。近闻先生已归，幸即垂视。山中最为丽瞩，除药炉禅榻之外，即松风桂渚。若觏良规，便为情景俱胜。读孔璋之檄，未可知也。伏枕草草，不悉。

廿九

弟抱疴禾城，已缠月纪。及归山合，几至弥留。见遮须之尊，忘波旬之怖。不意太山有生肌之赐，贾鹏空颂劳之辞。今虽华鬘少除，而尼连未浴。邈邈之怀，未卜清迈。何期明河，又读鳞间耶？弟即日观涛广陵，聆音震泽。光生又以尚禽之事未毕。既不能晤之晚香，或当期之仙舫也。某公作用，亦人异赌墅风流矣。将来湖湄鳜鱼如丝，林叶正赪。具为延结，何可言喻。

三十

嗣旨遥阻，顿及萧晨。时依朔风，禹台黯结。弟小草以来，如飘丝雾，黍谷之月，遂蹑虞山。南宫主人，倒屣虬知；羊公谢傅，观兹非邈。彼闻先生与冯云将有意北行，相望良久。何谓一仲，尚渺溯洄？弟方耽游蜡屐，或至阁梅梁雪，彦会可怀。不尔，则春王伊迩，薄游在斯。当偕某翁便过通德，一景道风也。嵩此脩候，不既。

三十一

尺素之至，共感相存。知虞山别后，已过夷门，延津之介，岂漫然耶？此翁气谊，诚如来教。重以盛心，引眄明恺。顾惭菲薄，何以自竭。惟有什袭斯言，与怀俱永耳。武夷之游，闻在旦夕，杂佩之义，于心阙然。当俟越橐云归，或相贺于虞山也。应答小言，已分嗤弃，何悟见赏通人，使之成帙。非先生意深，应不及此。特有远投，更须数本，得飞桨见贻为感！非渺诸惠，谢谢。四笺草完。不尽。

柳花如梦

寻访董小宛半塘遗址，兼论林黛玉之原型

我最近研究《红楼梦》中林黛玉原型问题，提出林黛玉的原型是柳如是和董小宛的观点。柳如是为我首提，而董小宛则早就有人提及。

关于董小宛是林黛玉原型，一是误说董小宛就是董鄂妃，这是一些戏剧影视不负责任的戏说或民间的误传，完全不可信；二是有江苏如皋人冒廉泉，提出《红楼梦》真正作者是冒辟疆，而其爱姬董小宛则正是林黛玉的原型。

董小宛是苏州人，儿时因家庭贫苦被卖入风尘之地，在金陵秦淮旧院为歌姬。后因向往家乡，史载"慕吴门山水，徙居半塘，小筑河滨，竹篱茅舍，经其户者，则闻咏歌诗声或鼓琴声而已"，返回苏州七里山塘，又称白堤，在"半塘"这个地方临河筑了一竹篱茅舍，每日里吟诗弹琴歌唱，倒也快乐。但董小宛早有名气在外，号称"东南第一美女"，又在一次山塘花榜状元比赛中得榜眼，因此当时一些名流雅士找董小宛吟诗作咏，歌舞弹唱，一起出游。董小宛曾出游黄山、镇江金山、西湖、香雪海等多地。

在三百多年前的一个月黑风高的夜晚，冒大才子冒辟疆乘一条小船，沿着山塘河，向西北方向，一路划到一个叫"桐桥"的码头，登岸，然后急匆匆沿河走了"半里地"，找到半塘董小宛的住处，只为了见到传说中"秦淮八艳"之一的董大美人，其急切心情可以想见。一个是著名的明末四公子之一，一个是风华绝代的大美人，两人一见钟情，从此董小宛发誓非冒公子不嫁，这才有后来董小宛数百里相送冒回家，一送就是二十七天，才有后来小宛和冒辟疆相爱相伴九年，才有了后来冒在《影梅庵忆语》中对董小宛深情款款的追忆。

冒辟疆诗词中常用"白堤"映射董小宛，皆因小宛原居白堤之半塘也！

董小宛的痴心、才情、和凄美的命运，隔着三百多年的时光人见犹怜。

我数天前专程前往苏州山塘，寻访董小宛居住的半塘。我从阊门外山塘街入口，沿街向西北，走约三里，找到"桐桥遗址"，此处即为冒大才子登

205

岸处。而后顺着山塘河继续向西北约半里路，即二三百米，有苏州北环快速路横跨于上通过；此处稍向西北再走约五十米，为"彩云狸"，判断此处即为半塘，因为据文献记载，过了半塘，山塘河面变得开阔，这里确如文献所记，河面渐渐变宽数倍。所谓"半塘"，也即七里山塘河一半之处。

强调一下，古代"妓"和"娼"是不一样的概念。那时的歌妓，卖艺不卖身，一般只和志趣相投、情投意合的人交往，感情好或可进一步发展为男女朋友，有时还要经过一番爱情考验，通过才算合格。例如，柳如是居上海松江华亭时，有一富家少年宋征舆追求她，但她一直未予接纳。柳如是和宋征舆同龄，那年正值16芳华，少女少男，郎才女貌。有一次宋征舆和柳如是约好了时间和地点，去见她。但宋到了河边，见柳如是的画船不是停靠在他们约好的码头，却停在河对岸。柳如是派丫鬟传信给宋，要是想见她，就跳进河里游过来。那时正是隆冬天气，河水冰冷刺骨，但宋征舆为了柳美人毫不犹豫，扑通一声跳入河中，游向柳如是的船。柳如是见状，赶紧让人将宋拉上船。从此宋征舆成了第一个令柳如是芳心萌动的男人。只是后因宋征舆老母极力反对他和柳如是交往，两人才结束了这段情侣关系。

旁注一下，宋征舆，松江云间人，与陈子龙、李雯并称"云间三子"。明末诸生（俗称秀才），明亡后先后考中清朝举人，顺治四年进士，官至副都御使。宋著有《林屋诗文稿》《海闾香词》等。《四库全书提要》云："征舆为诸生时，与陈子龙、李雯等以古学相砥砺，所作以博赡见长，其才气睥睨一世，而精练不及子龙，故声誉亦稍亚之云。"

柳如是交往的，都是名盛一方的大才子。

今天看董小宛的画像，感觉就是和《红楼梦》里林黛玉的像相似，叫她"颦儿"怕也不为过！

董小宛，不仅与林黛玉一样，来自苏州，擅长写诗作画，更是古代十大美食家之一，许多美食已经流传下来，很有可能成为《红楼梦》里面诸多美食的灵感来源。

董小宛和林黛玉的相似之处，根据冒廉泉的研究，可总结如下：

一、她们二人都生得美貌异常，只要到如皋水绘园去看董小宛的画像，就联想到红楼梦中的林黛玉的形象。

二、两人都才艺出众，能诗善画，水明楼内的古琴，是小宛的心系之物，无锡市博物馆收藏着小宛的绘画作品《彩蝶图》。小说中黛玉也善绘画，在众多才女中名列前茅，还在群芳咏菊中夺魁。

三、两人都多愁善感，孤芳自赏，都是红颜命薄，二十出头不幸早逝。

四、两人皆体弱多病，得的都是肺结核不治而亡。

五、半塘董小宛和姑苏林黛玉，来自同一个苏州。

六、小宛由钱谦益、柳如是等出钱雇船送到如皋冒家，而黛玉随了奶娘登舟而去，贾雨村另有一船依附而行，来到贾家。两位美女都是乘船，都有外人陪送。

七、小宛在南北湖畔鸡笼山上感叹江河破碎一家流离，泪葬残花。而黛玉也是花锄葬花，催人泪下。

把苏州、乘船、肺结核、短命、葬花、水绘园、大观园等元素加在一起，一并考虑，水绘园中的董小宛不就是大观园中的林黛玉吗！

不仅如此，董小宛还是位美食家，和贾府里大厨一样，"发明"许多奇巧美食。

美女食神董小宛是一位技能高超家厨艺师，她所烹制的菜肴和制作方法是异于常人的。

据冒辟疆《影梅庵忆语》记载，如皋冒家董小宛：

酿饴为露，和以盐梅，凡有香色花蕊，皆于初开放时采渍之，经年香味颜色不变，红鲜如摘，而花汁融液露中，入口喷香，奇香异艳，非复恒有。最娇者，为秋海棠露，海棠无香，此独露凝香发。

取五月桃汁、西瓜汁，一穰一丝漉尽，以文火煎至七八分，始搅糖细炼，桃膏大如琥珀，瓜膏可比金丝内糖。

制豉取色取气，先于取味，黄豆要九晒九洗为度，颗瓣皆剥去衣膜。

蒲、藕、笋、蕨、鲜花、野菜、枸、蒿、蓉、菊之类，无不采入食品，芳旨盈席。

火腿久煮无油，风鱼如火腿，醉蛤如桃花，醉鲟骨如白玉，虾松如龙须，烘兔酥雉如饼饵，菌脯如鸡棕，腐汤如牛乳。慧巧变化，莫不异妙。

小宛发明的"跑油肉"，已跑遍全中国甚至世界各地，小宛制作的"董糖"

是如皋的特产。

再来看看《红楼梦》中的那些美食，很难说没有董小宛制造美食的精髓。《红楼梦》第四十一回，凤姐向刘姥姥讲解说茄鲞是如何制作的：

> 把才摘下来的茄子把皮去了，只要净肉，切成碎丁子，用鸡油炸了，再用鸡脯子肉并香菌、新笋、蘑菇、五香腐干、各色干果子，俱切成丁子，用鸡汤煨干，将香油一收，外加糟油一拌，盛在瓷罐子里封严，要吃时拿出来，用炒的鸡瓜（鸡胸肉）一拌就是。

冒家异想天开的食谱，奇巧方法是常人难以做到的。冒家的食谱，有其"独特性"和"唯一性"。

综上所述，冒辟疆生命中的爱姬董小宛就是红楼梦中林黛玉的原型之一。

《红楼梦》是小说，林黛玉原型来自现实中两个人或几个人，是完全合情合理的。本文作者认为，林黛玉某些方面，如才华、姿色容貌、诗词歌赋的才能，映射了柳如是；而林黛玉性格和命运方面，例如顾影自怜，芳年早逝，更多的映射了董小宛。我们能从林黛玉身上，既能看到柳如是，也能看到董小宛的影子。

风雅练川：柳如是嘉定游

一说，柳如是是《红楼梦》中林黛玉原型。更有人称她是中国的维纳斯，是中国人自己的爱神、美神、女神。我觉得无论如何称誉她都不为过。

林黛玉是小说中人物，维纳斯是西方神话故事中人物，而柳如是，却是活生生，有血有肉，在明末清初绚丽灿烂如花般开放过的真实人物。

柳如是，那时仍叫杨影怜，曾经在她十七青春芳龄时，应嘉定四先生（嘉定四老）的邀请、从松江乘舟赴嘉定游。杨影怜嘉定游被当成了"神仙宾客"，从中可领略一下女神的精彩魅力。

嘉定又称练川，是文人荟萃，风流繁华之地。当时的文人胜流喜欢诗文雅集，邀请能诗善画的名姝佳丽一起，宴饮听曲，赋诗作画，唱和酬酢，好不风雅。嘉定四先生曾经邀请苏州当时知名闺阁诗人王修徽、黄媛介等到嘉定诗词唱和。

崇祯七年暮春，影怜暂时离开松江，她乘一叶扁舟，像一朵彩云，飘然来到了古城嘉定。

嘉定位于松江以北，是一个历史悠久、人文荟萃的文化名城，那里青山妩媚，绿水秀美，名胜古迹比比皆是，像城头、鹤槎山、练川、槎溪等等，都是遐迩闻名的游览胜地。对这些，影怜只闻其名，却从未亲身游历过。不过，她此次来到嘉定，并非是闲情逸致之下的游山玩水，而是为"嘉定四老"而来。

"嘉定四老"指的是唐时升、程嘉燧、李流芳和娄坚。这四位老先生工诗词，善书画，通音律，为嘉定文化圈中的名流。

其中，唐时升，字叔达，是本乡本土的嘉定人。他少有异才，年未三十便看破了功名利禄的虚无，遂谢去举子业，专意于古学。虽然无意仕进，但他却像明代许多读书人一样，对国家军政大事十分热衷，酒酣耳热之际，他常常抒着胡须口出狂言"当世有用我者，决胜千里之外，吾其为李文饶乎？"慷慨而又自负。王锡爵执政的时候，唐时升被他延请至府中，伴其子王衡读书。身在相府之内，耳薰日染，国家兵谷钱粮之事更成为他关心的焦点。然而，作为一个无职无权的穷山人，分析时弊，预测时局，即便是恳切入理，也仅为空谈而已。唐时升家境贫寒，却又乐善好施，晚年的时候，他在屋后开辟出两畦薄地，剪韭种菘玩味老、庄，与程、娄诸老吟咏唱和，以尽天年，但语及国事"盱衡抵掌，所谓精悍之色，犹著见于眉间也。"唐时升最擅长的是山水画，他的画，石蓦子久，树仿云林，挥洒自如，天趣盎然。

李流芳，字茂宰，一字长蘅。他是万历丙午科举人，天启初年，他北上进京参加会考，刚抵近郊便闻警戒四起，他赋诗一首悠然而返，从此之后绝意进取，终生流连于山水和书画之中。他的诗文，雍容典雅，真情至性，溢于笔墨之间；他的画，深得董巨神髓，纵横酣适，自饶真趣；而他的书法也堪称奇伟，谨严的结构之中，自有一种舒畅和洒脱的神韵流布其间。

程嘉燧，字孟阳，又字松圆。他本是安徽休宁人氏，由于喜爱嘉定的山水人文，遂在此侨居达五十年之久。他少学制科不成，于是弃文从武学击剑，又不成，这才折节读书，学诗论文。钱谦益对他的诗极为看重，在他去世后，谥之为松圆诗老。孟阳作诗，纯粹是为了陶冶性情，耗磨块垒，尤其是在遇到知己的时候，他口吟手挥，俪不休，兴致十分高昂。此外，孟阳还谙晓音律，度曲作歌，十分在行；又善画山水，兼工写生，酒阑歌罢，意兴酣浓之时，他濡笔伸纸，一挥而就，笔墨飞动，栩栩如生。

娄坚，字子柔。他自幼聪敏而又好学，其经明行修，被乡里推为大师。也曾贡于国学，却不仕而归。他的诗文清新流利，尤以书法闻名，和程嘉燧、唐时升并称为"练川三老"。

"嘉定四老"皆无意于仕途功名，他们整日里煮茶饮酒，吟诗作画，而且还喜欢和当时的名姝佳丽交游酬酢，风雅而悠闲。

"四老"乃是文化界的名宿，一方之胜流。崇祯三年，在当时的县知事谢三宾的主持下，"四老"的诗歌被汇集成册，刊刻出版，是为《嘉定四君集》，从此，"四老"的诗名和他们与名姬才姝的风流佳话，就在江南一带流传开来。

对于《嘉定四君集》，影怜早已耳闻目睹，她仰慕"四老"的声名，钦敬"四老"的才艺，而对诸名姝与"四老"的酬酢往来，她除了心向神往之外，还有几分不服潜藏在心里——心高气傲的杨影怜认为，自己的才情诗艺，绝不亚于那些丽人，她之所以没能像她们那样结纳"四老"之类的前辈名流，只不过是机缘未巧罢了。如今，终于有了这样一个机会，使她亲到练川与诸老交游，她的兴奋与喜悦自然无以言表。

而影怜这位"神仙宾客"就要光临嘉定这个静如止水的古城的消息，也让那几位老人，兴奋得像翘首盼望过年的孩童一般，早早地就开始为影怜的到来做开了准备。影怜一踏上嘉定这块土地，立刻感受到他们如火如荼的热情。

虽然有诸位地主的热情邀约，但影怜考虑到以自己的身份居住在人家里多有不便，于是，选中了过园作为自己在嘉定的临时栖身之地。

过园，位于嘉定以南二十一里，东傍风景怡人的鹤槎山，南有著名的城头，是嘉定有名的园林之一。过园之中，最为有名的莫过于招隐亭，它的四周围有老桂数十株，偃蹇连蜷，直上云霄，每逢金秋时节，桂花灿烂，如一林香雪，幽幽浓香，可飘数十里之遥。其中间以梅花杏树，环以翠条修竹，更有一株百年的宝珠山茶树，枝干苍劲，粗可合抱，十分罕见。过园的主人，姓张名崇儒，字鲁生，也是一个喜爱风雅之人，他的祖父张廷枢和李流芳、程嘉燧均是不错的朋友，鲁生因此也和这两位老前辈过从甚密，程、李二人喜爱过园的清雅，常常在此地结伴游宴吟咏，于是，过园的花香之中又掺入了浓浓的诗香画香。程孟阳曾多次在诗中吟咏过园之胜：

江浅湖仍涨，城南放舸轻。
园林长偃卧，水竹自逢迎。
桂满华轮缺，哇香白露盈。
酒阑闻曲后，愁绝独沾缨。

又：

多年不复到南村，水木依然竹亚门。
胜客旧题留几阁，故人兼味具盘飧。
莺啼乔木知春晚，蜂绕藤花得日喧。
同上小航重笑语，前溪纤月正黄昏。

嘉定有许多名园别业，像檀园、杞园、嘉隐园等等，皆各擅其胜，别具一格，而影怜唯独选中过园作为自己的临时寄居之所，自有她的道理。影怜平生最崇拜的偶像，莫过于南宋的巾帼豪杰梁红玉，而过园东边的鹤槎山，正是梁红玉在建炎四年，伴随夫君韩世忠抗击金兵的烽火墩遗址。影怜平日经常自比梁红玉，因她觉得，虽然她俩相隔数百年，但她和这位奇女子有许多共通之处：同样出身青楼，同样才识过人，同样出淤泥而不染，同样不愿做一个任人玩弄的花瓶，也不甘做一个安贫乐道、恪守闺训、平凡而又平庸的家庭主妇。梁红玉最终找到了自己人生的支点，她随丈夫转战南北，驰骋沙场，建立了卓越的功勋，赢得了世人的尊敬和爱戴，这些是影怜多么心向神往的事啊！然而，她自己却依然孑然一身，孤零零地漂泊在江湖之上，这种日子到哪一天才是尽头呢。影怜追古抚今，感伤身世，不觉唏嘘泪下。

不过，在嘉定，留给影怜吊古伤今、感怀身世的机会并不很多，她的日程被一个个酒宴文会安排得满满的。那些年逾古稀的老人们，被影怜这位"神仙宾客"的魅力所倾倒，为尽地主之谊，他们轮流做东，款待影怜，日宴夕饮，歌舞达旦，极尽主客之欢。被钱谦益誉为"松圆诗老"的孟阳兴奋得不能自已，为影怜一气作《朝云诗八首》，其三如下：

> 林风却立小楼边，红烛邀迎暮雨前。
> 潦倒玉山人似月，低迷金缕黛如烟。
> 欢心酒面元相合，笑靥歌颦各自怜。
> 数日共寻花底约，晓霞初旭看新莲。

（注：读者可注意诗中出现红、楼、林、黛、玉、颦字。后红楼梦作者正是从此诗中取林黛玉／颦儿，映射柳如是。杨影怜曾名杨朝云，后又改姓名为柳如是）

这首诗描述的正是影怜应李流芳之邀，在他的檀园山雨楼宴饮的盛况。那一日，天飘着细细的雨，天气显得分外凉爽。影怜的兴致格外的好，在酒宴上，她像一只小燕子般穿梭在几位皓首老翁中间，酒一杯杯下肚，两朵红霞在脸颊上飞动，人却更加光彩明艳，神采飞扬。带着微醺的醉意，影怜微敛蛾眉，浅吟轻唱：

> 劝君莫惜金缕衣，劝君惜取少年时。
> 有花堪折直须折，莫待无花空折枝。

柳 花 如 梦

低迷的歌声在画楼之中缭绕，在诸老的心中盘旋。在如痴如醉，飘飘欲仙之际，已是夜幕退去，东方放曙，窗外雨收云散，朝霞满天。虽长饮通宵，一夜无眠，影怜和诸位老人却依然精神奕奕，兴致不减。有人提议，芙蓉片中新莲乍放，何不趁此良辰一同前去观看

天色尚早，鸟儿还在树林深处沉睡未醒，而那一群意兴盎然的白头老翁却丝毫不肯休息，他们簇拥着娇小玲珑的影怜，来到了檀园中的芙蓉花前。面对红绿相间、露水盈盈的一池新荷，面对像新荷一样娇美动人的才女杨影怜，几个老人不禁手舞足蹈，诗兴飞动。

新荷当画便含光，要看全开及早凉。
带露爱红兼爱绿，迎风怜影亦怜香。
林深鸟宿声还寂，水涨鱼游队各忙。

在嘉定诸老之中，对影怜最为钟爱、最为痴迷者，当属程孟阳无疑了。孟阳一生穷愁潦倒，侨居嘉定五十年，却始终无力购买一方薄地以筑茅庐，只能寄居在朋友家中，直到崇祯五年方才移居西城，与唐时升作了邻居。影怜在嘉定期间，大多住在城外的过园，而孟阳家在西城，每至薄暮时分，城门关闭，来来往往殊为不便，更何况这群兴致高昂的老人常常作长夜之饮，诗酒歌舞，达旦不休。对影怜意醉神迷、痴心不已的程孟阳，如何肯放弃和影怜游宴的机会？为了追随在她的左右，孟阳竟然"出饮空床动涉旬"，连旬累月地借宿在城外朋友的家中。不过，有一件事却让孟阳颇伤脑筋——几位老友均已在自己的园中款待了影怜，而他怎好不向这位萼绿华般的神女略表心意呢？阮囊羞涩倒在其次，只是这宴请的地点一时间难以做决定。孟阳思来想去，最后选定了杞园。

杞园也位于嘉定城外，因园中有一株罕见的大可数围的枸杞树而得名。杞园的主人张鸿磐，字子石，工诗文，擅书法，笔力遒劲，声名不在娄坚、李流芳之下。他为人正直，任侠好义，和孟阳素来交好，因此，对老友的请求，他自然是满口答应。

杞园诗会开得很是成功，可以说令孟阳终生难忘。虽然照例是饮酒、作诗、丝竹、歌舞，但面对如花一般的才女，看她高谈阔论，听她谈笑风生，简直

是一种精神上的享受，更何况影怜所谈所论，绝非闺阁之类，无论曲诗书画，还是政经军农，都是那么入情入理，有根有据，动人心弦。一个十七岁的女子，知识竟如此的广博，融会贯通，真令在座的诸老惊讶赞叹，影怜在诸老心中的分量，不知不觉间又增加了几分。这一夜的情景，孟阳后来在他的《朝云诗》中有生动的描写，其留恋珍惜之情弥漫在字里行间：

邀得佳人秉烛同，清冰寒映玉壶空。
春心省识千金夜，皓齿看生四座风。
送喜鲵船飞错落，助清弦管斗玲珑。
天魔似欲窥禅悦，乱散诸华丈室中。

时光飞逝，转眼间已到七月，影怜在嘉定已盘桓近两个月了，虽然每日里被诸老众星捧月般地款待着，被鲜花和美酒包围着，但她心中却渐渐生出几分倦怠来。而且，她的心灵深处，始终牵挂着子龙，她听说子龙此次会试，又一次铩羽而返。科场无常，真是一点都不假啊！卧子堪称国家栋梁之材，对这一点，影怜始终坚信不疑，她为卧子感到惋惜，又担心他经受不住这次打击而消沉下去，种种忧虑缠绕在影怜的心里，她归心似箭，快一刻也待不住了。

听到影怜要返回松江的消息，嘉定诸老的心仿佛被什么东西撕扯着一般难受。可天下没有不散的筵席，美人终归是要像彩云般飞去的，这一点，饱经世事沧桑的嘉定诸老再明白不过了，于是，他们又争相在家中置摆离宴，为影怜饯行。

七月七日，影怜在唐叔达家中过完了七夕佳节，又应程孟阳之邀，于十二日来到成老亭。

成老亭为孟阳西斋之名，崇祯五年，孟阳由新安回到嘉定，在西城唐时升宅第东边的这所宅院里住了下来。二位老友因感时日无多，于是，循着"行乐须及时"的古训，整日里游玩赏乐，寻花问柳，悠闲而又潇洒，孟阳遂取杜甫诗"与子成二老，来往亦风流"之意，为自己的西斋命名，倒也贴切中肯。

几株门柳一蝉吟，款夕幽花趁夕阴。

柳花如梦

令我斋中山岫响，知卿尘外蕙兰心。
瑶林回处宜邀月，秋水湛时最赏音。
絮楂便追逃暑会，天河拌落醉横参。

其时已近傍晚，蝉儿还在门前的柳树上长声鸣叫，白日的暑气却已开始渐渐散去。孟阳的草庐虽然简陋，却幽花满蹊，树木成荫，而且北对隐隐青山，西望郁郁苍林，南面还有一道清流蜿蜒而过，不仅风景堪可入画，而且清凉怡人，恰可避暑。影怜一踏入这方小院，便觉暑热顿消，凉爽无比。

陪同影怜一起来的还有唐叔达等诸老，他们各自携带酒馔，与孟阳共同凑成一桌酒席，虽然多是蔬果，但大家的兴致却依然十分高昂。他们一边饮酒，一边和影怜谈笑风生，不知不觉间，夜幕四合，弦月升起。因影怜光临寒舍而兴奋得不能自已的孟阳，兴致勃勃地建议大家，到舍南的宝莲桥上纳凉赏月听曲。

虽然只是初秋，河水却已变得清湛澄碧，在如水的月光下，河底的卵石粒粒可数。大家正是酒酣耳热之时，忽然来到凉风送爽的河边，一个个心也变得沉静起来。影怜背倚栏杆，低吟轻唱，婉转的歌声经过水波的涤荡，天籁一般，缥缥缈缈送入每一个人的心中。在嘉定诸老之中，程嘉燧是最为精通度曲填词的，此刻，良辰美景、嘉朋丽姝、赏心悦事，一一俱全，这个七十一岁的白头老人情不自已，在月下自度歌曲，吹箫助兴。悠扬的箫声显露出他精湛的技艺，影怜听得如痴如醉，心折不已，当下便向孟阳拜师求教，孟阳自然得意非常，毫不保留地将自己的心得体会一一传授给影怜。影怜冰雪聪明，一点就通，一学就会。程嘉燧一生从未遇到过像影怜这样伶俐的学生，高兴之下便使出浑身的解数，倾囊相赠。那一夜，动人的箫声，在嘉定西城飘荡了很久、很久……

那日不久后，杨影怜便辞别了依依不舍的嘉定诸老，乘舟南下，仍像一朵彩云般，飘回了松江。而嘉定，这个素朴而优雅的古城，却定格在她心中，成为一道美丽的风景。

《别赋》详读：柳如是和卧子的宝黛恋

人类总有那么一个时刻会明白，精神上的富足远远要比物质上的堆砌来得更加宝贵。我们主观意识下的物质财富，其实根本就没有任何的意义与价值。在你即将离开这个世界时，那些物质和金钱其实一点都不重要；你唯一能带走的，是你的精神与信仰，是永不磨灭的意识与灵魂。

才姝柳如是的《别赋》，作于崇祯八年在她十七芳华时，和她的蓝颜知己陈卧子（子龙）分别后不久。赋中有"君有旨酒，妾有哀音""悲夫同在百年之内，共为幽怨之人""虽知己而必别，纵暂别其必深""平原之簪，永永其不失矣"之句焉，今天读来，仍感人至深，至潸然泪下。

柳如是十七岁就作此一曲《别赋》锦绣篇章，加之三年后刊刻出版第一部有两万六千多字的诗集《戊寅草》，中国历史上"第一才女"的桂冠加冕其头上是最合适不过。

我认为十七岁的柳如是凭这首《别赋》和《戊寅草》获北京大学中文系古汉语言和文学专业博士学位绰绰有余，甚至可以直接当北大教授和博士导师。怪不得国学大师陈老陈寅恪都尊她为"文宗国士，侠士名姝"，这是多么高的评价啊！

崇祯八年深秋时节，杨影怜（柳如是原名字）乘着她的画舫，从松江城北的横云山码头起航，离开松江回吴江盛泽镇，从此，和陈卧子天各一方，未知以后有无团聚之日。

对影怜来说，此次离开松江和上次离开南园小红楼一样，都是一次让人五内俱焚的痛苦经历。那是落叶翻飞、草木凋零的深秋时节，影怜登上画舟，恋恋不舍地卧子戎装登舟，随路相送，沿着青青的江，一路向西南方向，行了有百多里。

舟行迟迟，流水脉脉，两人的心，像这恼人的节候一样惨淡凄凉。直至嘉善，离终点盛泽已经不远了，二人才依依不舍，挥泪而别。

卧子因离别影怜，和着泪水作了一首柔情万种的《满庭芳》：

《满庭芳》
陈子龙

紫燕翻风，青梅带雨，共寻芳草啼痕。
明知此会，不得久殷勤。
约略别离时候，绿杨外，多少销魂。
才提起，泪盈红袖，未说两三分。
纷纷。从去后，瘦憎玉镜，宽损罗裙。
念飘零何处，烟水相闻。
欲梦故人憔悴，依稀只隔楚山云。
无过是，怨花伤柳，一样怕黄昏。

"黯然销魂者，唯别而已矣。"回到盛泽的影怜满怀离愁，一腔别绪，堆积在心，缠绵不去，于是，化作篇篇锦绣，满纸珠玑的一曲《别赋》！

影怜追思古人，感伤自身，和着眼泪写出了这篇感人至深的《别赋》。"虽知己而必别，纵暂别其必深。冀白首而同归，愿心志之固贞"，是影怜对卧子的坚贞誓言。

而卧子在酬答影怜的《拟别赋》中，也道出了"苟两心之不移，虽万里而鱼贯。又何必共衾帱以展欢，当河梁而长叹哉？"的心声。

陈杨之间缠绵的情爱，在痛苦的历练中，逐渐升华成一种超越形体、跨越时空的知己之爱，就像风雪中傲然怒放的寒梅，愈远愈清，愈久愈冽。

在影怜移居盛泽的这一段时期里，两个人鸿雁传书，往来不断，眷眷深情，绵绵不绝。我们从他们的作品中随意撷取几篇诗词唱和，便足以见出两个人当时的内心世界。

《浣溪沙·五更》
陈子龙

半枕轻寒泪暗流。愁时如梦梦时愁。
角声初到小红楼。

风动残灯摇绣幕。花笼微月淡帘钩。

陡然旧恨上心头。

《浣溪沙·五更》
杨影怜

金猊春守帘儿暗。一点旧魂飞不起。

几分影梦难飘散。

醒时恼见小红楼。朦胧更怕青青岸。

蘋风涨满花阶院。

《踏莎行·寄书》
陈子龙

无限心苗,鸾笺半截。

写成亲衬胸前折。

临行简点泪痕多,重题小字三声咽。

两地魂销,一分难说。

也须暗里思清切。

读者可注意上述诗中都出现"红楼梦"三字,这是《红楼梦》作品和柳如是有着千丝万缕之关联的证据其一,林黛玉正是映射了柳如是。"木石前盟"的宝黛恋,就是柳如是和卧子的惊天地泣鬼神的恋情。

录柳如是《别赋》全文供读者品赏:

别赋
柳如是

草弱朱靡,水夕沉鳞。又碧月分河梁,秋风分在林。指金闺于素璧,向翠幔于琴心。于此言别,怀愁不禁。云泛泛分似浮,泉杳杳而始下。抚檐樫之霏凉,拂银筝其孰写。重以玹花之早寒,玉台之绛粉。

既解佩而遭延,更留香之氤氲。揽红药之夜明,怅青兰而晨恨。会当远友,瞻望孤云。于是明河欲坠,玉勒半盼。化桃霞兮王孙马,冲柳雪兮游子衣。

柳花如梦

离远皋之木叶。牵晴[晴]雾之游丝。度疏林而去我，隔江水之微波。本平夷而起巘，更通达而成河。妍迹已往，遗恩在涂。掩电母而不御，杂水业而常孤。思美人兮江淑，触鸾发兮愁余。并瑶瑟之潺湲。共风吹而无娱。念众族之皎皎，独与予兮纷驰。

谁径逝而不顾，怀缥缈而奚知。诚自悲忧，不可言喻。更若玄圃词人，洛滨才子。收车轮于博望，荡云物于龙池。嘉核甫陈，骊歌遽奏。折银蕊于陇上，骄簫馆于池头。之官京洛，迁斥罗浮。观大旗之莫射。登金谷而不游。叹木瓜之溃粉，聆悽响于清輶。或朔零陵之事，或念南皮之俦。

咸辞成而琅琅，视工思而最愁。又若河朔少年，南阳乳虎。感乌马兮庭阶，击苍鹰兮殿上。风戈戈兮渐衰。筑撼撼而欲变。仁客敛魂，白衣数起。左骖殪兮更不还，黄尘合兮心所为。忽日昼之晻暧，睹寒景之侵衣。愁莫愁兮众不知，悲何为兮悲壮士。乃有十年陷敌，一剑怀仇。将置身于广柳，或髡钳而伏匿。共衰草兮班荆，咽石濑兮设食。逝泛滥于重渊，旷霎煜于窑室。酒未及潺，餐末及下。歌河上而沾裳，仰驷沫而太息。若吴门之麓，意本临岐。大梁之客，魂方逝北。当起舞而俳徊，更痛深其危戚。至若掩纨扇于炎州，却真珠厂玉漏、恩甚兮忽绝，守礼兮多尤。

观蒻羽之拂壁，慨龙帷之郁留，念胶固而独明，惟销铄之莫任。垂楚组而扰倚，絚凤绶而遣神。盼雉尾于俄顷，迥金螭之别深。日暮广陵，凭栏水调。似殿台之清虚，识宜春之朗曼。乃登舟而呜咽，愁别去其漫漫。又若红粉羽林，辟邪独赐。同武帐之新宠，后灞岸之放归。紫箫兮事远，金缕兮泪滋。更若长积雪兮闭青冢，嫁绝域兮永乌孙。俨云蝉于万里，即烟霓之夕昏。雁山晓兮断辽水。红蕉涩兮辞婵媛。至若灵娥九日兮将梳，苕蓉七夕兮微渡。

月映晰而创虹缕，露流澌兮开房河。披天衣之霄叙，忽云旗之怅图。亦有托纤阿于淄右，期玉镜于邯郸。甫珊瑚之照耀，亲犀珞之缠绵。悼亭上之春风，叹上巳于玉面。本独狐之意邀，绕窦女之情娟。

至有虾蟆陵下之歌，燕子楼前之雨。白杨萧萧兮莺冢灰，莓苔瑟瑟兮四陵上。怆虬膏之水诀，淡华烛而终古。顾骖騑之奠攀，止玉合之荐处。岂若西园无忌，南国莫愁，始承欢面不替，卒旷然而不违。

君歌折柳于郑风，妾咏蘼芜于天外。异樱桃之夜语，非洛水之朝来。自罘罳之雀暗，怜兰麝之鸭衰。据青皋之如昨，看盘马之可哀。招摇躞蹀，花落徘徊。结绶兮在平乐，言别号登高台。

君有旨酒，妾有哀音，为弹一再，徒伤人心。悲夫同在百年之内，共为幽怨之人。事有参商，势有难易。虽知己而必别，纵暂别其必深。冀白首而同归，愿心志之固贞。庶乎延平之剑，有时而合。

平原之簪，永永其不失矣。

柳如是和薛宝钗《咏风筝》诗对比

才女侠姝柳如是作过一篇咏风筝的诗《声声令·咏风筝》，立意清新，用词遣句清奇，自然流畅，毫无矫揉造作感。

无独有偶，《红楼梦》中人物薛宝钗也有一首风筝诗《临江仙·咏风筝》，因其中"好风凭借力，送我上青云"句，这首诗成为薛宝钗的代表作，喻示了薛宝钗的狼子野心很大，或说心志颇高。

从人物来说，我提出主张，柳如是实为林黛玉的原型。大观园中除了"诗仙"妙玉更高一筹外，黛玉的诗词歌赋水平为花冠，无论是菊花诗社还是海棠诗社，黛玉都是魁首。在菊花诗社咏菊时，林黛玉凭三首菊花诗夺魁。

《红楼梦》第三十八回《林潇湘魁夺菊花诗薛蘅芜讽和螃蟹咏》是非常风雅的一回，大家吃螃蟹，赏菊，写诗。林黛玉的三首诗被李纨评为前三。这三首诗分别为《咏菊》《问菊》《菊梦》。其中我最欣赏的是《问菊》：

《问菊》
林黛玉

欲讯秋情众莫知，喃喃负手叩东篱。
孤标傲世偕谁隐，一样花开为底迟？
圃露庭霜何寂寞？鸿归蛩病可相思？
莫言举世无谈者，解语何妨片语时。

诗人才华横溢，在这首诗中很有智慧地塑造了一个清高、孤寂、雅致的抒情主人公形象。她天真地询问菊花：你如此孤高傲世，打算和谁一起归隐？别的花都早已开了，为什么就你开得那么晚呢？你为何如此寂寞？大雁南归蟋蟀凄鸣是否寄托相思情怀？她这些问题菊花自然是无法回答，但诗人觉得无妨，依旧把菊花看作是懂得人类语言可以和自己说说话的知音。

这首诗赞美了菊花磊落的风骨，临霜而开的傲气，也表达了诗人的清傲情怀，既有菊花具象，又有意象，语言自然，意境清雅，是很耐人寻味的一首好诗。

因此说，薛宝钗的诗词水平不可与黛玉比肩同行。将柳如是的诗和薛宝钗的比较，等于将黛玉的诗和宝钗的比，前者必然碾压后者！

从时间来说，《红楼梦》的写作在柳如是生平年代之后，也就是说，先有柳如是的咏风筝诗，后有薛宝钗的。

录柳如是和薛宝钗的风筝诗于下，读者可自行研判高低优劣。

《声声令·咏风筝》
柳如是

杨花还梦，春光谁主？晴空觅个颠狂处。

尤云殢雨，有时候，贴天飞，

只恐怕，捉它不住。

丝长风细，画楼前、艳阳里。

天涯亦有影双双，总是缠绵，难得去。

浑牵系。时时愁对迷离树。

《临江仙·咏风筝》
薛宝钗

白玉堂前春解舞，东风卷得均匀。

蜂团蝶阵乱纷纷。几曾随流水，岂必委芳尘。

万缕千丝终不改，任他随聚随分。

韶华休笑本无根，好风凭借力，送我上青云。

柳如是流传下来的诗、词，诗多雄丽，词多清婉，都有一种端雅的仪态，这是诗人对自己诗格的期许。柳如是《咏风筝》多是清词丽句，透着少女的灵动和遐想，句句都可以玩味良久，如"晴空觅个颠狂处""天涯亦有影双双""时时愁对迷离树""只恐怕，捉它不住"等，越读越有趣味，柳才女真个是巧思妙想！而薛宝钗诗则比较陈词滥调，枯燥无味，没多少值得品玩的。当然，

《红楼梦》作者的目的也非以此诗显示薛宝钗的才华,主要是通过最后两句"好风凭借力,送我上青云。",喻示薛很有野心,再次说明薛宝钗老气城府有加,而少女的纯真灵气不足。

和谁在一起真的很重要

和谁在一起真的很重要！

千古才女柳如是，本名杨爱，又名杨影怜，字朝云；后改姓名柳隐，字如是，号河东君、蘼芜君。

柳如是是明末清初著名歌姬才女，丰姿逸丽，翩若惊鸿，性敏慧，赋诗则工，留下不少值得传颂的轶事佳话和颇有文采的诗稿。柳如是工诗善画，世所艳传，其诗文才情高居"秦淮八艳"之首，有《湖上草》《戊寅草》《河东君诗文集》《东山酬和集》《红豆村杂录》《尺牍》《我闻室鸳鸯楼词》等作品传世。其数量之多，文辞之美，令人咋舌。

柳如是，温婉有风骨，艳过六朝，情深班蔡。柳如是流传下来的诗词，诗多雄丽，词多清婉，都有一种端雅的仪态，读来清丽娴雅，韵味淳厚，细腻内含筋骨，温婉自带风流，非常值得品赏。她的诗值得背诵，且越读越爱。

杨影怜出生青琐，却取得如此高的文学成就，固然是因她聪颖明慧，好学勤奋，但和她接触、交往的都是当时文坛胜流，受他们的影响和教益相当有关。杨在松江时，与著名的"云间三子"陈子龙、李雯、宋征舆及其他名流如陈眉公、宋征璧等都过从甚密，和几社领袖陈子龙更是蓝颜知己，杨经常参加几社的文化名流的聚会，各种诗词唱和，琴棋书画，评时论世。

崇祯八年杨影怜十七岁时和陈子龙情投意合，许为知音，两人同居于松江徐氏南楼（称小红楼），过了一段缠绵悱恻的爱情生活。同年秋因现实原因两人分开，杨离开松江返回苏州盛泽镇。《戊寅草》二百余首诗词中有柳如是为陈子龙所作《梦江南·怀人》词二十阕，为柳如是与陈子龙分开后因怀思旧人之作。

文学巨著《红楼梦》得名以及林黛玉原型和取名，均和柳如是有千丝万缕的关联，和"杨陈"这段"小红楼"缠绵悱恻爱情故事深有渊源。陈子龙

柳花如梦

与柳如是相爱时写下了一首脍炙人口的绝句《春日早起》：

> 独起凭栏对晓风，满溪春水小桥东。
> 始知昨夜红楼梦，身在桃花万树中。

此乃《红楼梦》书名来历及后人常用"桃花万树红楼梦"点评《红楼梦》之出处也！

值得一提的是，陈子龙是民族英雄，明朝覆亡后投入反清复明大业中，后因兵败罹难。

以下为民族英雄陈子龙简介。

陈子龙（1608—1647年），字人中，又字卧子，轶符，号大樽，南京松江府（注：现属上海）华亭县莘村人，出生于当地的豪绅之家。其先祖陈钺在明代中期，倭寇沿海进犯，到达江南时，曾带领家奴和佃夫二百余人给倭寇以相当大的打击。

子龙的父亲则是科举出身，万历四十七年考取进士，天启元年改刑部郎中，不久改工部郎中，这一年，他的父亲去世，奔丧南归。陈子龙在父亲的影响下，从小受到良好的教育，在父亲的督促下学习《周礼》《仪礼》《礼记》《史记》《汉书》等，同时学做八股文，准备通过科举进入仕途。

陈子龙擅长制艺（八股）文字，诗、古文、骈赋也写得很好，同时擅长填词，是明代著名词人，对清代词的发展有深远影响。陈子龙年轻时就很出名，崇祯三年举人，十年中进士，官至绍兴推官，任职期间多次平定地方暴乱，论功升兵科给事中。清兵南下，子龙和太湖义兵相结，事败被俘，投水自杀。

陈子龙诗、词、文、赋兼工。诗歌方面，被誉为明代最后一位大诗人，朱东润和施蛰存等人更是认为其诗歌代表明代诗歌最高成就。词方面，陈子龙被公认为"明代第一词人"，并对清代词的复兴造成巨大而深远的影响。陈子龙策论散文别具一格，吴伟业认为其散文可媲美苏轼、苏辙兄弟（吴伟业《梅村诗话陈子龙》："其四六跨徐、庾，论策视二苏，诗特高华雄浑，睥睨一世。"），并非夸大。陈子龙骈赋深得战国和汉代骈赋名家之妙，留存篇目虽少，但是精品却不少，被一些人推许为"明代骈文第一"。

陈子龙因为抗清而死，他的作品在死后一百多年一直是禁书，不能公开流传出版，导致一些珍贵的明末别集刻本渐渐散佚甚至绝版。直到乾隆年间，乾隆表彰明代忠烈，陈子龙等二十六人获得级别最高的"专谥"，谥号"忠裕"，他的作品才开始公开流传，民间热心人士和他的文学思想追随者开始搜集刊刻他的全集。经过王昶等人的长年累月的努力，陈子龙生前所写的各种体裁的作品，多数被收集在清嘉庆八年（1803）刊行的《陈忠裕公全集》中，另外一部分文章收录于《安雅堂稿》。《安雅堂稿》是明末刻本，为陈子龙自选文集，王昶等人发现这个珍贵刻本时，《陈忠裕公全集》已经刊刻完成且将付印，因此只好不将《安雅堂稿》收入，故《陈忠裕公全集》是"非足本"，并非真的"全集"。即使如此，《陈忠裕公全集》的出版仍然具有重大意义，表明一代文学宗师的作品终于基本上被收齐出版。

又，著名抗清民族英雄夏完淳，他的老师就是陈之龙！

夏完淳（1631—1647）乳名端哥，别名复，字存古，号小隐，又号灵首，松江府华亭县（今上海市松江区）人，祖籍浙江会稽。明末诗人、抗清英雄。

父亲夏允彝，江南名士。老师陈子龙，抗清将领。夏完淳幼聪慧，"五岁知五经，七岁能诗文"，14岁从军征战抗清。弘光元年其父江南领兵激战，战败自杀殉国后，夏完淳和陈子龙继续抗清，兵败被俘，不屈而死，年仅十七岁。殉国前怒斥洪承畴一事，称名于世，有《狱中上母书》等。

身后留有妻子钱秦篆、女儿和遗腹子，遗腹子出世后夭折。夏允彝、夏完淳父子合葬墓今存于松江区小昆山镇荡湾村华夏公墓旁。

柳亚子《题》第 5 首

悲歌慷慨千秋血，文采风流一世宗。
我亦年华垂二九，头颅如许负英雄。

柳如是《梦江南·怀人》二十阕

柳如是,浙江嘉兴人,本名杨爱,又名杨影怜,字朝、朝云;后改姓名柳隐,字如是,号河东君、蘼芜君,丈夫为明末侍郎钱谦益。因赏宋朝辛稼轩《贺新郎》"我见青山多妩媚,料青山见我应如是"句,取名"如是"。

这组小令《梦江南·怀人》共有二十阕。前十首,每首第一句都以"人去也"为开端,后十首每首第一句又都以"人何在"为开端,渲染出浓浓的"怀人"意绪,从中既可以见识一下河东君绝世之才华,一睹才女之风采,也可以看出她难忘旧情,这组诗正是柳如是离别陈子龙,一个人返回深圳盛泽,处于离情别绪中时所作。

《梦江南·怀人》词二十阕
柳如是

一

人去也,人去凤城西。

细雨湿将红袖意,新芜深与翠眉低。蝴蝶最迷离。

(注:凤城即指松江/云间;凤城西在今西佘山之处)

二

人去也,人去鹭鸶洲。

菡萏结为翡翠恨,柳丝飞上钿筝愁。罗幕早惊秋。

三

人去也,人去画楼中。

不是尾涎人散漫,何须红粉玉玲珑。端有夜来风。

四

人去也,人去小池台。

道是情多还不是,若为恨少却教猜。一望损莓苔。

五

人去也，人去绿窗纱。

赢得病愁输燕子，禁怜模样隔天涯。好处暗相遮。

六

人去也，人去玉笙寒。

凤子啄残红豆小，雄媒骄拥褭香看。杏子是春衫。

七

人去也，人去碧梧阴。

未信赚人肠断曲，却疑误我字同心。幽怨不须寻。

八

人去也，人去小棠梨。

强起落花还瑟瑟，别时红泪有些些。门外柳相依。

九

人去也，人去梦偏多。

忆昔见时多不语，而今偷悔更生疏。梦里自欢娱。

十

人去也，人去夜偏长。

宝带乍温青骢意，罗衣轻试玉光凉。薇帐一条香。

十一

人何在，人在蓼花汀。

炉鸭自沉香雾暖，春山争绕画屏深。金雀敛啼痕。

十二

人何在，人在小中亭。

想得起来匀面后，知他和笑是无情。遮莫向谁生。

十三

人何在，人在月明中。

半夜夺他金扼臂，殢人还复看芙蓉。心事好朦胧。

十四

人何在，人在木兰舟。

总见客时常独语，更无知处在梳头。碧丽怨风流。

柳花如梦

十五
人何在，人在绮筵时。
香臂欲抬何处坠，片言吹去若为思。况是口微脂。

十六
人何在，人在石秋棠。
好是捉人狂耍事，几回贪却不须长。多少又斜阳。

十七
人何在，人在雨烟湖。
篙水月明春腻滑，舵楼风满睡香多。杨柳落微波。

十八
人何在，人在玉阶行。
不是情痴还欲住，未曾怜处却多心。应是怕情深。

十九
人何在，人在画眉帘。
鹦鹉梦回青獭尾，篆烟轻压绿螺尖。红玉自纤纤。

二十
人何在，人在枕函边。
只有被头无限泪，一时偷拭又须牵。好否要他怜。

陈寅恪先生评：此首为二十首最后一首，亦即'人在'十首之末阕。故可视为梦江南全部词中'警策'之作。其所在处，乃在枕函咫尺之地，斯为赋此二十首词所在地也。"泪痕偷试"，"好否要怜"，绝世之才，伤心之语。

本文作者评：女诗人自宋朝易安居士（李清照）以降，概无人能出河东君之右。

《金明池·咏寒柳》论析

　　在如此浮动嘈杂的时候,让我们争着做局外人,潜下心来,只和古人对话。

　　柳河东君词《金明池·咏寒柳》为世所传颂。陈寅恪称"河东君之风流文采,乃不世出之奇女子。"寅公曾言"河东君之作品,应推《次韵奉答·谁家乐府唱无愁》及《金明池·咏寒柳》词,为明末最佳之诗词,当日胜流均不敢与抗手。"

　　河东君柳如是之才华,自宋朝李清照之后的女诗人,可以说无人能及。

　　和柳如是交好的云间三子、几社领袖陈子龙被公认为"明代第一词人",并对清代词的复兴造成巨大而深远的影响。陈子龙诗、词、文、赋兼工;诗歌方面,被誉为明代最后一位大诗人;朱东润和施蛰存等人更是认为其诗歌代表明代诗歌最高成就。陈子龙平生作诗词,宗法汉魏六朝及唐人,深鄙赵宋作者。陈子龙和几社强调凡作诗词要有真情本事,反对无病呻吟。

　　柳如是早年受陈子龙及几社影响颇深,故河东君作诗亦当属几社一派。柳河东君的诗词不仅数量多得惊人,其清词丽句往往让人禁不住赞叹,其文学造诣亦有极高水平。《金明池·咏寒柳》是河东君最受赞誉和广为传颂的诗词之一,堪称明代诗歌最高成就!从某种程度上说,我认为超越李清照的诗词。录寅公上面提及的河东君二首最佳的诗于下,以飨读者。

《次韵奉答·谁家乐府唱无愁》

柳如是

谁家乐府唱无愁,望断浮云西北楼。
汉珮敢同神女赠,越歌聊感鄂君舟。
春前柳欲窥青眼,雪里山应想白头。
莫为卢家怨银汉,年年河水向东流。

柳花如梦

《金明池·咏寒柳》
柳如是

有怅寒潮，无情残照，正是萧萧南浦。

更吹起，霜条孤影，还记得，旧时飞絮。

况晚来，烟浪斜阳，见行客，特地瘦腰如舞。

总一种凄凉，十分憔悴，尚有燕台佳句。

春日酿成秋日雨。念畴昔风流，暗伤如许。

纵饶有，绕堤画舸，冷落尽，水云犹故。

忆从前，一点东风，几隔着重帘，眉儿愁苦。

待约个梅魂，黄昏月淡，与伊深怜低语。

论析：

《金明池·咏寒柳》词中透露出词人身世迟暮之叹。柳河东君此词作于崇祯十二三年，则河东君年为二十二三岁，有一种"美人迟暮"感；寒柳，乃残花秋柳也！在明朝社会女子婚嫁之期，一般十七八岁就出嫁了，逾二十岁，即算晚了。顾云美《河东君传》云"定情之夕，在辛巳六月七日。君年二十四矣。"据顾云美的语意，河东君年二十四始嫁给钱谦益，已嫌过晚。顾氏之语气亦可证知当时社会一斑之观念也。

因此可以推知，柳河东君在年二十二三作此词时，正是和陈子龙分手已经有四年左右，又在遇到她人生最终的选择和伴侣钱谦益之前，既有怀念忘不却的旧情，又有漂泊零落，年龄不断增长，不知终将何处的忧愁、心事、烦恼。此词正可谓真情、真感、真事也！

其中最为清新清奇之句"春日酿成秋日雨"，指当年几社名流陈、宋、李诸人与柳如是交好之时，曾为她作"春闺风雨"之艳词，竟成为今日飘零秋雨秋柳的预兆，故"暗伤如许"也！

译文：

挟来阵阵寒意的水浪，也有些心事重重；只有西去的阳光，投下惨淡的影子，渐渐地消失；南面的水岸是我送别的地方，你走了，一阵阵萧索的风，带来易水上的苍凉。那风啊，又吹起来了，吹起河岸上的柳。受尽霜冻的柳枝啊，落下最后一片黄叶，影子是这样的孤单。还记得吗，还是那飞絮如雪的时候？我久久瞭望你远去的帆影，直到夜幕降临，浪花飘起来了，是茫茫的烟雾，迷糊了最后一抹夕阳。只有那孤苦柳树，迎来匆忙的过客，扭动着瘦弱的腰身，好像要轻轻地舞动。

春天里，我们彼此相爱，却在这寒冷的秋季，催生出无数相思的落泪。回忆起携手并肩时的亲密，那份感伤，就像无数的细绳把我的心捆扎。笙歌劲舞的画舫，依然绕着河岸缓缓地移动，可是我的心里却是这样的冷落，水在流，云还是那样的飘，只不知道心上的人儿，你在何处。想着那些相恋的日子，如同一阵吹来的东风，可是那是多么微弱风啊，吹不进重叠的窗帘，只是让这一份相思深深地刻在我的眉间。我只能等待那个梅花的精灵，在夜阑人静的时候，在月淡星稀的时候，我对她说出自己心中的苦闷，让她传达我对你深深的思念。

注释：
金明池：词牌名，秦观创调，词咏汴京金明池，故取以为名。
怅：失意，懊恼。
萧萧：风声，草木经风摇落之声。
霜条：经霜的树枝条。
旧时飞絮：化用刘禹锡《杨柳枝词》九首之九："春尽絮飞留不得，随风好去落谁家"。
晚来：夜晚来临之际。
行客：来往的行旅客人。
燕台佳句：燕台，又指燕昭王延揽天下贤士的黄金台。柳氏此处喻指几社文人雅集赋诗的地方。
春日酿成秋日雨：指当年几社名流与柳氏交游，曾为她作春闺风雨的艳词，竟成为今日飘零秋雨的预兆。
畴昔：过去，以前。
如许：如此，此为概指之辞。

绕堤画舸：化用汤显祖《紫钗记》中"河桥路，见了些无情画舸，有恨香车"句意。

　　忆从前："忆"，回忆。此为回忆从前那些相恋的时光。

　　眉儿愁苦：陆游《钗头凤》："一杯愁绪，几年离索"，表现词人怀念恋人，柔肠寸断的心绪。

　　梅魂：化用苏轼《复出东门诗》："长与东风约今日，暗香先返玉梅魂。"

　　伊：彼，他或她。

伏草林风

柳如是望海楼楹联

> 日毂行天沦左界，地机激水卷东溟
> ——柳如是望海楼楹联

  一代名姝、才女、文宗国士柳如是流传下来的书法主要有《湖上草》和《题望海楼》望海楼楹联墨迹，另有少量对联书法和画作。

  《题望海楼》为柳如是楷书对联，联语为"日毂行天沦左界，地机激水卷东溟"。其书法深得"初唐四家"中的虞世南、褚遂良法度，并化古为我，自成风格。柳如是望海楼楹联墨迹现珍藏于故宫博物院。

  柳如是在琴、棋、书、画、诗词诸方面，都堪称奇绝。近代国学大师王国维、陈寅恪和著名作家郁达夫都对其赞誉有加。柳如是端凝坚劲的书法正是其性情、眼界、心胸的外化和显现。翁同龢对其书法大加称许："铁腕拓银钩，奇气满纸。"还有赞其"铁腕怀银钩，曾将妙踪收。"

  永历十五年（1661）除夕，钱谦益作了一首诗，于诗下自注：

    辛丑岁逼除作。时自红豆江村徙居半野堂绛云余烬处。

  但柳如是并未随同夫君一起移居，她自个继续住在红豆山庄。

  柳如是婚后，自崇祯帝自经、大明王朝进入"南明"阶段，柳如是便鲜有作品传世。后世人追索其人生轨迹都必须仰赖钱谦益的诗歌和同时代人一鳞半爪的记录。

  柳如是"直接现身"，仅在区区几组作品中。

  第一次，清军攻破南都，钱谦益降清北上，柳如是写诗挽留，后又留守金陵，写《题顾横波所写墨兰册页十首》明志。

  第二次，好友黄媛介遭清军劫掠归来，柳如是赠诗《赠芷若大家四首》，表呈心迹。

柳花如梦

第三次，钱谦益两度囹圄之灾后，携柳如是立志抗清，南明义军的军事行动又连遭摧磨，钱老心绪沉郁，羞惭、懊悔不已，柳如是《依韵奉和二首》，慰藉丈夫。

《题望海楼》，是柳如是第四次"现身"。

依据历史记载，红豆山庄附近并无"望海楼"这样的建筑。因此"望海"实为柳如是心中寄望，一个意念。红豆山庄毗邻白茆港，由白茆港出，沿白茆塘一路往东北方向，便可抵达长江口，扬帆江海。若寻一高处登临，必可将长江风景尽收眼底。放眼望去，江面滚滚怒涛，波澜壮阔，一望无际。放眼远眺，在目力极致处，水天相交，汇于一线。目力穷不尽江海的寥廓，但在未知海域的另一边，或许终存有一线希望。说不定哪一日，在那水天交界处，郑成功郑氏军团的战舰会从遥远处驶来……

日毂，即太阳，象征朱明帝王室和国家运命；"左界"，引南北朝谢庄《月赋》中"于时斜汉左界"，此处"左界"代指自东北而来的清军。上联寓意大明江山沦清军地界已多时，"东溟"指海域另一端的郑氏军团，下联寄望郑成功终有一日能卷土重来。

我们不妨想象一下：柳如是站在她想象中的"望海楼"上，远眺长江，从"日毂"到"地机"，从清军入关到海外悬想，寥寥数字，勾勒出亡国之痛，故国之悲，复国之念。学者称其"气韵沉雄，境界阔大，非豪杰之士不能道出"。一代侠姝的浩落襟怀如此！也可窥见才女的一腔孤怀遗恨！

这或也是柳如是和钱谦益性情的差异所在，更或是钱谦益自柳如是来归逐渐变成世人眼中"宠妻狂魔"的重要原因。柳如是出身风尘，熟谙世情浇薄，看她前半生的际遇便知，即便曾经"艳名高炽"，却无丝毫社会地位可言，任何一个有点"身份"的人稍微动动手指头，都可将她打倒。

依常理而言，柳如是性情当中有比平常人更多的世故、圆熟才对；用现在的话说，她有了富足的家，有了才华横溢的丈夫，有了女儿，她尽可以成为一个精致的利己主义者。但自弘光政权亡，柳如是表面看来在红豆山庄内安安分分为人妻、为人母，一如钱谦益在给友人信札《与王贻上》中所言"荆妇近作当家老姥，米盐琐细，枕籍烟燻，掌簿十指如锥，不复料理研削矣"，实则密切关注且资助着江南许多的抗清军事行动。当钱谦益在金华、松江等地辗转奔波，联络义军时，她作为他背后坚定的后盾。明亡后十数年中，柳如是始终资助南明各路义师，南明史历经三个政权，她亦从未有过动摇，直至家产罄尽，最后被族人"立索三千金"逼上绝路……

因此，钱谦益这个"宠妻狂魔"不止宠她这个人，更是敬重她的人品，看重她的风骨！

十七岁少女时，君写道：

人去也，人去小棠梨。强起落花还瑟瑟，别时红泪有些些。门外柳相依。
人去也，人去梦偏多。忆昔见时多不语，而今偷悔更生疏。梦里自欢娱。
人何在，人在月明中。半夜夺他金扼臂，媵人还复看芙蓉。心事好朦胧。

柳如是《西湖八绝句》《寒食雨夜十绝句》等赏析

　　柳如是的绝世才华连国学大师王国维、陈寅恪都极其尊崇。本人认为女诗人自宋朝易安居士（李清照）之后，无人能出河东君柳如是之右。

　　一般人写一首诗就很吃力了，而才女柳如是写诗，要么不写，要写就写二十首、十首、八首。莫非才女在明朝就有一个人工智能机器人藏在闺房里帮她作诗不成？林黛玉的诗词才气居大观园之首，黛玉就是拜柳如是为师的。一笑。其实林黛玉的原型就是柳如是，她们都美貌异常，都才气过人，都还有些小傲娇。

　　下面摘录柳大才女《西湖八绝句》八首、《寒食雨夜十绝句》十首、《题顾横波夫人墨兰图册十绝句》十首、《题山水人物图册八绝句》八首，供诗词爱好者共同赏析柳如是的清词丽句。

《西湖八绝句》
柳如是
一

垂杨小院绣帘东，莺阁残枝未思逢。
大抵西泠寒食路，桃花得气美人中。

二

年年红泪染青溪，春水东风折柳齐。
明月乍移新叶冷，啼痕只在子规西。

三

湘弦瑟瑟琐青梅，些是香销风雨崖。
无数红兰向身泻，谁知多折不能回。

四

南屏烟月晓沉沉，细雨娇莺泪似深。
犹有温香双蛱蝶，飞来红粉字同心。

五

亚枝初发可怜花，剪剪青鸾湿路斜。
移得伤心上杨柳，西泠杜宇不曾遮。

六

青芜烟掠夜凉时，落尽樱槐暗碧池。
恨杀杨花已如泪，春风春梦又相吹。

七

晴湖新水玉生烟，芳草霏霏饰雁钿。
苦忆青陵旧时鸟，桃花啼里不曾还。

八

愁看属玉弄花矶，紫燕翻翻湿翠衣。
寂寞春风香不起，残红应化雨丝飞。

《寒食雨夜十绝句》

柳如是

一

玉帘通处暗无声，春草翻为明月情。
记得停桡烟雨里，那人家住莫愁城。

二

红绡蛱雾事茫茫，不信今宵凤吹长。
留得春风自憔悴，伤心人起异垂杨。

三

青骢石路已难看，况是烟鬟风雾寒。
爱唱新蝉帐中曲，鲦来不向雨中弹。

四

相思鸾发梦潮收，别有雕栏深样愁。
明月为他颜色尽，止凭烟雨到长楸。

五

房栊云黑暮宋迟，小语花香冥冥时。
想到窈娘能舞处，红须就手更谁知。

六

苇绡万朵夜玲珑，湘翠犹闻帐暖中。
从此思君那得去，水精帘下看梧桐。

七

杨柳湖西青漆楼，闻遝风起水须钩。
无聊最是横塘路，明月清霜草亦愁。

八

青绫蛱蝶字如霜，半锁杨花更麝黄。
燕子不知愁雾里，飞来羞傍紫鸳鸯。

九

年年风雨尽平生，梦里春晖作意行。
惹起鸳河半江水，愁人自此不胜情。

十

合欢叶落正伤时，不夜思君君亦知。
从此无心别思忆，碧间红处最相思。

《题顾横波夫人墨兰图册》
柳如是

一

兴来泼墨满吟笺，半是张颠半米颠。
俗眼迷离浑不辨，嗤它持作画图看。

二

暂向幽芳一写真，笔花飞落墨痕新。
总然冷淡难随俗，岩谷而今有几人？

三

读罢《离骚》酒一壶，残灯照影夜犹孤。
看来如梦复如幻，未审此身得似无。

四

眼界空华假复真，花花叶叶净无尘。

千秋《琴操》犹馀调，半是骚人现化身。

五

翻风解作《前溪》舞，泣露犹闻子夜歌。

一片幽怀谁领略，托根无地奈渠何。

六

不共青芝石上栽，旨容荆棘与莓苔。

根苗净洗无尘土，好待东风送雨来。

七

泣露啼烟三两枝，写来真作断肠辞。

怀香老去凭谁惜，独抱奇姿只自知。

八

闲评争说所南翁，向后人文半已空。

莫讶豪偷花叶减，怕它笔墨恼春风。

九

晚窗梦醒系相思，静对潇湘九畹姿。

世眼大都看色相，枝头何不点燕支？

十

懒踏长安九陌尘，独怜空谷十分春。

豪端画破虚空界，想见临池妙入神。

按：丙戌三月既望，偶检阅顾夫人所写墨兰一叶，清妍秀润，绰约有林下风，真堪什袭藏也。率题数绝，以识景仰。如是并跋。诗见吴琼仙《写韵楼诗集》，道光刻本，卷四，第七页，题目为辑者所加。

《题山水人物图册》七言律诗

柳如是

二

攫云一径澹风漪，翠筱萧萧冷砚池。

便仿宋书金片瓦，官私不许怒蛙知。

　　按：仿文氏画法，溪涤砚并题

三

爱掬溪泉浣砚尘，溪花俱晕墨痕春。

可知真砚何曾损，七客于中认主宾。

四

扁舟载得秋多少，荡过闲云又荡风。

曾记荻花枫叶外，斜阳输我醉颜红。

按：偶阅赵大午画册，戏临其一于如是庵。

五

雨过空亭听乱流，无人渔钓鉴湖秋。

晚风夕照闲如洗，明月依稀上白头。

七

枣花帘额瞑烟低，清绝疏寮见旧题。

满径苔口人迹少，仙禽口过竹枝西。

八

叶叶浓愁寸寸阴，碧云天末澹疏吟。

年时忆听同峰雨，人与芭蕉一样心。

　　按：仿宋人设色法并题。

《题山水人物图册》五言律诗

柳如是

一

序：古彝词长先生为余作西泠采菊长卷，余临古八帧以报之。我闻居士柳如是。

　　　　为得风骚趣，柴门迥不开。

　　　　人从尘外见，诗向静中来。

　　　　消息须微悟，推敲别有才。

　　　　吟成谁解爱，幽径长莓苔。

六

　　　　凉散碧梧影，横琴每夕昏。

静涵千涧水,坐送隔溪云。
仙乐钧天梦,秋声落雁群。
绮察风细细,香沁藕丝裙。

《杨柳》
柳如是

一

下见长条见短枝,止缘幽恨减芳时。
年来几度丝千尺,引得丝长易别离。

二

玉阶鸾镜总春吹,绣影旋迷香影迟。
忆得临风大垂手,销魂原是管相思。

柳花如梦

昔昔盐

《昔昔盐》是隋代诗人薛道衡创作的一首诗，作品出自《乐府诗集》，体裁为五言古诗。

《昔昔盐》
隋代薛道衡
垂柳覆金堤，蘼芜叶复齐。
水溢芙蓉沼，花飞桃李蹊。
采桑秦氏女，织锦窦家妻。
关山别荡子，风月守空闺。
恒敛千金笑，长垂双玉啼。
盘龙随镜隐，彩凤逐帷低。
飞魂同夜鹊，倦寝忆晨鸡。
暗牖悬蛛网，空梁落燕泥。
前年过代北，今岁往辽西。
一去无消息，那能惜马蹄。

此诗写闺怨，主题是思妇思念远征的丈夫，诗中着重描绘春天的萧瑟景象以衬托人物的内心感受。全诗铺排中有起伏，工稳中有流动，轻靡中有超逸，绮丽中有清俊。虽然情思轻靡，画面绮丽，但用意绵密，意象的转换如草蛇灰线，显得构思精巧，情韵连绵。

《昔昔盐》这首诗变得有名，和两件事有关。

一是，传说在隋炀帝大业五年（609年），薛道衡被隋炀帝处死。在薛道衡将要被处死时，由于隋炀帝忌薛道衡的诗才，乃问他："更能作'空梁落燕泥'语否？"

意思是，把你杀了，以后还能写出'空梁落燕泥'这样的句子吗？

由于隋炀帝特别提到这句诗，因而使之传为名句。这两句诗可用来形容人去楼空、好景不长这类景况。

二是，和柳如是与钱谦益的一段传闻轶事有关。据《牧斋遗事》云（注：钱谦益字牧斋）：

一门生具腆仪，走干仆，自远省奉缄于牧翁，内列古书中僻事数十条，恳师剖晰。牧翁逐条裁答，复出己见，详加论定。中有昔昔盐三字，其出处尚待凝思。柳姬如是从旁笑曰：太史公腹中书乃告罄耶？是出古乐府。昔昔盐乃歌行体之一耳。盐宜读行，想俗音尚讹也。牧翁亦笑曰：余老健忘。若子之年，何待起予？

译文：

钱谦益的一个门生带着礼物从外省来拜钱谦益为师，列出古书中读到的偏僻事数十条向老师请教、解析。钱谦益逐条解答，加以己见，作详细的论述。见其中有一条"昔昔盐"，钱谦益说不太清楚其出处，还有待思考。

钱夫人柳如是在一旁，听见笑道："太史公肚里的书难道要见底了？这一条出自古乐府，'昔昔盐'是一种歌行体，'盐'实际上应该是'行'，是民间发音讹为'盐'也。"

钱谦益笑回道："我老了健忘，当年和你一样年龄时，根本不用多想。"

后人多以此事作为谈资，说明柳如是之博闻强记，能帮钱解答其门生的问题。

其实，这里面有一段隐情，涉及杨影怜早年改姓柳，和起字"蘼芜君"的来历，博学如钱谦益者自然心知肚明，但因为夫人柳如是当时在身边，为避嫌和照顾夫人情面而故意装聋作哑说不知道。

其中到底有什么隐情？听我缓缓道来。

杨影怜在崇祯八年（1635年）春，正值十七芳龄时和著名的"云间三子"之一，南明复社领袖陈子龙情投意合，许为知音，两人同居于松江徐氏南楼（称小红楼），开始了一段缠绵悱恻的爱情生活，每日家你侬我侬，赋诗作对，

柳花如梦

互相唱和，好不幸福快乐。

陈子龙此时写下了一首脍炙人口的绝句《春日早起》：

> 独起凭栏对晓风，满溪春水小桥东。
> 始知昨夜红楼梦，身在桃花万树中。

作者认为这就是《红楼梦》书名来历及后人常用"桃花万树红楼梦"点评《红楼梦》之出处。

但因各种现实之原因，好景不长，到这年秋天时陈杨两人分开，杨随后离开松江，独自返回苏州盛泽镇。

此后两人虽然分开，但仍情意绵绵，互不相忘，经常诗词来往互诉衷肠。陈子龙更为杨影怜的诗稿刊印出版了《戊寅草》，其中收集杨影怜二百余首诗词，并为之作序。

杨影怜则因怀思旧人而作《梦江南·怀人》词二十阕，这组小令的前十首，每首第一句都以"人去也"为开端，后十首每首第一句又都以"人何在"为开端，渲染出浓浓的"怀人"意绪，从中既可以见识河东君绝世之才华，也可以看出她难忘旧情。

就是在离开陈子龙回到盛泽那段时间，杨影怜改姓名为"柳隐"，并取字"蘼芜"。

改姓柳和取字"蘼芜"的来历，和杨影怜当时和陈子龙分手后的凄凉、闺怨心境有关。杨回到盛泽后，独住闺室，自觉和《昔昔盐》中所描述独守闺房的秦氏女一样。秦氏女指秦罗敷，汉乐府诗《陌上桑》中有"秦氏有好女，自名为罗敷。罗敷喜蚕桑，采桑城南隅。"

杨影怜素以博览群书，博闻强记著称，必然熟记《昔昔盐》中"垂柳覆金堤，蘼芜叶复齐。"，以及《玉台新咏壹古诗》第壹首云"上山采蘼芜，下山逢故夫。"之句，她既然离开了陈子龙，则改姓为柳，以蘼芜为字也就成顺理成章的事了；同时也说明她仍存有一些幻想，念着成为"蘼芜"，他日或许还会"逢故夫"。

这个"故夫"是谁？这在崇祯八年蘼芜君十七芳龄时还用说吗，当然是指陈卧子即陈子龙了！

此后在崇祯十一年（1638年），二十岁的柳如是结识了原朝廷礼部侍郎、东林党领袖、声名卓著的诗坛霸主钱谦益。在以后的岁月里，钱谦益带着柳如是徜徉于湖光山水，诗酒做伴，并专为柳如是在常熟拂水山庄盖了一座小楼"我闻室"，取自佛法"如是我闻"之语，和柳如是相配。柳如是感其深情，于崇祯十四年嫁给了钱谦益。钱谦益得柳如是后，非常珍惜她，在半野堂为她盖了华丽的"绛云楼"，二人同居绛云楼，读书论诗，相对甚欢。钱谦益戏称柳如是为"柳儒士"（柳如是的谐音），尊称她为"河东君"，取自"年年河水向东流，洛阳女儿名莫愁"之句。

这就不难理解本文开头所述，当钱谦益的门生请教先生解读、分析《昔昔盐》时，钱谦益的反应很暧昧，装糊涂不知道，因为他怕旧事重提，勾起爱姬柳如是的伤心回忆。钱谦益的良苦用心，确实值得赞许。

而聪慧似柳如是，心里必然知道博学如丈夫钱谦益者，是清楚她和陈之龙的过往和"蘼芜君"之出处的。她此时表现得尤为轻松，主动解说《昔昔盐》出自古乐府。这就颇耐人寻味，可能才女是要给钱谦益传递一个信息：她已经从过去的闺怨"蘼芜"中走出来了！

《湖上草·西泠十首》欣赏

《湖上草·西泠十首》
柳如是

一

西泠月照紫兰丛，杨柳丝多待好风。
小苑有香皆冉冉，新花无梦不濛濛。
金吹油壁朝来见，玉作灵衣夜半逢。
一树红梨更惆怅，分明遮向画楼中。

二

灯昏月底更伤神，马埒随风夜拂尘。
杨柳已成初雁恨，桃花犹作未莺春。
青骢点点馀新迹，红泪年年属旧人。
芳草还能邀风吹，相思何异洛桥津。

三

九嶷弱水共沉埋，何必西泠忆旧怀。
玉碗如烟能宛转，金灯不夜若天涯。
山樱一树迷仙井，桃叶千条渺风钗。
万古情长松柏下，只愁风雨似秦淮。

四

游丝一半蝶惊回，故似飘花入树来。
上巳何须射马苑，清明仍作斗鸡台。
凄迷蕙帐坟前杏，旷渺玄亭种后梅。
只有新通花上月，梨魂寂寂五更开。

五

微波一曲月苍茫，声起西泠叶叶凉。

杜宇每随金管发，春风不及玉杯长。
邀入画舫田鹦鹉，游女新绫织凤凰。
况是绮花轻蝶里，止应十步有兰香。

六

西陵云物自萧森，垒雏高岩涧水深。
桂白小山惟叶落，梨红大谷识春阴。
山阳最感邻入笛，东野时闻处女琴。
尚有田园赋归客，栖迟无限洛川吟。

七

脩脩林景在高柯，此夕西园行佩过。
隔水何人匪别鹤，空山无树亦微波。
黄梅自合钱塘雨，修竹谁传庚墓歌。
落日怀人正江上，最令平子夜愁多。

八

丛兰飞蝶似秋霞，翡翠巢空织素家。
叶县偶逢双凫舄，南阳时有钿香车。
河源杨柳今成雪，西域葡萄开早花。
 不信蛾眉蔽珠阁，相思应是玉钩斜

九

春风无限更花朝，宝瑟何繇声暗销。
卢女弹空横却月，湘江吹罢欲回潮。
惟闻缓缓椎苏小，已有盈盈学董娇。
寂寞西泠烟雨后，才馀桃李隔溪桥。

十

荒凉凤昔鹤曹游，松柏吟风在上头。
苑吏已无勾漏鼎，烟霞犹少岳衡舟。
遥怜浦口芙蓉树，彷佛山中孔雀楼。
从此邈然冀一遇，遗宫废井不胜愁。

《满庭芳·留别》赏析

柳如是词《满庭芳·留别》，是另一首接近明代诗歌最高成就的诗词。一起欣赏。

《满庭芳·留别》
——柳如是

紫燕翻风，青梅带雨，共寻芳草啼痕。
明知此会，不得久殷勤。

约略别离时候，绿杨外、多少销魂。
重提起，泪盈红袖，未说两三分。

纷纷。从去后，瘦憎玉镜，宽损罗裙。
念飘零何处，烟水相闻。

欲梦故人憔悴，依稀只隔楚山云。
无非是、怨花伤柳，一样怕黄昏。

论析：

"念飘零何处，烟水相闻。"柳如是在松江和陈卧子（子龙）分开，离开小红楼后，先暂时移居松江横云山，不久后返回苏州盛泽。松江和盛泽也就相隔一百公里，且多为湖河水系，可以说是"烟水相闻"！

"无非是，怨花伤柳，一样怕黄昏。"柳如是有诗云"此去柳花如梦里"，应为"怨花伤柳"之出处。

柳河东君《别赋》论析

我在前文提出一个观点，即认为柳河东君（柳如是）的诗词歌赋水平和文学历史地位在某种程度上超越宋朝易安居士李清照。

声明一下，我并非文学专业出身，没有系统学习过古代诗词和诗词比较批评等科目。但我一直读李清照的诗词，一向认为她是古往今来女诗人第一，天下才女第一。

近因研究红学，连带研究起了河东君柳如是。这一研究不得了，改变了我根深蒂固的观念，觉得柳如是才称得上女诗人第一，或至少和李清照并列第一。当然，这只是我个人的主观认识。

最近注意到国学大师王国维的《人间词话》，洋洋洒洒几十万字的词评，从五代到明清的诗词解说批评，但整部著作竟然只字未提李清照！

先为李清照喊几声委屈！李清照，号易安居士，宋代女词人，婉约词派代表，其词独具风貌，有"千古第一才女"之称，在中国古代词史上的地位相当重要，作为中国古代杰出的女词人，无论是身前身后，都颇负盛名。按理，李清照的词应当是符合王国维的论词标准的。

至于大师为什么只字不提易安居士，我不能妄加揣测。但与此相反，王国维先生却很推崇柳河东君。

据记载，柳如是"结束俏利，性机警，饶胆略"。由于她的身份使她可以在江南社会独自谋生，比一般名门闺秀有更多的活动自由，更加见多识广，对许多事有独到的见地。而且她在儒生墨客、文人胜流的宴饮歌赋、诗词唱和中，有平等的特殊地位。她反应敏捷，各种题目片刻立就，为当时许多名流所敬慕，甚而有人为她刊印诗文集。例如，《戊寅草》是柳如是的蓝颜知己、著名的"云间三子"之一陈子龙为她刊印的。柳如是的《尺牍》和《湖上草》则是她的一位密友汪然明（汝谦）为她刊印，以传后世。汪然明既是富商，又是一位精通金石音律、善为诗文的才士。他极其推崇柳如是的文才，认为她是女中豪杰，经常邀请柳如是参加吴越名流的诗酒集会。

柳如是在她21岁如花似玉年龄时，冒寒放舟常熟虞山钱府半野堂，初访钱谦益。钱谦益描述柳如是当时情景："幅巾弓鞋，着男子服，神情洒落，有林下风。"

清代女作家林雪在《柳如是尺牍小引》中赞誉说："琅琅数千言，艳过六朝，情深班、蔡，人多奇之"。

《尺牍》中最具柳如是词文风格的代表作是《踏莎行》：

《踏莎行》
柳如是

花痕月片，愁头恨尾，临书已是无多泪。
写成忽被巧风吹，巧风吹碎人儿意。
半帘灯焰，还如梦水，消魂照个人来矣。
开时须索十分思，缘他小梦难寻视。

仅"写成忽被巧风吹，巧风吹碎人儿意，消魂照个人来矣"这三句之清奇、俏丽，足可以让读者欣赏、玩味半日。

很多才子名士读了柳如是的诗文赞叹不已，将她誉为女中状元。有诗赞柳如是云：

谪来天上好居楼，词翰堪当女状头。
三十一篇新尺牍，篇篇蕴藉更风流。

柳如是的诗作"脱尽红闺脂粉气"，因而备受人推崇。国学大师王国维读后，亦为柳如是的诗才而感慨，更为她豪侠的男士气魄而激动，提笔写了三首绝句，其中第三首道：

幅中道服自权奇，兄弟相呼竟不疑。
莫怪女儿太唐突，蓟门朝士几须眉。

国学大师陈寅恪更是对柳如是推崇备至，堪称柳如是三百年后之知音！寅公对柳如是的"清词丽句"十分敬佩，极其欣赏柳如是的才华和气节，晚年用了十年心血写出《柳如是别传》，还原她跌宕起伏、绚丽多彩的一生。陈寅恪对柳如是的评价极高："侠女名姝，文宗国士，巾帼英豪。"陈老还为柳如是留下"纵回杨爱千金笑，终剩归庄万古愁"的千古名句。

寅公在评论柳如是《戊寅草》中《初秋八首》时，把柳如是比做上官婉儿，欣赏赞美之情溢于言表，云：

……由此言之，河东君不仅能混合古典今事，高融洽无间，且拟人必于其伦，胸中忖度，毫厘不爽，上官婉儿玉尺之誉，可以当之无愧。

柳如是作品中有赋三篇，寅公认为《别赋》最佳，认为其"意深情挚，词语高雅。"

兹摘抄柳如是《别赋》及寅公评论于下，供读者阅读欣赏。

寅恪案：今所见河东君作品中有赋三篇，其《男洛神赋》及《秋思赋》，前已论述。《男洛神赋》旨趣诙诡，《秋思赋》文多脱误，俱不及《别赋》之意深情挚，词语高雅。取与同时名媛之能赋者，如黄媛介诸作品相参较，亦足见各具胜境，未易轩轾。故全录其文，略考释之，以待研治明季文学史者之论定。

《戊寅草·别赋》
柳如是

草弱朱靡，水夕沉鳞。又碧月兮河梁，秋风兮在林。指金闺于素壁，阖翠幔于琴心。于此言别，怀愁不禁。云泫泫兮似浮，泉杳杳而始下。抚檐幄之霏凉，拂银筝其孰写。重以泫花之早寒，玉台之绛粉。既解佩而遭延，更留香之氤氲。揽红药之夜明，怅青兰而晨恨。会当远去，瞻望孤云。于是明河欲坠，玉勒半盼。化桃霞兮王孙马，冲柳雪兮游子衣。离远皋之木叶，牵晴雾之游丝。度疏林而去我，隔江水之微波。本平夷而起献，更通达而成河。妍迹已往，遗恩在途。掩电母而不御，杂水业（?）而常孤。思美人兮江溆，触鸾发兮愁余。并瑶瑟之潺湲，共凤吹而无娱。念众族之皎皎，独与予分纷驰。谁径逝而不顾，怀缥缈而奚知。诚自悲忧，不可言喻。至若玄圃词人，洛滨才子。收车轮于博望，荡云物于龙池。嘉核甫陈，骊歌遽奏。折银蕊于

柳花如梦

陇上，骄箫管于池头。之官京洛，迁斥罗浮。观大旗之莫射，登金谷而不游。叹木瓜之渍粉，聆凄响于清辑。或溯零陵之事，或念南皮之俦。咸辞成而琅琅，视工思而最愁。又若河朔少年，南阳乳虎。感乌马兮庭阶，击苍鹰兮殿上。风戈戈兮渐哀，筑撼而欲变。上客敛魂，白衣数起。左骖殪兮更不还，黄尘合兮心所为。忽日昼之腌暧，观寒景之侵衣。愁莫愁兮众不知，悲何为兮悲壮士。乃有十年陷敌，一剑怀仇。将置身于广柳，或髡钳而伏匿。共衮草兮班荆，咽石濑兮设食。逝泛滥于重渊，旷云煜于窑室。酒未及濡，餐未及下。歌河上而沾裳，仰驹沫（？）而太息。若吴门之篾，意本临歧。大梁之客，魂方逝北。当起舞而徘徊，更痛深其危戚。至若掩纨扇于炎州，却真珠于玉漏。恩甚兮忽绝，守礼兮多尤。观蒻羽之拂壁，慨龙帷之郁留。念胶固而独明，惟销铄之莫任。垂楚组而犹倚，烜凤绶而遣神。盼雉尾于俄顷，迥金螭之别深。日暮广陵，凭阑水调。似殿台之清虚，识宜春之朗曼。乃登舟而呜咽，愁别去其漫漫。又若红粉羽林，辟邪独赐。同武帐之新宠，后灞岸之放归。紫箫兮事远，金缕兮泪滋。更若长积雪兮闭青冢，嫁绝域兮永乌孙。俨云蝉于万里，即烟霓之夕昏。雁山晓兮断辽水，红蕉涩兮辞婵媛。至若灵娥九日兮将梳，苕蓉七夕兮微渡。月映（晰？）而创虹缕，露流渐兮开房河。披天衣之宵叙，忽云旗之怅图。亦有托纤阿于缁（淄）右，期玉镜于邯郸。甫珊瑚之照耀，亲犀络之缠绵。悼亭上之春风，叹上巳于玉面。本独孤之意邈，绕窦女之情娟。至有虾蟆陵下之歌，燕子楼前之雨。白杨萧萧兮莺冢灰，莓苔瑟瑟兮西陵土。怆虬膏之永诀，淡华烛而终古。顾骖之莫攀，止玉合之荐处。岂若西园无忌，南国莫愁，始承欢而不替，卒旷然而不违。君歌折柳于郑风，妾咏蘼芜于天外。异樱桃之夜语，非洛水之朝来。自罘罳之雀暗，怜兰麝之鸭衰。据青皋之如昨，看盘马之可哀。招摇蹀躞，花落徘徊。结绶兮在平乐，言别兮登高台。君有旨酒，妾有哀音，为弹一再，徒伤人心。悲夫同在百年之内，共为幽怨之人。事有参商，势有难易。虽知己而必别，纵暂别其必深。冀白首而同归，愿心志之固贞。庶乎延平之剑，有时而合。平原之簪，永永其不失矣。

寅恪案：此赋之作成时间及地域并所别之人三事，兹综合考证之。若所言不误，则于赋中之辞义，赋主之文心，更能通解欣赏也。

此赋既以"别"为题，自是摹拟《文选·一五·哀伤类》江文通《别赋》之作，无待赘论。昭明太子既列文通此赋于哀伤类中，而江《赋》开宗明义即云："黯然销魂者，唯别而已矣。"河东君以斯旨为题，则其构思下笔时之情感，三百年后犹可想见也。

《春日我闻室呈牧翁》赏析

《春日我闻室呈牧翁》
柳如是
裁红晕碧泪漫漫，南国春来正薄寒。
此去柳花如梦里，向来烟月是愁端。
画堂消息何人晓，宝镜容颜独自看。
珍重君家兰桂室，东风取次一凭阑。

河东君柳如是流传下来的诗、词，诗多雄丽，词多清婉，都有一种端雅的仪态，这是诗人对自己诗格的期许。而柳如是上面这首诗好到什么程度呢？国学大师陈寅恪先生对此诗的赞赏到了不吝溢美之词的程度。寅公赞此诗：

其辞藻之佳、结构之密，读者所罕见，不待赘论。至情感之丰富、思想之委婉，则不独为《东山酬和集》中之上乘，即明末文士之诗罕有其比。

按寅公观点，明朝末年的诗作几乎没有可以与之相媲美的！

"春日"，指自崇祯十三年十二月立春至除夕间的节候，由此知此诗写于柳如是迁入常熟"我闻室"不久。全诗语调伤感，全无恋爱中女人或者说刚给自己赢得了一幢房子的女人的欢脱、欣喜，相反颇有感怀身世、顾影自怜之感。既感前尘旧情的遗恨，也感自己身世坎坷、多年来飘蓬飞絮般的生活，三感自己虽住在我闻室，然名分未定、寄人篱下的酸楚。

颔联"此去柳花如梦里，向来烟月是愁端。"句，烟月，意即多年来迎来送往的生涯，此句柳如是道尽身世的流离与苍凉，将自己的卑微和隐忧和盘托出，虽有归依钱谦益之意，却仍不能不心存疑虑，恐钱轻看自己。这与初访半野堂赋诗《庚辰仲冬访牧翁于半野堂，奉赠长句》中的脱略、洒落，简直不可同日而语。

此诗的重点在尾联"珍重君家兰桂室,东风取次一凭阑。"兰桂,意即兰和桂,喻美才盛德。柳如是感念钱谦益的深情厚谊,也道出自己的珍重、眷念,但末句表明自己虽然异常不舍却不能久留。从自呈心事、身世,到坦承自己的依恋,到轻叹或许该离开了,心思之绵密之细腻之纠结,真真九曲回肠。

柳如是此时的这份彷徨,钱谦益接收到了,了然,也懂得。在《河东春日诗有梦里愁端之句,怜其作憔悴之语,聊广其意》,钱谦益云:

> 芳颜淑景思漫漫,南国何人更倚阑。
> 已借铅华催曙色,更裁红碧助春盘。
> 早梅半面留残腊,新柳全身耐晓寒。
> 从此风光长九十,莫将花月等闲看。

通篇句句都在回应柳如是的心事,都在抚慰她的身世之悲。"新柳全身耐晓寒",赞其出淤泥而不染;"从此风光长九十,莫将花月等闲看",谓往后岁月悠长,他们将相与相随共看风花雪月,几乎可算是钱谦益对柳如是的一个承诺。

柳如是终于得偿所愿,得到了她向往的那份人生安定。来归钱谦益之前,柳如是作诗填词,尤喜用"柳"自比。柳絮飞蓬,身家飘荡,随波而流,既是自述身世,也是孤凄凄地抱着文字取暖。

陈寅恪先生就此评述:"风尘憔悴,奔走于吴越之间几达十年之久,中间离合悲欢,极人生之痛苦,然终于天壤间得值牧斋,可谓不幸中之幸矣。"

(注:钱谦益,字牧斋,尊称牧翁)

池畔蛙鸣

CHI PAN WA MING

池畔蛙鸣

人如电脑

一台用了许久的电脑,终于被替换。电源一关,接线一拆,寿终正寝。

这台计算机"活"着的时候,机生也很精彩。它运行许多软件,MS Word、Excel、PPT、CAD、QQ、微信等,办公、上网、浏览新闻、购物、看视频无所不能。硬盘里存有大量的相片,打开相片册,一幅幅照片掠过,那么逼真和多彩多姿,恍如人生一页页历史瞬间重现。

现在它"死了",这一切精彩,都随它而去,无影无踪,消失不见。

人和电脑何其相似。人,无论活着的时候多精彩,心脏跳动一停,呼吸一停,就如计算机的电线一拔,硬盘停转,一切消失殆尽。

人生的一切问题,源于以为人生很长。于是贪婪,敛财、守财,似乎有十世的寿命等着钱用,或等十世后才能开始花钱。殊不知哪天电线一拔,灯就灭啦,积聚再多的财物也没有多少意义。

这款台式电脑我用了不少年,性能是挺不错的。以前只在六月份梅雨季时崩溃过一次,但叫人清清灰,清理一下主板,又能工作了。虽然总感觉慢,但若换台新的,一想到老电脑里积存的海量资料和众多软件,都得转移、重新安装,想想就怕,因此这想法刚一冒头就又退缩了。于是,换新电脑的事一直拖着。

六月初的一天,夜里下了场大雨,早晨到办公室,见湿度计的湿度竟达80%rh。一开电脑,坏了,蓝屏了。当时心头不禁一颤:电脑你可千万不能罢工啊!

这话奇了,电脑出事和梅雨季有关联吗?太有关系了。湿度大,电脑电路板上成千上万个元件之间,易因水汽凝结造成短路,尤其积了灰尘时;即使没短路,冷凝水分子会造成电阻、电容、电感等器件的参数发生微妙变化,电脑这种极其复杂又精密的东西经不住这些电流的干扰。

虽经一番清理,电脑恢复了正常工作,但我却不再信任它。人啊,往往要经历一点打击,才有向前走的动力。此刻换电脑怕麻烦的想法全丢九霄云外,又买了一台新的,开始替换流程。经过几天忙忙碌碌地复制、安装,新电脑启用了,其屏幕背景、桌面设置、运行的软件、文档都几乎和旧的一模一样,活脱脱克隆了一台电脑,除运行速度更快,操作更灵敏外,如老电脑满血复活了。

这证明,只要把数据转移进新电脑,老电脑就还活着!我禁不住拿人脑跟电脑比,那人脑呢?人要是也能通过复制记忆,复活,多好!

假如人脑存储的信息也能被完完整整、原原本本地复制到一个新的载体中,我暂时称之为"拟脑硬盘"吧,这不等于克隆一个人,人得到永生了吗?

《理性、真理与历史》一书中阐述过"缸中之脑"的假想。把人脑放进一个盛有维持脑存活营养液的缸中,脑的神经末梢连接在计算机上,这台计算机按照程序向脑传送信息,以使他保持一切正常的幻觉。对于他来说,似乎人、物体、天空还都存在,身体感觉都可以输入,这让他仿佛就是生活在真实世界里。

人活着时,一生辉煌或不辉煌的历程,都刻录在大脑里,是为记忆。曾遇见美妙的爱人,有许许多多朋友和同学,经历过美好的事,品尝过的美味食物,取得的巨大成就,或遇到的重大挫折,遭遇的某种磨难,全都以信息的形式刻录在大脑里。回想时,这些信息被读取,解码,然后就如流水般在脑海里浮现出当年的情形。

和计算机硬盘一样,只要人脑里的信息能被正确读取和解码,就可以再现所有的人生图景。

计算机硬盘的信息是以二进制代码刻录的。二进制记录、读取最简单,就是开关量,对应有和无、通与不通、高和低、零和一,两种状态,也即数字量。通过对二进制数的编码和解码,复杂的运算、图像、曲线,都能计算、描绘、展示、保存下来。

人脑的信息是怎样刻录、保存的?也是二进制吗?生物脑是通过脑细胞、生物神经和生物电来存储、传递、翻译信息,所以,应该也是二进制。但科学家认为人脑比电脑更加复杂,存储记忆除了数字量(即二进制)外,可能还有模拟量;模拟量反映信号大小和强弱程度,不仅是有无。

如果大脑也是二进制,那么相当于多少位呢?电脑处理器的发展经历4位、

8位、16位、32位、64位，其运算能力、速度随着二进制位数的提高，越来越快，处理能力越来越强。我想，人脑怎么着也有64位吧？或者，完全出乎意料，人脑记忆单元位数甚至会高达128位，256位？爱因斯坦、牛顿、麦克斯韦等大科学家，他们的脑子会不会比普通人高呢？因此他们的记忆、逻辑判断、分析、推理、洞察能力超强？

无论怎样，如果人死了，而人脑的信息却能转录、复制在"拟脑硬盘"里，那将是多么有趣的事啊。想象一下，一个班级的同学，在他们离世后一百年，存储他们大脑信息的"拟脑硬盘"接到计算机上，通电，开始运行。计算机接有摄像头、麦克风、喇叭等设备。"拟脑硬盘"变成人脑，复活了，当年班里的"老张""老李""老王""老吴"等几十号"人"，又在网上聚会，他们通过计算机的摄像头、麦克风、喇叭，互相打着招呼，问候，回忆当年班上的趣事，"老张"还打趣"老李"当年暗恋班上"小周"的风流韵事，喇叭里传来一阵笑声……

不知这到底算是欢乐，还是恐怖。

不要以为这是幻想，在将来，某一天，也许会是真的。

伏草林风

庄生梦蝶

> 庄生晓梦迷蝴蝶，望帝春心托杜鹃。

有一天，庄周梦见自己变成了蝴蝶，一只翩翩起舞的蝴蝶。自己非常快乐，悠然自得，不知道自己是庄周。一会儿梦醒了，却是僵卧在床的庄周。不知是庄周做梦变成了蝴蝶呢，还是蝴蝶做梦变成了庄周呢？

庄生梦蝶是战国时期道家学派主要代表人物庄子所提出的一个的哲学命题。在其中，庄子运用浪漫的想象力和美妙的文笔，通过对梦中变化为蝴蝶和梦醒后蝴蝶复化为己的描述与探讨，提出了人不可能确切地区分真实与虚幻的观点。

故事虽然短小，但其渗透了庄子诗化哲学的精义，成了庄子诗化哲学的代表。也由于它包含了浪漫的思想情感和丰富的人生哲学思考，引发后世众多文人骚客的共鸣，成了他们经常讨论的题目。

我昨天在无锡站搭乘高铁出行，检票前发现手机没了，急得直跳。去车站派出所报失，又怀疑是被贼人偷走了，请求警察帮助找回。手机没了，几乎什么也不能干，没法刷朋友圈，不能付款，不能吃饭、不能住宿，连重新购一部手机也不可能。

正焦急万分，无所适从，忽然醒来。原来是一场梦！赶紧看手机，在床头柜上好好放着呢。我高兴异常，连说："幸亏是梦，手机没丢！"

这个丢手机的梦做得实在太逼真了，以至于梦醒后还清清楚楚记得各种细节，因此我怀疑这是不是真实发生的。

人的大脑是如何区分现实和梦境的呢？更严格地说，是如何区分现实、梦境和狂想？

我做过汇编语言编程，对计算机处理程序和严密的执行逻辑非常清楚。对微处理器软硬件、算术逻辑运算单元、累加器、程序计数器、存储器、地址寄存器、译码器、寻址功能、堆栈功能、二进制和十六进制数据存储和运算等，也了如指掌。

人脑从某种意义上说就是一个生物电脑。生物电脑和电脑必有许多共通之处。大脑里一定有无数逻辑开关，对各种记忆场景分区存储。真实的事件归入真实存储分区，梦境归入梦想存储分区，狂想则归入狂想存储分区。

当人想起某个事件时，大脑立刻在存储空间里搜索，一旦搜索到某个事件，即查看这个记忆分区的逻辑开关是真实、梦想、狂想中的哪一种，于是某个事件就被贴上一个标签，我们就知道这个事件是真实发生过的，还是做梦或狂想。

例如，假设我真的中了彩票，得了千金，这让我高兴万分。大脑把这个事件，通过"真实"的逻辑开关，完完整整地存入大脑"真实"存储分区里。

以后的每一天早晨我醒来时，通过"真实"这个逻辑开关，从大脑存储区调入"得千金"这个事件，于是我又想起这件事，开心万分，且知道这是真实发生过的事件。

相反，如果某夜我做了一个梦，中了彩票，得千金，高兴万分。梦醒后，发现这不过是个梦。这个事件通过"梦想"逻辑开关，送入大脑存储分区里。以后，每次想起这件事，因为是通过大脑"梦想"这个逻辑开关获得记忆的，等于给"得千金"这件事贴了一个"梦想"的标签，于是，知道这只是梦，高兴不起来了。

狂想也一样，狂想等于白日做梦。我狂想，我会飞，飞到月球了。但恢复正常状态后，大脑把这归入"狂想"类存储分区里了。以后回想起会飞这件事，知道这不真实，是狂想。

且看庄生今安在？蝴蝶梦里意缠绵。

金龟子随想

最近看到一个金龟子飞起来的视频，觉得很神奇，这只金龟子就那样垂直起飞了！

它甚至都不知道飞行的原理？为什么能飞？但它就能飞！

虽然是有机体，但似乎也像一台 MEMS（微电子机械系统）。

难道金龟子学通了物理学？力学？空气动力学？微纳材料学？微电子学？微机械工程学？最后发明创造了微型垂直起降？

我以前笃信进化论，现在却越来越怀疑。至少，生命的形成不像是无意识的随机进化，而像有智慧的幕后推手在操纵，是有意识的进化。

做个比喻，无意识的进化，就像把一只猴子绑在打字机上，让它在键盘上乱跳，最后刚好打出一部《莎士比亚全集》，理论上这个概率是存在的。但统计学理论也说，小概率事件不会发生，就是说，猴子打一千亿年，也不大可能打出一部《莎士比亚全集》。

从氨基酸开始，有机体瞎碰瞎撞，瞎猫碰瞎老鼠，即所谓进化，就能碰出眼睛这样复杂的玩意？就能进化出金龟子这样复杂的垂直起降？这几乎不可能！

除非有一个智慧的手在操纵这一切！这就如同，不是把一只猴子，而是把一个优秀的作家，绑在打字机上，然后让他打出一部《莎士比亚全集》来。

他不停地打啊打，打了 30 亿年，最后，终于碰巧打成了一部《莎士比亚全集》！

有意识的进化和无意识的进化，成功概率完全不一样。

池畔蛙鸣

见花烂漫

有些植物，要不是偶然，就一定是大自然给人的恩赐，比如，稻、麦。

稻是中国南方人的主粮，麦是北方人的主粮。

所谓主粮，就是你顿顿吃，天天吃，月月吃，年年吃，都吃不腻。一种食物能作为主粮，绝不是吹牛皮吹出来的。能成为主粮的植物，其基因一定和人类的基因有某种默契，某种契合。我有一个大胆的假设，稻、麦、人，本来就是一个祖宗，要不怎么这么亲昵，和人类一辈子相亲相爱，天天腻在一起两不相厌？至于小心求证，留给后人吧。

大豆、山芋、黄豆、南瓜，这些所谓"杂粮"，少量吃吃可以，天天吃，顿顿吃，你试试看！包你消化不良，连吃10天，见到都要呕。

植物和人类其实是互利、共生关系。成为主粮的稻，通过人类的精心播种，开枝散叶，千里沃土上到处是它们的身影，它们的种族得以延续，子孙人丁兴旺。作为回报，它们为人类提供主食，滋养人，让人爱不释手，每天都离不开，于是被大面积播种。

当初人类还是野人时，水稻是野稻，生存艰难，稻米籽粒长得很小，年生稻粒数量可能连现在的百万分之一都没有，稻和人类的共生关系可见一斑。

我有时想，如果自然界恰好没有"稻"这种植物，中国人如何生存呢？能找到别的替代品吗？比如花生？绿豆？红豆？黄豆？茄子？萝卜？南瓜？这些似乎都成不了主食，三天就吃腻了呀！

幸好，大自然为人类准备了稻这种植物。

麦子是从西亚、阿拉伯引进的，对那里的民族和中国北方民族而言，麦和稻的意义和重要性，是一样的。

还有一种植物，人类得之幸之又幸，那就是棉花。棉花开时，田野如内蒙古草原下过一场大雪，白皑皑一片，花海烂漫；棉花是那么洁白、柔软、温暖，给人类提供天然纤维。有了棉花，才有了纺织业，人类白天才有衣服穿，夜里才有被子盖。如果没有棉花这种植物，我真想不出还有别的什么植物可以替代。大部分的花，全是中看不中用，能像棉花一样既有观赏价值，又有实用价值的，很少。

"饱和温"是人类进化发展的关键因素。要是没有稻、麦，人类大概率不会有农业基础，肌体不会健硕，脑子不会长大。要是没有棉花，人类大概率不会进入现代文明，至今还在用树叶或兽皮当衣服。

我更相信，稻、麦、棉花是大自然的恩赐。偶然获得是很难被采信的。

世界上哪有这么多的偶然。

池畔蛙鸣

性善性恶？

昨日读苏大校友著《序跋集·性善说新论》。见第一段话中有"此二说的内涵，实际上是一样的"，我有些不同看法。

孟子提倡"性善说"，即人生来就是善的，《三字经》中"人之初，性本善"是也！

荀子则倡导"性恶说"，即人天性就是恶的，需后天学习礼仪、道德规范，才能去除人之动物性。

窃以为，"性善说"和"性恶说"，就如地球是平的还是圆的，地球为中心还是太阳为中心一样，只能有一个正确，只能有一个是真理，不可能含糊其词，合二为一。

我在知天命之年，某一天忽然开悟：社会学的人文学定律和自然科学定律是一样的，正确认识和发现社会学定律和发现自然科学定律一样，要有严肃、认真、唯一、排他的追求真理的精神！

能大量发现自然科学定律的，也能发现大量社会科学定律；反之，自然科学定律都不能发现和认识清楚的，也很难发现和正确认知社会科学定律。

另外，一般人以为思考社会和人生的思想为哲学，这是错误的。哲学包含自然科学。哲学，英文为 philosophy，直译为"智慧的学问"，包含思想体系、人生哲学、生活的信条（或态度）、对自然知识和规律的认知，等等。

因此，西方给化学博士、物理学博士、天文学博士等授予的学位，都叫"Doctor of philosophy"，简写为 Ph.D.，直译就是"哲学博士"，即此来历。而对工程、技艺有关的博士就叫 ED、MD（工程学博士、医学博士）等。我是读化学的，被授予的博士学位是 Ph.D，即哲学博士。

我认为荀子更接近中国古代科学家或哲学家，他的认知"性本恶"，是正确的思想，是对社会学定律的正确认识；这和西方主要宗教认为"人生来有罪"的思想认识是一脉相承的，但荀子（约公元前 313－前 238）此一思想比基督教的出现还早，可见荀子的伟大！

可惜，我们不仅没有认识到荀子思想的伟大，反而在千年的社会发展中，孟子的"性善说"一直占据了上风。

随想。

声明：本文纯学术思想研究讨论。

池畔蛙鸣

在人类所有美德中，勇敢是最稀缺的

我为什么佩服缟獴呢？因为它们勇敢，它们不会被打败！

在人类所有美德中，勇敢是最稀缺的。勇气是压力下的美德。勇气是人类最重要的一种特质，倘若有了勇气，人类其他特质也就具备了。

缟獴只有松鼠般大小，单个缟獴的体量根本不是野狗的对手，但是，缟獴却可以用团队的力量，五六只缟獴聚成一团，四面出击又互相保护，成功对付一群野狗，使野狗群知难而退。缟獴和平头哥一样，其勇敢和无畏，都足为人师！有这种勇敢、无畏和协作精神，什么敌人对付不了！

海明威说，人是不能被打败的，你可以把他消灭，但不能打败他！

缟獴虽弱小，能被消灭，却不能被打败！

伏草林风

人生只是一个八十多圈的螺旋

今天看一个视频，是模拟七大行星围着太阳公转，太阳带着行星在银河系中匆匆边旋转、边朝前奔走的样子，地球身后拖出一条长长的螺旋线圈。

从人出生至死亡，人在广袤的宇宙中的轨迹，画了一个长长、大大的螺旋线圈。而且因为地球在自转，这个螺旋线圈是由一根细小的螺旋线圈构成的，圈径是地球直径。这个螺旋圈的起点是人出生，结点是人的死亡。因为地球围绕太阳转一圈就是一年，故大多数人的螺旋圈有 80 圈左右。

如果时光能倒流，可以沿着这根螺旋线追溯到人 1 岁、10 岁、20 岁、40 岁等时间节点，看到你和世界那时的样子。

人生的意义到底何在？难道就是画了个大螺旋？到最后，所有的物质财富都毫无意义，只有人留下的精神和思想有意义。

著名画家吴冠中说，最后，就是留下一些作品，作品说话。

池畔蛙鸣

细节决定成败

今天是九月的第一天，也是开学的日子。上班路上听苏州广播电台的老毕对小学生们说，不乐意去开学的小同学们也别太压抑和不快，等你们长大后工作了就会明白，今天这不算什么，以后每个工作日去上班，都是一次开学。

我小时候也最不喜欢开学。自由自在玩耍了一个假期，等到快开学的前几天，我整个人就不好，感觉抑郁症都快要犯了。

上大学时，食堂里有个菜，我很不喜欢吃——番茄炒蛋。原因是，番茄有蒂，可厨师切番茄时不把蒂去掉，直接切在番茄里就和鸡蛋炒了。因此你总能在番茄炒蛋里看到和吃到许多夸张的、黑不溜秋的、形状怪异的番茄蒂。顺便说一句，20世纪80年代的农业科技没有现在先进，现在的番茄蒂疤都很小，很圆，小巧玲珑的，可那时候的番茄蒂疤很大，形状还歪瓜裂枣、龇牙咧嘴的。因此，我基本上不吃番茄鸡蛋。

有个时期，我喜欢光顾一个藏书的羊肉面店，喝碗羊肉汤。藏书的羊肉店一般都是夫妻小店，没有见过大的正规连锁店。

有一次，我又去那家店。一眼看见店主坐在厅堂里一张桌子边，兴许是脚痒了，将一只袜子脱了，光脚搁在凳子上，抠脚丫子。我一见，一口恶心水往上涌，于是装模作样看一下，立即转身离开。

后来路过那个街口，见这家店已关门大吉了。我倒不能说就是因为我不去光顾他家，他家就倒了，但气运会慢慢累积，店运可能被不经意间的一个小动作，吓跑了。

一个小细节可能毁了一道菜，也有可能毁了一个店。无论从道德和良知的高度，还是为生意兴隆着想，都不应该忽视这样一些细节。比如，服务员不要抠鼻孔……这些行为都有可能把一个本来忠实的客人赶走。

王谢堂前燕

物以稀为贵。

北方人说,我稀罕你,意思就是爱你。稀罕说明,稀有程度和爱的程度,是正关联函数。

比如虫草。一粒草的种子跑进冬眠虫蛹的头脑里,然后发芽,长出一棵草。虫子头里长草这种事,自然界碰巧发生的概率比较小。于是乎,不得了啦!包治百病啦!前些年虫草都卖到黄金价了。愿意用黄金价购几根草,那真是爱草没商量。

自然界的珍珠也是。河蚌刚好有生长珍珠的条件,需要各种巧合,因此古时候珍珠十分昂贵。珠宝,珠宝,由此可见。现代人掌握了生长珍珠的条件和人工培育珍珠的技术,珍珠快烂大街了。珍珠终于跌下神坛,一串很上乘的珍珠项链,现在也就售几百到几千元而已。

虫草也一样。我相信,如果掌握了虫子长草的条件和技术,人工养虫,在虫的头脑里栽培进草种子,培育种子发芽,长出草,以后虫草不说和韭菜价格差不多,也和人工栽培的人参、西洋参差不多了。

记得小时候,物资匮乏,但凡外地来的南北货,如北方的红枣,南方的桂圆,都被认为是上品补药,只有金贵如产妇或病人才能吃上红枣和桂圆,每次还只给少许几颗,仿佛那几颗红枣、桂圆一吃,产妇或病人就立马元气满满,充满能量。

现在红枣和桂圆满大街,不稀罕了,谁还把它们当良药补品!桂圆在福建就是龙眼,当水果吃。

东西还是那个东西,一旦由寡变多,人的心态发生变化,不稀有了,就不爱了。于是跌落神坛,不再是啥了不起的神药补品了。

方便面就是跌落神坛的一味美食。

有人说,吃方便面没有任何营养,这话我是不能同意的。这和说虫草包治百病、桂圆能补百体一样,不能令我信服。

方便面的营养就是面条里的淀粉和蛋白质,以及油脂。淀粉、蛋白质、油脂都是"宏营养",人体新陈代谢和正常工作都少不了它们。因此不能说方便面没有营养。

苏州知名面馆"裕兴记"最近在无锡开了分店。我很高兴,因为以前要去苏州才能吃上裕兴记的枫镇大肉面,现在家门口就有。

苏州面馆最有名的几款面食是秃黄油面、三虾面、两面黄和枫镇大肉面。大多数我都吃过,唯独没吃过两面黄。为什么不吃两面黄呢?因为,两面黄,其实就是方便面的爹和妈。

两面黄在以前绝对是一款美食。其做法简单,将面条盘成圆饼状,锅里烧油,放入面团,将两面均匀煎成金黄色,捞出,装盘,倒入鲜汤和各种配料烧成的浇头。面食中之美味"两面黄",成也。

像不像我们现在花几元钱就能吃上的方便面?几乎是一样的。方便面即是将面团油炸到脆,烹煮后再浇上鲜汤食用。

只是不知道,这是"两面黄"的幸呢,还是不幸?两面黄,本来高高在上的美食,面食里的贵族,摇身一变,成了超市里满架子堆放的几元钱一包的廉价货,还被嫌弃没营养。

想起唐代一首诗:

朱雀桥边野草花,乌衣巷口夕阳斜。
旧时王谢堂前燕,飞入寻常百姓家。

方便面,就是古时王谢这种大户人家才吃得起,现在飞入寻常百姓家的,一只黄燕子。

伏草林风

冯唐易老

"冯唐易老,李广难封"是一句诗词,出自唐代王勃的《滕王阁序》中"嗟乎!时运不齐,命途多舛,冯唐易老,李广难封。"冯唐易老、李广难封,是两个典故。冯唐易老,形容老来难以得志,也喻贤才能人不加重用很快就老了。李广难封,是指功高不爵,命运多舛。

"冯唐易老"这个典故出自《史记·张释之冯唐列传》。

冯唐以孝行著称于时,被举荐做了中郎署长,侍奉汉文帝。郎官是汉代的初级官吏,职责是担任皇宫侍卫,干这活的一般都是年轻人,冯唐做郎官时年纪已经不小了。

一次文帝乘车经过冯唐任职的官署,看见冯唐,就问他说:"老人家怎么还在做郎官?家在哪里?"

冯唐说是代郡人。汉文帝曾经做过代王,就说:"我在代郡时,了解到李齐的才能,有人讲述了他在钜鹿城下作战的情形。现在我每次吃饭时,心里总会想起钜鹿之战时的李齐。老人家知道这个人吗?"

冯唐回答:"他尚且比不上廉颇、李牧的指挥才能。"

汉文帝说:"凭什么这样说呢?"

冯唐答道:"我的祖父在赵国时,担任过统率士兵的职务,和李牧有很好的交情。我父亲从前做过代相,和赵将李齐也过从甚密,所以知道他们的为人。"

汉文帝听完冯唐的述说,很高兴,拍着大腿说:"我偏偏得不到廉颇、李牧这样的人做将领,如果有这样的将领,我难道还忧虑匈奴吗?"

冯唐说:"我想陛下即使得到廉颇、李牧,也不会任用他们。"

汉文帝听了很不高兴,回到宫里生气,越想越窝火,于是又召见冯唐,责备他说:"你为什么当众侮辱我?难道就不能私下告诉我吗?"

冯唐谢罪道:"鄙陋之人不懂得忌讳回避。"

汉文帝还真是个有道明君,再一次询问冯唐:"您怎么知道我不能任用廉颇、李牧呢？"

冯唐回答说："我听说古时候君王派遣将军时，跪下来推着车毂说：'国门以内的事我决断，国门以外的事，由将军裁定。所有军队中因功封爵奖赏的事，都由将军在外决定，归来再奏报朝廷。'这不是虚夸之言呀。我的祖父说，李牧在赵国边境统率军队时，把征收的税金自行用来犒赏部下。所以李牧才能够充分发挥才智。北面驱逐单于，大破东胡，消灭澹林，在西面抑制强秦，在南面支援韩魏。赵国那时几乎成为霸主。后来恰逢赵王迁即位，他的母亲是歌妓。他一即位，就听信郭开的谗言，最终杀了李牧，让颜聚取代他。因此军溃兵败，被秦人俘虏。

如今我听说魏尚做云中郡郡守，他把边地的税金用来犒赏士兵，还拿出个人的钱财，五天杀一次牛，宴请军吏，亲近左右，因此匈奴人远远躲开，不敢靠近云中郡的边关要塞。匈奴曾经入侵一次，魏尚率领军队出击，杀死很多敌军。那些士兵都是一般人家的子弟，从村野来参军，哪里搞得懂朝廷的令律条例呢？他们只知道整天拼力作战，杀敌捕俘，到幕府报功。现在，他们只是因为错报多杀敌人的罪，陛下就把魏尚交给法官，削夺他的爵位，判处一年的刑期。由此说来，陛下即使得到廉颇、李牧，也是不能重用的。"

文帝听了很高兴，当天就让冯唐拿着皇帝的节符，出使前去赦免魏尚，重新让他担任云中郡郡守，而任命冯唐为车骑都尉，掌管中尉和各郡国的车战之士。

汉景帝即位后，由于冯唐性格耿直，不久又被罢官。汉景帝去世后，汉武帝即位，匈奴又来侵犯边疆，汉武帝又广征贤良，有人推举冯唐，可是冯唐已经九十多岁了，他心有余而力不足，再也不能出来任职。

后来，人们就用冯唐易老来形容老来难以得志。

郭巨埋儿

《二十四孝》里有个故事叫《埋儿奉母》，又叫《郭巨埋儿》。说汉代河南有个孝子郭巨，有妻、有子、有母。因为儿子能吃，母亲吃得少了，于是郭巨和妻商量，说儿子可以再生，母亲只有一个，我们把儿子埋了吧，省下粮食给老母吃。

妻子同意了，两人就去园子里挖坑准备活埋儿子。没想到这个举动感动了天爷，让夫妻俩挖出来一瓮金子，皆大欢喜，这下儿子不用埋了，老母也有饭吃。

真是毁三观，我就不多评论了，只引述鲁迅对此故事的评论。鲁迅在《朝花夕拾》里有一篇文章，讲他小时候看了《二十四孝》后的感受，主要是对《老莱娱亲》和《郭巨埋儿》的反感，他是这么说的："然而我已经不但自己不敢再想做孝子，并且怕我父亲去做孝子了。"

就鲁迅的思想、认知水平，他之后近一百年，都没有人能哪怕接近，别说超越。

人和人的差距，终究是思想、思维、认知、识见的差别。往大了想，一个民族和国家，也是如此。

池畔蛙鸣

《归风送远》和留仙裙

中国古代有三条最有名的裙子：石榴裙、百鸟裙、留仙裙。

石榴裙不用多说，拜倒在石榴裙下，把男人求爱女人时的媚态刻画得惟妙惟肖。

留仙裙则与赵飞燕有关。

汉成帝得了个擅长跳舞的女孩，身轻如燕，就叫她"赵飞燕"。赵飞燕最擅长跳舞蹈《归风送远》。

汉成帝喜欢玩也会玩，专门在湖里垒了个高台，让赵飞燕在上面跳舞，欣赏她优美的舞姿。史书记载：

婕妤接帝于太液池，作千人舟，号合宫之舟；池中起为瀛洲，榭高四十尺。后衣南越所贡云英紫裙，碧琼轻绡。广榭上，后歌舞《归风送远》之曲，帝以文犀簪击玉瓯，令后所爱侍郎冯无方吹笙，以倚后歌。

歌酣，风大起……后扬袖曰："仙乎，仙乎！去故而就新，宁忘怀乎？"帝曰："无方为我持后！"无方舍吹持后履。久之，风霁，后泣曰："帝恩我，使我仙去不待。"怅然曼啸，泣数行下。帝益愧爱后，赐无方千万，入后房闼。他日，宫姝幸者，或襞裙为绉，号曰留仙裙。

译文：

婕妤接汉成帝到太液池，几千个宫人驾着舟，称合宫之舟。池中间有个岛称瀛洲，上建一个高四十尺的榭。赵飞燕穿着南越进贡的云英紫裙，碧琼轻绡。赵飞燕在榭台上边歌边舞《归风送远》曲，汉成帝用文犀簪敲击一只玉瓯，让赵飞燕喜爱的侍郎冯无方吹笙，为她配乐。

正唱至歌舞淋漓尽致时，忽然起了大风，眼看着要把赵飞燕吹走，赵飞燕扬袖呼喊："要成仙去了，要成仙去了，离开旧爱而去新地方，会忘怀吗？"

汉成帝急叫:"冯无方快为我拉住她。"冯无方赶紧丢下乐器拉住赵飞燕的裙摆。

过了一会儿,风住了,赵飞燕哭着说:"帝对我有恩,使我没法离开你成仙去。"说完,怅然低声慢唱,留下数行眼泪。

汉成帝心中感动,更加宠爱赵飞燕。赏冯无方千金。

因为冯无方拉赵飞燕的裙摆时把裙摆弄皱褶了,后来,宫人都把裙摆弄皱,称之为"留仙裙"。

臭与香的相对论和二分法

昨晚健步，经过一处街口，忽然闻到一股臭味。说不清、道不明的那种臭。我猜测，可能是化粪池泄漏，也可能是附近有做臭豆腐的。

我当时停下脚步，心想，如果是化粪池泄漏，那么我不能忍受，必须退回去走另一条路；但如果是臭豆腐的味道，则完全可以忍受，还是照常穿过去，还能闻闻臭豆腐的香味，闻闻也爽。

但左顾右盼，找不到证据证明是哪一种臭源。我一时竟在那里踟蹰起来，进退两难。这个进退，涉及"是闻，还是不闻"的问题，虽比不上哈姆雷特"是生，还是死"那么深刻，但也够为难的。

原来臭和香，真的全在人的一念之间。

臭可以变成香，香可以变成臭。臭和香两者不仅会因观念变化瞬间发生角色转换，也可以因客观上感官感觉到的刺激量不一样，而发生转换。

"吲哚"就是这样一个有趣的化合物，集"臭"和"香"于一身。

吲哚，浓时具有强烈的粪臭味，称"粪臭素"，扩散力强而持久，人类闻到唯恐避之不及。

但是，高度稀释的吲哚溶液，即浓度很低时，却有香味，可以作为香料使用，可广泛用于茉莉、紫丁香、橙花、栀子、忍冬、荷花、水仙、依兰、草兰、白兰等花香型香精。极微量的吲哚还用于巧克力、悬钩子、草莓、苦橙、咖啡、坚果、乳酪、葡萄等香精中。

臭和香有时真的是相对的，瞬间就可以完成转化。吲哚，其实就是，闻多了是臭，闻少了是香。

看来，从茉莉花香、吲哚、大粪、臭豆腐中，还能学习到不少人生哲学和人生观呢！

油条记

我的同学 C 博士，美国某大学生物学博士，现供职于美国某药企。

和我不同，我几乎从不自己做吃的，C 博士周末喜欢研究、制作各种食物，包括腊肉、咸蛋，香肠等，都喜欢自己研究一番，自己做，而且做出来像模像样，还形成自己的配方和制作流程。他曾把制作腊肉的方子给了我，但我没出息，辜负了方子，没热情，也从来没去做。

听 C 博士说，他多次做过油条，却一次也没成功过。做油条成了他研制食品的历史中唯一的败笔。

我儿时就喜欢吃油条，对油条和豆浆情有独钟，因此从小有个小梦想或小情结：要是哪天我自己能炸出金灿灿的大油条就好了，我一次吃十根。

网上视频常见有人教做油条，还自称是商业配方，不知效果如何。我自己不能做实验，于是有时就推荐给 C 博士。但他按方子做油条，还是屡屡失败。

这不，最近一次，他按照我从网上看来，推荐给他的方子又制作了一次，但做出来的油条像油炸馒头，又失败了。

在做油条这件事上，我只有视频看来的理论知识，没有实践经验，只能看着 C 博士的失败而望洋兴叹，无能为力。问题到底出在哪里呢？是中国和美国的面粉不一样？难道面粉在中国为油条，过了太平洋就成了面包？

C 博士加油！祝你早日做出那种外脆里糯、金灿灿的大油条，我去吃十根。